D1677223

GERHARD TÖTSCHINGER

SHERLOCK HOLMES
UND DAS GEHEIMNIS VON
MAYERLING

GERHARD TÖTSCHINGER

SHERLOCK HOLMES
UND DAS GEHEIMNIS VON
MAYERLING

AMALTHEA

Die Personen der Handlung

Sherlock Holmes

Dr. John Watson   sein Mitbewohner und rechte Hand

Dr. Ion Svensson   stammt aus Island, Professor am Jesuitenkolleg Stella Matutina in Feldkirch, Vorarlberg

Dr. Heinrich Schellenberg   einst Mitschüler von Dr. Watson in Feldkirch

Dr. Schellenberg sen.   der Vater

Gellert von Gáldy   einstiger Mitschüler in Feldkirch, ungarischer Patriot, setzt seine Hoffnungen auf Kronprinz Rudolf

Karl Mayerhofer   genannt „Hungerl", Fiakerunternehmer und beliebter Wienerliedsänger

Josef Bratfisch   Fiaker, angestellt bei dem vorigen

Mizzi Caspar   Soubrette, übt eher den Beruf einer Hausbesitzerin und Puffmutter aus

Johanna Wolf   deren Verwalterin

Ein Herr Novak   deutschnational, nennt sich Obizzi

Prof. Siebenrock   wissenschaftlicher Mitarbeiter des Naturhistorischen Museums in Wien

Rudolf von Österreich   Sohn von Kaiser Franz Joseph I., Thronfolger

Mary Vetsera   Baronesse

Božena   Zofe

Federico, Gianni und Beppe Molinari   nennen sich jetzt Bandiera, Anarchisten aus Venedig.

Dr. Marcell Frydmann   Rechtsanwalt und Herausgeber des »Fremdenblatts«

X   ein Medium

andere   Stoffverkäufer, Polizisten, Verschwörer, Kellner, Zeitungsverkäufer, Wirte, Zugschaffner, Geigenbauer, ehemalige Mitschüler aus Feldkirch

*D*iese Reise hätte ich nicht einmal antreten dürfen.

Meine Lebensumstände ließen das damals absolut nicht zu. Aber vor allem, was mich erwartete – und davon hatte ich ja nichts ahnen können – lässt mich heute schaudern.

Meine Geldprobleme waren im frühen Herbst des Jahres 1888 beängstigend groß geworden. An eine Finanzierung meiner durchaus bescheidenen Ansprüche an den Alltag war auf diesem Wege nicht zu denken. Ich musste mir eingestehen, dass ich als Schriftsteller nicht würde überleben können.

Dabei hatte ich mich zu einem großen Schritt entschlossen, zu einer ganz wesentlichen Veränderung meines Lebens. Meine Hochzeit mit Mary war für Mitte November vorgesehen, und im Dezember sollte ich meine neue Praxis in Paddington beziehen.

Eine größere Wohnung, eine junge Ehefrau, hohe Kosten, um eine alte ärztliche Praxis auf modernen Stand zu bringen – und kein Geld. Ich hatte zwar eine meiner Geschichten bei einem Verlag unterbringen können, aber das Honorar war bescheiden. Und meine Pension aus den Jahren bei der Armee konnte mich alleine nicht ernähren, noch weniger ein Paar, und schon gar nicht eine Familie. Meine Braut war mittellos und hatte auch kein Erbe zu erwarten. Ihr Vater war unter seltsamen Umständen zu Tode gekommen, die ohnehin bald zur Sprache kommen werden.

So stand ich im September da, mit vielen Sorgen und wenigen Hoffnungen, als mich ein Brief aus Wien erreichte.

Er trug nicht den Namen eines Absenders, sondern den einer Schulklasse, da stand nur »Maturajahrgang 1878«. Das Schreiben war eine Einladung in die kleine österreichische Stadt Feldkirch, zum Klassentreffen.

Zwei Jahre hatte ich dort an der Jesuitenschule verbracht, einer berühmten Schule. In der Stella Matutina sollte ich die deutsche Sprache erlernen, auf Wunsch meines Vaters. Er hatte eine schwärmerische Neigung zu deutscher Dichtung, dazu kam die Verehrung des deutschen Prinzen Albert, den sich unsere Königin zum Ehemann gewählt hatte.

Und schließlich bekam mein Vater etwas Träumerisches, wenn er von Elisabeth, der Kaiserin von Österreich, zu sprechen begann. Zwar hatte er sie niemals selbst gesehen, ja er kannte nicht einmal eine Fotografie der berühmt schönen Frau. Doch die Zeichnungen und Schilderungen in allen möglichen Blättern genügten ihm. Dass Kaiserin Elisabeth zudem auch noch, wie er selbst, den Dichter Heinrich Heine verehrte, steigerte meines Vaters Schwärmerei.

Ihr Weltruf als verwegene Reiterin hingegen irritierte ihn. Frauen müssen so etwas nicht können, erklärte er immer wieder, und auch Königin Victoria trete nicht bei Parforceritten an.

Mein Vater informierte sich über eine ganze Reihe von Schulen in Deutschland und in Österreich, doch die meisten der empfohlenen Institute erwiesen sich als zu kostspielig. Meine Familie ließ den Plan fallen, ich studierte an Privatschulen meines Heimatlandes. Mit dreizehn Jahren durfte ich eine große Reise mitmachen, die uns bis Australien führte. Bald danach stand ich vor dem Beginn eines Universitätsstudiums, und da kam meinem Vater der alte Plan in den Sinn – die deutsche Kultur, die deutsche Sprache.

So fand ich mich also mit achtzehn Jahren in Feldkirch

in Vorarlberg, älter als meine Mitschüler, die ihre Matura noch vor sich hatten. Ich blieb, bis ich fast zwanzig Jahre alt und der deutschen Sprache mächtig war.

Und dorthin, zur Stella Matutina nach Feldkirch, sollte ich nun also wieder reisen, trotz Hochzeitstermin und Praxisübernahme und Finanzproblemen.

Von einer bestimmten Person, von deren Klarsicht ja immer wieder hier die Rede sein wird, die beinahe mein gesamtes Leben begleitet hat, wollte ich justament keinerlei Rat annehmen, auch wenn sie mein komplettes Vertrauen und wirkliche Hochachtung hatte: von Sherlock Holmes.

Einerseits erschien es mir wie ein Bruch zwischen engsten Freunden, was ich da vorhatte – eine Ehe, eine andere Wohnung. Und ich konnte mir nicht verheimlichen, dass er seine eigenen, sehr kritischen Anmerkungen machen würde, was meine Geldknappheit betraf.

Es gab eine Zeit, da war mir ein Pferderennen wichtiger als fast alles andere, und immer wieder konnte meine Armeepension meine Wettschulden nicht decken. Damals empfahl er mir, mein Scheckbuch lieber in seinem Schreibtisch zu verwahren, nicht in meinem eigenen. Und ich musste ihm recht geben. Da war also zu befürchten, Holmes würde mich auch diesmal, verlobt und nach neuer Praxis suchend, nicht ganz ernst nehmen. Ich hatte – ungern denke ich heute daran – zeitweise mein Scheckbuch bei meinem Freund und Mitbewohner in Verwahrung geben müssen, um mich vor mir selber zu schützen. Es war um die Zeit des Falls der »tanzenden Männchen«.

Andererseits hatte ich ja miterlebt, wie auch für Holmes ganz unerwartet der Gedanke an eine Art von Leben aufkam, dass ihn, den Musikfreund, eine Sängerin, zudem eine schöne Frau, in seiner Hagestolzüberzeugung ins Wanken brachte. Und würde Holmes imstande sein, alleine, ohne Partner, die Bakerstreet inklusive Frau zu finanzieren?

Das Gespräch zwischen uns beiden musste ja unbedingt früher oder später geführt werden. In diesen Wochen im beginnenden Herbst 1888 wäre es freilich kaum dazu gekommen. Holmes war sehr häufig von London abwesend. Seit dem »Blutigen Sonntag« vom 13. November 1887 hatte man den Meisterdenker immer wieder bei öffentlichen Aufgaben um Hilfe gebeten. Damals waren hunderte Arbeitslose am Trafalgar Square versammelt gewesen, entgegen einem polizeilichen Verbot. Holmes hatte die sich in diesen Tagen aufbauende Stimmung erkannt und mehrmals die Polizei gewarnt. Am 13. nun griff eine berittene Polizeieinheit die Menge an, es gab mehr als hundert Verletzte und zwei Tote.

Holmes zog sich nach diesem Blutsonntag von öffentlichen Aufgaben für einige Zeit zurück. Sein neues Interesse an psychischen Forschungen brachte ihm einen längeren Aufenthalt in Cambridge. So war ich also alleine mit meinen Entscheidungen, alleine beim Antritt nach Wien.

Ich habe tagelang über eine Antwort auf die Einladung zu meinem Klassentreffen nachgedacht, erst nach einer Woche kam ich zu einem Entschluss. Ich hatte zunächst noch gehofft, Mary mitnehmen zu können. Doch der Kassensturz, zu dem ich mich zwingen musste, die Bilanz meiner aktuellen Finanzlage, vor der ich seit Wochen die Augen zu schließen versuchte, brachte die Entscheidung. Mary selbst hatte mir geraten, lieber alleine zu reisen. Die anderen würden wohl auch nicht alle ihre Ehefrauen oder Verlobten mitbringen, meinte sie, und da sie auch nicht Deutsch sprach, wie sollte sie sich in dem kleinen Ort unterhalten? So wollte auch ich auf diese Reise verzichten. Aber die Aussicht, unter jenen meiner Mitschüler, die denselben Beruf ergriffen hatten wie ich, und in österreichischen Ärztekreisen also eventuell gute Kontakte zu knüpfen, zu Kongressen und Vorträgen eingeladen zu werden, endlich auch die Hoffnung, in der österreichischen

Hauptstadt meine Erfahrungen in der Augenheilkunde erweitern zu können, all das führte nach acht Tagen der Unsicherheit zu meiner Zusage.

Meine Verlobte Mary Morstan hatte zudem auch noch einen weiteren Gedanken in ihrem schönen blonden Köpfchen mit den unvergesslichen blauen Augen so lange mit sich getragen und immer wieder geprüft und von allen Seiten bedacht. Sie hatte den Eindruck, Holmes beeinflusse mich durch seine Persönlichkeit, seine imponierende Präsenz, so sehr, dass ich darüber mein eigenes Leben vernachlässigte. Eine Begegnung mit meiner eigenen Vergangenheit werde mir gut tun.

Seither sind zwar etliche Jahre vergangen, aber die Umstände meiner Fahrt durch halb Europa zu meinem Klassentreffen und die bald darauf folgende zweite Reise sind mir so intensiv in Erinnerung, als hätte ich diese Reisen erst gestern beendet. Alles, was damals mir, meinem Freund Holmes, dem Land Österreich-Ungarn, ja der Welt, widerfahren ist, ließ und lässt sich nicht vergessen, nicht im Großen, nicht im Detail.

Die Planung meiner Reise wurde zur nächsten Hürde. Ja, mit Geld und Zeit, dann wäre das kein Problem gewesen. Aber mir fehlte es an beidem. Der allgemein gerühmte Orientexpress hätte mich über Paris und Mailand nach Venedig und Triest, dann weiter über Innsbruck an mein Ziel gebracht, das schien mir die verlockendste Route. Auch Paris – Lausanne und mit Nebenlinien bis Feldkirch zu reisen hätte mir gefallen. Ich rechnete, und die Differenzen waren zu hoch.

So stand ich am Montag, dem 10. November 1888, auf einem Perron der Victoria-und-Albert-Station, mit kleinem Gepäck, nur zwei Koffern, und bestieg den Zug nach Paris. Von da würde ich mit einer Fahrkarte dritter Klasse über Straßburg nach München weiterfahren und schließlich von München einen Zug nach Feldkirch nehmen, wobei es mit einem einzigen Zug eben gewiss nicht getan sein würde. Man konnte mir in London nicht exakt Auskunft geben, wie oft ich umzusteigen hatte, und äußerte auch Bedenken wegen eines möglichen frühen Wintereinbruchs, der in Österreichs Bergen zu Problemen führen könnte.

Die Reise nahm einen angenehmen Verlauf, insofern, als ich Glück hatte mit diversen Anschlüssen. Weniger angenehm war der Mangel an Komfort, aber dazu hatte ich mich ja selbst entschlossen. Endlich wirklich nicht angenehm war meine Ankunft.

Ich hatte ja alles in allem fünf verschiedene Züge und also Ankunftsbahnhöfe verbraucht, und es gab zum ersten Mal eine deutliche Verspätung. Ein technisches Problem, ich kenne mich da nicht sehr gut aus, hatte dazu geführt – gefrorenes Wasser, glaube ich. Und es hatte während der Fahrt nach Feldkirch stark zu schneien begonnen. Der einzige hauptberufliche Kofferträger, den ich im Schneetreiben auf dem Bahnhof Feldkirch sehen konnte, hatte sich auf den vordersten Waggon konzentriert, mit Recht, denn da stand »I« und nicht »III«, und dementsprechend feudal war der Auftritt einer kleinen Familie, deren Diener sich um das Gepäck bemühte und einen Teil eben diesem Kofferträger übergab, der mit seinen Auftraggebern im Schneetreiben verschwand. Ich blickte weiter um mich, auf Hilfe hoffend, aber es gab sie nicht. Also schleppte ich meine beiden Koffer in die kleine Bahnhofshalle und war froh, dort eine Möglichkeit zur Aufbewahrung zu finden. Und ich stapfte durch den tiefen Neuschnee, der laufend Verstärkung bekam, zum Tagungsort meiner einstigen Schulklasse.

Kleine gewundene Gassen, die unter anderen Bedingungen meine Aufmerksamkeit und mein Wohlgefallen hätten genießen können, erinnerten mich an die fast zweiundzwanzig Monate, die ich im Städtchen gelebt hatte.

Dass sich nicht ein Mensch auf diesen Gassen und dem schönen langen Hauptplatz zeigte, kümmerte mich nicht. Ich kannte meinen Weg. Im Ratskeller hatte ich damals mein erstes Glas österreichischen Biers getrunken.

Die kleine Eingangshalle war mit bunten Fresken geschmückt, biertrinkenden Putti und einigen Faunen, die ihr Klassenziel schon erreicht hatten und das durch merkwürdige Verrenkungen zu erkennen gaben. Eine breite doppelte Schwenktüre mit buntem Glas und Messinggriffen, gleich dahinter ein großer gusseiserner Kleiderständer – alles war wie vor zehn Jahren, nichts hier hatte sich verändert seit meinem letzten Schultag. Ich begann, mir den Schnee von den Schuhen und dem Mantel zu klopfen, aber ich kam nicht weit damit, denn meine späte und nicht mehr erwartete Ankunft im Ratskeller führte zu einem Tumult, sobald man sie bemerkt hatte. Aber diesen Augenblick des Wiedersehens konnte ich noch hinauszögern. Der Anblick, der sich mir da bot, machte mir zu viel Vergnügen.

Schon seit Stunden war das Fest im Gange, dicke Rauchschwaden und bunte Girlanden beherrschten die durchsungenen Räume. In der Mitte des Saals stand ein großes Bierfass, über dessen Inhalt ein weißbärtiger Gehrockträger mit einem Lorbeerkranz im spärlichen Haar, das Gesicht kirschenrot, wachte. Er hatte den Oberbefehl über die Bierverteilung inne, despotisch nahm er seine hohe Aufgabe wahr. Seinem Habitus entsprechend und zwecks höherer Verdeutlichung seiner Würde, hatte er sich rittlings auf das Fass gesetzt, wodurch der Unversehrtheit seines Beinkleids und seines Gilets eine nahe Grenze sicher war. Ähnlich gespannt wie seine Hose war auch ich, nämlich auf ihren Träger. Ich kannte das Gesicht, oder besser, das Gesicht unter dem Gesicht. Wer war das nur? Mir war dieser Blick unter den buschigen Augenbrauen vertraut. Wieder einmal beneidete ich das phänomenale Personengedächtnis meines genialen Freundes Holmes.

Ich nahm eines der vielen leeren Biergläser, stellte mich in die Reihe der vor dem Fasse Wartenden und rückte nach und nach vor. Noch vier Rücken sah ich vor mir, die Hände trugen leere Humpen, jetzt nur noch drei. Einer war abgewiesen worden – der nächste deklamierte: »O Bier, du meine Leidenschaft, ich liebe den, der dich erschafft!« Auch er wurde unter großem Gelächter vom Fasse weggescheucht, der Bierbacchus setzte zu diesem Zweck seine Gehilfen ein.

Einer noch – er hatte Erfolg mit einem kurzen, hübsch gesungenen Lied in einem mir unbekannten deutschen Dialekt, die Gehilfen öffneten den Zapfhahn, ich wurde vor den Allmächtigen geschoben, der mich augenblicklich mit großem Interesse ansah. Also nur, wer einen Sinnspruch oder ein kurzes Gedicht rezitieren konnte, durfte auf Gnade hoffen und verließ den bürgerlichen Bacchus mit vollem Bierkrug. Andere wurden zurückgewiesen und mussten sich von neuem anstellen. Ich hatte das Ritual schon an der Eingangstüre mit ihrem bunten Glas, einer künstlerischen Verherrlichung des angeblichen Bierpatrons Gambrinus, erkannt, und hatte es ja nun kurz studieren können.

Mein Repertoire auf diesem von mir wenig geschätztem Gebiet stammte fast zur Gänze aus der Militärzeit, und so plante ich, im schottischen Wortlaut meiner Kindheit, ein Lied zu singen, das in den Offizierscasinos in Afghanistan jeden Abend beendet hatte, eine Verherrlichung von Malt-Whisky, denn zu Bier fiel mir nichts ein. Verzweifelt suchte ich den Textbeginn, »O my Glenlivet«, äh, und mir kam nichts weiter in den Sinn, sinnlos, ich war dran. »A plaine of sighing and grief!«

Das kam so heraus aus mir. Der Dicke wäre fast von seinem Fass gefallen, so begeistert war er, warum auch immer, er streckte die Arme nach mir aus, brüllte: »Jawohl, hole die Pest Kummer und Sorgen!«, und deutete eine Art Segnung an.

Und damit begann der Tumult.

Umringt von Neugierigen, die dem am weitesten Angereisten unentwegt die Hand schüttelten, konnte ich mich nicht einmal aus meinem Winterpelz befreien. Und jeder hatte andere Fragen.

»Sag, was hat man mir von dir erzählt, eigentlich bist du Detektiv?«

»Hörst, ich beneide dich! Das Leben als Abenteurer muss toll sein – anders als meines als Notariatsgehilfe meines Vaters.«

»Gelt, du warst in Indien? Tigerjäger?« Ein Kellner kam mir zu Hilfe, er nahm meinen Mantel und brachte mir, ohne nach meinem Wunsch gefragt zu haben, einen randvollen Bierkrug.

»Also, das ist ein Missverständnis, ich bin kein Abenteurer, trotz meiner Erfahrungen in Indien, und kein Großwildjäger und ich bin auch kein Detektiv. Aber ich habe einige Kriminalnovellen geschrieben, die übrigens auf wahren Begebenheiten beruhen –«

Weiterzusprechen war nicht möglich – alle riefen wieder durcheinander, immer wieder denselben Namen – Schellenberg. »Wo ist der denn jetzt? Der Schellenberg soll kommen!

Wo es endlich soweit ist, geht er heim! Holts den Schellenberg!«

Aber er war nicht heimgegangen. Er hatte von der Garderobe geholt, was er mir zeigen wollte. In plötzlicher Stille blickte die gesamte alte Klasse zum einstigen Mitschüler Heinrich Schellenberg, der die Aufmerksamkeit durch seltsame Gesten steigerte.

Er hob eine schmale Ledertasche mit beiden Händen in die Höhe, drehte sich mit hochgereckten Armen einmal im

Kreis, mit gehobenen Augenbrauen und weit geöffneten Augen, dann machte er einige Schritte auf mich zu, ließ die Arme sinken, hielt seine Tasche vor meine Augen – und mit den Bewegungen eines Zauberkünstlers entnahm er ihr ein schmales Buch – meinen Erstling, »A Study in Scarlett«.

»Die Überraschung ist dir gelungen! Woher hast du das?«

»John, ich war zwei Wochen in Glasgow, und ohne Buch kann ich nicht einschlafen. Also brauchte ich bald Nachschub, las deinen Namen auf dem Titel und konnte dann mit deinem Buch sehr gut einschlafen.«

Zwar hatte ich auf irgendwelche hilfreichen Kontakte unter meinen alten Mitschülern gehofft, aber dass ich hier nun meinem künftigen Übersetzer gegenüberstehen würde ... Ich bin kein Hellseher. Hätte ich geahnt, welche Erfolge mir meine dichterischen Hervorbringungen gerade in den Übersetzungen ins Deutsche noch bringen würden, ich hätte mir in diesem Dezember 1888 weniger Sorgen um meine Zukunft gemacht.

Wenn ich mir heute, viele Jahre nach den Ereignissen in diesem Winter, meine Aufzeichnungen ansehe, wundere ich mich über meine Ahnungslosigkeit. Schon in diesen ersten Tagen in Österreich hätte mir die eine oder andere Bemerkung, hätte mir mancher Blick ein Zeichen sein können. Aber ich bin eben ich und ich bin nicht Sherlock Holmes. So habe ich eben vieles nicht durchschaut. Nun, da ich die Zusammenhänge, die Entwicklung kenne, kann ich, muss ich manches anders erzählen, als ich es damals, aus dem direkten Erleben berichtet hätte. Aber damals dachte ich noch nicht ernsthaft daran, einmal tatsächlich so viele Abenteuer meines Freundes niederzuschreiben. Er selbst hat mich ja dazu ermutigt, Jahre später.

»Hohe Festcorona! Omnes ad loca!«

Das war neu. Ich verstand, dass ich wie alles hier im Saal

mir nun einen Platz zu suchen habe, aber den Ton, den Ausdruck hatte ich hier in dieser Runde noch nicht erlebt. Ich sah mich nach einem leeren Stuhl um, nur kurz, und ich hatte schon mehrere Angebote – »John, komm, ich habe den Platz neben mir freigehalten, für dich!«

»Nicht, setz dich dorthin! Die vertragen doch unser starkes Bier nicht!«

»Ihr habt's es notwendig! John, bitte!«

Und ich setzte mich neben Heinrich Schellenberg.

»Silentium!«

Schlagartig wurde es tatsächlich still, der Befehl wurde allgemein befolgt, und auch das war mir nicht in Erinnerung. Der junge Mann an meiner anderen Seite deutete meine erstaunten Blicke richtig und sagte leise: »Ich erkläre es Ihnen nachher.«

Hier war also jemand mit mir nicht per Du. Ich kannte den schlanken, ja hageren Herrn nicht. Im nächsten Augenblick, von weiteren geheimnisvollen Kommandos angetrieben, erhob sich der ganze Saal von seinen Sitzen, und der unbekannte Nachbar erwies sich als ein asketisch wirkender Riese von wenigstens einhundertzweiundneunzig Zentimetern Länge, der mir zulächelte.

»Wir bringen unserem einstigen Kommilitonen einen Ehrensalamander, zum Dank für die weite Reise und die treue Freundschaft!«

Meine Ratlosigkeit steigerte sich. Der ganze Saal, alle ehemaligen und jetzigen Schüler der Stella Matutina, alle angereisten Studenten und Absolventen, die pensionierten und die aktiven Lehrer begannen mit merkwürdigen Bewegungen ihre gefüllten Bierkrüge auf der Tischplatte im Kreis zu drehen. Nur mein überlanger Tischnachbar drehte einen leeren Krug, und wiederholte: »Ich erkläre Ihnen das nachher.«

Alles hob die Biergläser und Zinnkrüge und gläsernen Humpen und mit dem Befehl »Ex!« wurde es für einige

Sekunden still, dann knallten die leeren Trinkgefäße auf die Tische und allgemeiner Jubel erhob sich. Und zuletzt sang man, abermals mir zu Ehren, wie ich bald erfuhr, ein Bierlied. Der weißhaarige Bacchus gab von seinem erhöhten Platz aus weitere Befehle, die zu allgemeinem Niedersetzen und nunmehr nicht mehr organisierten privaten Gesprächen, zu Gemurmel führten.

Unter den Anwesenden waren viele, die ich gewiss noch nie gesehen hatte, die erst in den letzten Jahren in diesen Kreis gefunden hatten. Manche schienen knapp vor dem Abschluss zu stehen, einige waren deutlich älter als ich und wohl Mitglieder des Lehrkörpers, wieder andere standen gerade in meinem Alter, aber sie hatten ja einige Jahre vor mir hier ihre Reifeprüfung absolviert und ich konnte sie nicht kennen. Viele trugen bunte Bänder, vom Hemdkragen quer über die Weste gebunden, manche auch Schildmützen, in verschiedenen Farben. Wenn es das schon in der kurzen Zeit gegeben hatte, da ich hier ein etwas verspäteter Schüler war, so hatte ich es nicht gemerkt. Oder man hatte es mir nicht gezeigt, hatte den Fremden nicht einweihen wollen.

»Das wird Ihnen neu sein, wie auch mir, mein Herr?«

Der schlanke Mann zu meiner Rechten gehörte nicht zu dieser großen Runde, hatte zumindest keinen Anteil an ihrem Ritual, auch wenn er am prominentesten Tisch des Saales Platz bekommen oder ihn sich genommen hatte.

»Sie haben recht, ich habe meine Studien weitgehend in meiner englischen Heimat absolviert, unsere Rituale waren andere. Doch das ist ja egal, anderes Land, anderer Strand, nicht, ist es nicht so? Ich wundere mich nur, dass ich all das vor zehn Jahren noch nicht miterlebt habe, damals war ich nämlich Schüler dieses berühmten Gymnasiums.«

»Ich heiße Ion Svensson«, sagte mein Nachbar und erhob sich. Und als er seinen überlangen Körper mir zudrehte, sah ich, was er von Beruf war. Aus einem schwarzen hochgeschlossenen Gilet ragte ein Collare, der Gewerbeschein des Geistlichen.

»Maturajahrgang 1876, aber nicht hier.«

»John Watson, Hochwürden«, gab ich zur Antwort. »Maturajahrgang 1882, ebenfalls nicht hier. Und weil mein Beruf nicht so klar zu erkennen ist wie der Ihre – ich bin Arzt.«

»Oh, das hätte mich auch gereizt, Arzt … Ich komme aus Island, wissen Sie, aus Island … Da muss man weit laufen, um einen Arzt zu finden, in mancher Gegend … Nicht in der Hauptstadt, da gibt es sogar mehrere. Hätte mich gereizt.«

Und mein Nachbar begann zu erzählen. Er war Jesuit, Lehrer und erst seit kurzer Zeit in Feldkirch, nach Jahren in Dänemark.

»Herr Watson, uns trennen einige Jahre, aber sonst wohl wenig.« Ich unterbrach ihn.

»Zwanzig Zentimeter in der Körpergröße, zwanzig Zentimeter in der Mitte, um das hiesige Maß zu gebrauchen. Und dazu noch – zwei Berufe, zwei Religionen. Ich bin anglikanisch getauft.«

»Ach, Island, Hebriden, Schottland … Ich bin zwar dem Polarkreis noch etwas näher, was meine Herkunft betrifft, aber ich erkenne Ihren Akzent. Priester helfen, Ärzte helfen. Und es gibt eine Verbindung, von der Sie nicht wissen können, ich habe nämlich begonnen …«

Immer wieder wurde unser Gespräch von neuerlichen Befehlen in Latein unterbrochen, immer wieder hieß es aufzustehen, zu trinken, sich wieder zu setzen.

»Herr Watson, ich schreibe nämlich seit –«

»Silentium!«

»Also, ich schreibe seit einigen Jahren, nein, eigentlich seit meiner Jugend –«

»Colloquium!«

»Omnes surgite!«

Und immer wieder nahmen wir unser Thema auf, nach jeder Unterbrechung.

»Ich habe gehört, und dank Freund Schellenberg auch gesehen, dass Sie nicht nur Arzt, sondern auch Dichter sind. Das wäre ich gerne.«

»Dichter! Ich habe einiges geschrieben, weniges hat einen Verlag gefunden, und ich weiß nicht einmal, wie das weitergeht. Auch Dichter, um Ihren Ausdruck zu gebrauchen, müssen essen. So bin ich demnächst wieder Arzt, und nur Arzt.«

»Ich habe mich an einigen Erzählungen aus meiner eigenen Jugend versucht, die Sehnsucht nach meiner Heimat war die Triebfeder. Ich will nun trachten, einen Mann zu finden, der das Risiko einzugehen bereit ist, mein Verleger zu werden.«

Sein etwas altmodisches Deutsch hatte mich zu Anfang berührt. Nun begann es, meine Nerven zu strapazieren. Es erforderte höhere Aufmerksamkeit als die einfache Alltagssprache, und da ich entwöhnt war – ich hatte ja seit vielen Monaten diese Sprache kaum mehr gehört und gesprochen – forderte mich die Fülle an ungewohnten, wohl auch außer Gebrauch geratenen Wörtern, die mein Nachbar zu verwenden beliebte.

»Herr Svensson, ich habe eine Bitte. Eben erst angekommen, nach mehrfachem Wechsel der Züge, nach einer Reise von beinahe zweimal zwölf Stunden, wäre es mir lieb, wir könnten unseren Dialog morgen fortsetzen. Ich habe meinen Feldkirchaufenthalt für wenigstens achtundvierzig Stunden geplant. Und mein Banknachbar von einst, Heinrich Schellenberg, wird nur wenig erbaut sein, wenn ich mit ihm kein Wort wechsle.«

»Herr Watson, Sie haben mein ganzes Verständnis. Zudem muss ich sagen, dass ich im Deutschen bedauerlicherweise noch lange nicht so weit bin, die Fülle schöner alter Wörter zu kennen, die Ihren Wortschatz prägt.

Es fordert mich doch sehr. Wir wollen uns morgen sehen.«

»Ach – alte Wörter, also ich –« Aber Svensson war schon in der Menge verschwunden.

Ich wandte mich zur anderen Seite, um das Gespräch mit meinem alten Freund wiederaufzunehmen. Doch Heinrichs Platz war nicht mehr besetzt.

Ich konnte ihn auch nicht an anderen Tischen sehen. Man hatte inzwischen mit dem Aufbruch begonnen. Der Saal hatte sich gut zur Hälfte geleert. Die Fenster waren geöffnet, es schneite nicht mehr. Ich begann, mich nach dem brieflich angekündigten Zimmer in einem nahen Gasthof zu sehen. Meine Koffer waren am Bahnhof, zumindest das Zimmer hätte ich gerne gefunden.

Und auch Herr Svensson hatte wohl längst den Heimweg angetreten, mein triumphaler Empfang mündete in einsame Ratlosigkeit. Ein schlafender junger Mann hatte auf dem Nebentisch eine bequeme Position für seinen umnebelten Kopf gefunden, wir waren inzwischen die letzten Gäste.

»Herr Ober!« Der Kellner, der mich nach meinem Eintritt in den Saal von Hut und Mantel befreit hatte, besorgte das Abräumen der Tische.

»Wo können Ihre Gäste sein, alles nach Hause gegangen? Ich brauche ein Zimmer, ist dieses Haus auch ein Gasthof?«

»Nein, ist es nicht, aber es sind noch lange nicht alle nach Hause gegangen, viele der Herren sind in den Clubräumen.«

Clubräume! Vertrauter Ausdruck! Auch das hatte es zu meiner Zeit nicht gegeben.

»Bitte, führen Sie mich in die Clubräume.«

»Ach, Sie kennen sie nicht? Ja, dann, also, ich weiß nicht, die Clubräume –«

»Ja, bitte führen Sie mich dorthin.«

»Ich, also, ich hole gerne Herrn Professor –«

»Die Clubräume. Es ist alles in Ordnung. Und ich möchte wissen, wie mein Gasthof heißt, man hat mir ein Zimmer reserviert.«

Ich ging, weiteres Zögern nicht mehr abwartend, zur einzigen Türe, die noch immer ständig auf- und zuging, Geschirr und leere Krüge wurden abgetragen, ich blickte abwartend zurück. »Hierher, bitte.« Sehr zögerlich unterbrach der Kellner seine Arbeit und ging mit mir zu einem Gang, den ich für den Weg in den Keller, nicht zu irgendwelchen Clubräumen gehalten hätte. Das kleine Trinkgeld, das ich meiner armen Reisekasse gestattete, ließ ihn nicht schneller gehen.

Gemurmel, leicht ansteigender dumpfer Lärm, noch eine Gangwindung – und wir standen vor einer Türe, hinter der, deutlich zu hören, viele Menschen sein mussten.

»Bitte, lassen Sie mich zuerst gehen, bevor Sie eintreten, ich habe Ihnen nichts gesagt oder gezeigt! Oder?« Und urplötzlich konnte der dahinwackelnde alte Kellner sehr flott den Weg zurück nehmen.

Die Türe ließ sich endlich mit einigem Druck öffnen, nachdem die Nächststehenden sie nicht mehr als Stütze für ihre Rücken verwendeten. Zwischen den vielen Köpfen und Schultern stand ein junger Mann in der Mitte des kleinen Raums, mit nacktem Oberkörper, einen Säbel in der rechten Hand. Und vor ihm saß ein zweiter, auch er halb nackt, ohne Säbel. Sein Kopf blutete stark, auch der Oberkörper war blutüberströmt.

Die geöffnete Türe hatte den Blick einiger Zeugen der mir unverständlichen Szene angezogen. Heinrich Schellenberg drängte sich zu mir, nahm mich bei den Schultern, schob mich aus dem Zimmer. »Wie kommst du hierher, John?« Seine Frage war eher eine Rüge. Es war an mir, Fragen zu stellen.

Für Holmes wäre die merkwürdige Szenerie gewiss auf

den ersten Blick klar gewesen. Seine weiten Reisen, die vielen Erfahrungen, sein scharfer Blick ...

Als ich später begann, die Ereignisse dieser Tage und Wochen zu rekonstruieren, mit meinem Gedächtnis und meinen spärlichen Aufzeichnungen und vor allem im Gespräch mit Sherlock Holmes, erfuhr ich, dass auch er, an eben diesem, meinem ersten Abend in Feldkirch, sich anschickte, von London abzureisen, und auch sein Ziel war Österreich.

*

Wenn er in seine Phasen von tiefer Konzentration versank, half ihm die Pfeife, daneben aber auch, leider in wachsendem Maße, eine spezielle Kokainlösung. Ich hatte zwar gehört, dass manche meiner Kollegen Kokain als Medizin ansahen, aber ich selbst war ganz anderer Meinung. Denn meine Zeit als Militärarzt in Afghanistan und Indien, dazu die Erzählungen meiner Kameraden, die ihr gesamtes berufliches Leben in den Kolonien des Empire verbrachten, ließen mich zu anderen Ansichten kommen, als sie von den Ärzten in Wien oder Budapest vertreten wurden. Der Fortschritt der medizinischen Forschung hat mir schließlich recht gegeben, nach vielen Jahren einer unheilvollen Entwicklung.

Und auch Sherlock Holmes kam, mit ärztlicher Hilfe, schwer unter dem Entzug der geliebten Droge leidend, schließlich wieder davon ab.

Doch damals und auch später, bis heute, verfügte er über ein weiteres Hilfsmittel, gegen das ich keinerlei Einwand hatte, das ich vielmehr schätze – seine Geige. Und an jenem Abend, als ich Schellenberg und die anderen Mitschüler von einst wieder sah, saß Holmes in Bakerstreet 221b und versuchte eine Aufgabe zu lösen, die, ein ganz seltener Fall, selbst von ihm nicht bewältigt werden konnte. Seine Geige gehorchte ihm nur zum Teil.

Neben seinen eigenen improvisierten Melodien spielte er auch einige besonders geliebte Kompositionen immer wieder. Johann Sebastian Bach vor allem war ihm außerordentlich wert, und wenn die »Kunst der Fuge« irgendwie zu hören war, ob am Klavier, ob von einem Kammerorchester, so saß Holmes im Publikum. Er wurde nicht müde, von den »beinahe unendlichen Möglichkeiten, ein einfaches d-Moll-Thema zu variieren« zu schwärmen.

»Sehen Sie nur, Watson, Ihnen ist das ja nicht ganz so wichtig«, sagte er einmal an einem der ersten Tage in unserer gemeinsamen Wohnung, und ich unterbrach ihn sofort.

»Was heißt nicht wichtig? Ich bin zwar ohne Geige, aber mit einem Grammophon eingezogen!«

»Gut, es ist Ihnen wichtig. Umso eher müssen Sie doch spüren – bei aller mathematischen Strenge dieser neunzehn kleinen Werke sind sie dennoch von zarter Schönheit, sie atmen.«

Sätze dieser Art waren von ihm fast nie zu hören, und wenn ich das Wort »Seele« aussprach, begann er sich zu langweilen. Innenleben war und ist für ihn eine Hilfe zur korrekten Deutung von Kriminalfällen.

Holmes besuchte die Konzerte berühmter Violinsolisten, vor allem, wenn Bachs Name auf den Plakaten zu sehen war. Der Musik zuliebe legte er sogar die Pfeife für einige Stunden zur Seite, um sie mit der Geige zu betrügen. Unsere Haushälterin war froh über jede dieser pfeifenlosen Stunden und unterstützte die Entscheidung für die Violine mit der wissenschaftlichen Bemerkung »Holz ist Holz«.

Ich muss diesen Aspekt von Holmes' Leben mit einer gewissen Ausführlichkeit schildern. Denn man kann sonst nur schwer verstehen, weshalb sich jemand auf eine doch lange Reise macht, mag sie auch in eine schöne Stadt führen. Diese Geige war der Grund für Holmes' Reiseplan.

Er hatte plötzlich ein Nebengeräusch vernommen, das ihn beunruhigte. Auf der Stelle packte er sein geliebtes Instrument in den Geigenkasten und ließ sich zu einem jener Geigenbauer bringen, die ihm zwar immer wieder hilfreich zur Seite standen, aber auch eine arge Belastung seiner Nerven bedeuten konnten. Schon einmal hatte es solch ein Nebengeräusch gegeben, und der damals konsultierte Fachmann war schnell mit seiner Diagnose: »Der Steg! Das mache ich Ihnen in, sagen wir, einer Woche!« Aus der einen Woche wurden drei Wochen und das Geräusch war noch immer da. »Jaja, sagte der nächste, »die Darmsaiten ... weshalb spielen Sie nicht auf Metallsaiten?«

Und Holmes war schon auf dem Weg zu einem weiteren Geigenbauer. Der war erfolgreich gewesen und so zog Holmes ihn auch dieses Mal zu Rate.

»Ich habe mich auf dieses Instrument regelrecht gefreut, auch wenn der Anlass für Sie ärgerlich ist. Ich sagte Ihnen doch schon bei Ihrem ersten Besuch – ich gebe Ihnen, wenn Sie mit mir tauschen wollten, eine wunderbare Sante Seraphin, die Instrumente dieses Venezianers sind ganz selten zu finden. Aber das wäre es mir wert. Ich wünsche mir schon lange eine Jakob Stainer.« Damit war das Stichwort gefallen – Stainer, Tirol, Österreich.

Dieses Angebot, sein Instrument aus der Werkstatt des berühmten Tiroler Geigenbauers Stainer zu verkaufen oder zu tauschen, hatte Sherlock Holmes schon öfter bekommen. Aber dazu war er absolut nicht bereit. Im Gegenteil, er wollte schon lange nach Österreich reisen, in Jakob Stainers Heimat, wollte die Musikhauptstadt der Welt sehen, Wien, und vielleicht einmal selbst sogar einige Takte in Mozarts Sterbehaus spielen.

Holmes nahm seine Geige wieder mit, überlegte, welchen Fachmann er denn noch in London aufsuchen könnte – und kam auf eine Idee. »Wien! Ja, natürlich, Wien! Die Stadt muss ein Paradies für Geigenbauer sein!«

Von diesen Überlegungen konnte ich nichts wissen, als ich in Vorarlberg endlich in meinem Feldkircher Gasthof ankam. Heinrich war aus dem Gastraum mit den sonderbaren Ereignissen gestürzt, hatte mich zum Ausgang des Ratskellers gedrängt, nahm während des raschen Durchschreitens des jetzt ganz leeren Festsaales unsere Mäntel und Hüte vom Kleiderständer und überhörte beharrlich meine neugierigen Fragen.

»Warte, warte, bis wir draußen sind.« Mehr war nicht aus ihm herauszubringen. Erst auf der Straße, einige hundert Meter entfernt, knurrte er: »Was interessiert dich das? Ein Duell. Ich bin Arzt wie du, ich finde das überflüssig und dumm, aber was soll ich tun? Es ist seit einigen Jahren hier in Mode gekommen, und besser, ein Arzt ist dabei, wenn es denn schon sein muss. Heute sind gleich mehrere Ärzte dabei gewesen, sonst wäre ich nicht so schnell mit dir auf der Straße gestanden. Und hier sind wir schon: die ›Linde‹. Aber du hast ja kein Gepäck?«

Ich musste in dieser Nacht ohne meine Koffer auskommen. Der Bahnhof war längst geschlossen, sagte man mir im »Gasthof zur Linde«, und gleich am Morgen werde der Hausdiener meine Sachen holen und auf mein Zimmer bringen.

Mir war das alles sehr gleichgültig. Mein einziger Gedanke, der letzte dieses endlos langen Tages, galt dem Bett.

Der Sonnenschein drang mit Macht durch die geschlossenen Vorhänge. Ich konnte nur schätzen, wie lange ich geschlafen hatte: acht oder neun Stunden. Wann war ich hergekommen? Ja, Heinrich, er hatte mich begleitet, es war lange nach Mitternacht gewesen, mit nur ganz kurzem Gruß hatte er mich verlassen. Vielleicht war er zurück in den Ratskeller gelaufen, zu diesem Duell?

Das Duell. Auch bei uns hat es so etwas einmal gegeben, ich konnte mich freilich nicht entsinnen, in der Gegenwart je davon gehört zu haben. Ja, in den Ritterromanen von Walter Scott, aber im Alltag? Sehr seltsam. Bald sollte ich der Erklärung einen Schritt näher kommen.

*

»Guten Morgen, Herr Doktor!« Die junge Frau in der kleidsamen Tracht ihres Landstrichs kam mir mit ausgestreckter rechter Hand entgegen. »Ein verspätetes Willkommen in der ›Linde‹! Sie sind gestern so spät zu uns gekommen, da konnte ich Sie nicht mehr begrüßen.«

Wäre mir nicht zwei Monate zuvor meine Mary so besonders wichtig geworden, diese Begegnung hätte mich aus meinem Gleichgewicht bringen können. Dunkles langes Haar, zu einer kunstvollen Frisur zusammengesteckt, gab einem Gesicht den Rahmen, das vor Lebensfreude strahlte.

»Unser Hausdiener ist krank. Es hängt, vermute ich, mit einer Familienfeier zusammen, er ist gestern Großvater geworden. Mein Mann ist zum Bahnhof gefahren und holt gerade Ihr Gepäck.«

Ich war wieder auf dem Boden der Realität.

»Bis er zurückkommt, könnten Sie Ihr Frühstück genießen. Er freut sich schon auf das Wiedersehen. Und außerdem wartet ein Herr auf Sie, ein geistlicher Herr. Darf ich Ihnen den Weg zeigen –«

Wiedersehen? Wieso Wiedersehen? Und sie führte mich zur Tür des Frühstückzimmers, öffnete sie und übergab mich einer anderen Schönheit. – »Meine Schwester. Sie werden sicher Ihren englischen Tee unserem Kaffee vorziehen?«

Ich dankte, setzte mich an einen Tisch und fragte nach dem Herrn, der mich erwarte. »Er sitzt schon seit einer Stunde hier, aber er liest in einem kleinen Buch und will Sie nicht beim Frühstück stören.«

Ich erklärte, dass der Herr mich keineswegs störe, auch werde er sicher eine Tasse Tee mit mir trinken wollen, und man ging, ihn zu holen.

»Herr Dr. Watson, guten Morgen!«

»Guten Morgen, Herr Svensson, Dr. Svensson, nehme ich an?«

»Ja, aber davon mache ich wenig Gebrauch. Früher wollte ich meine Pfarrkinder nicht mit meinem Titel einschüchtern, jetzt macht es mich bei den Schülern jünger, wenn ich einfach Ion Svensson bin.« Er überreichte mir eine auf einfachem Papier gedruckte Visitenkarte, ich las »Ion Sveinsson, Künstlername Svensson. Kopenhagen.«

»Ja, den Künstlernamen haben Sie schon!« Und ich gab ihm jetzt meine Karte, »John Watson, MD. Late of the Army Medical Department.«

Und mein neuer Freund berichtete mir von seiner Heimat Island, von der Reise nach Kopenhagen, wo er die Schule besuchte und später studierte. Ich unterbrach ihn nicht, aber ich wartete ungeduldig auf einige Worte zum vergangenen Abend.

Als er aber nach einer halben Stunde erst bei seiner Absicht war, Bücher für Kinder zu verfassen, da wehrte ich mich.

»Herr Svensson, all das interessiert mich wirklich sehr, wir wollen auch gleich von Ihren literarischen Plänen sprechen, nur – ich bin so neugierig, was die mir nicht erklärlichen Ereignisse von gestern betrifft. Sie kennen ja noch gar nicht alle.« Und ich erzählte von dem Extrazimmer, von dem Duell.

Das schmale Gesicht unter dem rotblonden Haar zeigte keine Spur von Erstaunen.

»Zuerst – verzeihen Sie meine Unaufmerksamkeit, ich habe nur an mich gedacht. Aber ein Isländer und ein Engländer sind hier etwas sehr Seltenes, zumal wenn sie beide so gut Deutsch sprechen wie wir es tun, ist es nicht so? Da fühle ich mich eben gleich verbunden, ja vertraut, und deshalb habe ich zuerst einmal berichtet, wie ich es in meiner Schule, nein, in unserer Schule niemals könnte. Ich will niemanden langweilen – halt, ich bin schon wieder am Fabulieren, pardon, also gestern Abend. Sie hatten so verwundert gewirkt, aber Sie waren doch hier Schüler? Ich hingegen bin erst seit April des heurigen Jahres an diesem Institut.«

»Ich bin vor rund zehn Jahren zuletzt hier gewesen, damals hat es keine solchen Feste gegeben, alles war eher ruhig, auch wenn wir beim Bier saßen. Aber dieses Auf und Nieder, die Bierverteilungsordnung, die bunten Bänder, wir hatten das damals alles nicht. Und ich kenne das auch nicht von meinen Schulen in England. Das Vereinigte Königreich liebt Uniformen, aber diese Tracht gibt es bei uns nicht. Und auch wir haben an den Universitäten und an den höheren Schulen unserer Rituale, aber eben ganz andere. Als ich hier vor zehn Jahren als Schüler war, hat es alle diese Bräuche übrigens auch in Feldkirch noch nicht gegeben.

»Und das hat Sie irritiert, Doktor Watson. Ich kann es verstehen, wiewohl in meinen Studienjahren in Kopenhagen Feste dieser Art nichts Ungewöhnliches waren.«

Das war also die Erklärung, die er mir versprochen hatte. Eine zu einfache Erklärung, die hätte Svensson nicht geheimnisvoll ankündigen müssen.

»Doktor Svensson, und deshalb sind Sie hierher gekommen? Ist das alles?«

»Wenn Ihnen sonst keine Fragen einer Antwort wert scheinen, ja. Ich kenne ja nicht Ihre Erwartungen an das Wiedersehen mit der Vergangenheit, und ich möchte Sie auf gar keinen Fall auf irgendwelche Umstände hinweisen und somit verwirren, die außer mir wohl niemandem als seltsam erscheinen. Und vor allem, ich wollte Sie um Ihre Erfahrungen mit Verlagen, mit dem Verlagswesen überhaupt bitten. Deshalb bin ich zu Ihnen gekommen, ja ...«

»Was erscheint Ihnen seltsam? Mir jedenfalls der ganze gestrige Abend, soweit ich ihn mitgemacht habe, ich bin ja recht spät erst dazugestoßen. Mir war alles neu, und manches nicht angenehm. Mir war es zu laut, zu militärisch, zu – unverständlich. Ich hatte mich auf ein Rendezvous mit meiner Jugend gefreut und bin tatsächlich verwirrt worden.«

Svensson hatte sich innerlich zurückgezogen, wollte mir nicht antworten, er war anders als gestern Abend. Sein Blick wanderte unruhig durch den Raum, die Hände lagen nicht wie gestern unbewegt auf dem Tischtuch, die Finger trafen sich einmal zu einer Faust, dann waren sie gespreizt.

»Ich kann dazu nicht viel sagen, ich bin ja erst seit kurzer Zeit hier, seit April des heurigen Jahres, ich –«

»Sie haben mir das ja vorhin gesagt, aber in diesen sieben Monaten haben Sie doch Ihre Erfahrungen gemacht? Oder anders, ich darf Sie doch nach einigen Einzelheiten fragen, und wenn Sie mir keine Antworten geben möchten, bitte, ich werde Sie nicht bedrängen. – Wer war der dicke Mann im Gehrock auf dem Fass?«

Svensson lachte laut auf und, wie mir schien, erleichtert. Dieses Thema war offensichtlich nicht heikel.

»Er ist der berühmteste Student von Tirol und Vorarlberg! Falstaff nennt er sich, und dass Sie ihm mit einem Shakespearezitat beim Bierempfang die Aufwartung gemacht haben, das hat ihn doch so deutlich gefreut! Sogar ich habe den Satz erkannt, Shakespeare, Falstaff in Heinrich IV.!! Aber den Menschen müssen Sie doch kennen! Wir nennen ihn Methusalem, nicht Falstaff. Er hält, höre ich, zurzeit im achtundvierzigsten Studiensemester. Jus, notabene! Jus!«

Svensson hatte seine Selbstsicherheit wiedergefunden. Ich beschloss, sie nicht zu gefährden.

»Aber wieso nennt er sich Falstaff? Er heißt doch sicher irgendwie deutsch oder österreichisch, mit seinem Akzent, heißt meinetwegen Franz, Karl, Robert, Josef, aber doch nicht Falstaff? Nicht einmal bei uns, wo Shakespeare zuhause ist, wird man jemanden finden, der so heißt, nur am Theater.«

Svensson lachte abermals, sein schmaler Oberkörper beugte sich vor Vergnügen über den Tisch, die linke Hand schlug flach auf die Tischplatte. »Ja, ich verstehe Ihre Verwunderung über diese merkwürdige Persönlichkeit, ja, doch, – eine Persönlichkeit. Seine Eltern sind früh verstorben, er war der einzige Erbe, verfügt über ein Vermögen, er bewegt sich gerne in Studentenkreisen – und das ist es. Er vermeidet Prüfungen, bezahlt bei manchen akademischen Feiern alles, vom Blumenschmuck bis zum Festessen, und hat sich auf diese Weise Freunde gemacht. Und er hat dieses Ritual eingeführt.«

Also eine Art ganzjähriger Faschingprinz, auch das gibt es bei uns in dieser Form nicht. Hier hatte ich den Brauch aber schon erlebt, einer befiehlt und bezahlt vielleicht sogar selbst, alle folgen und machen mit und … ja, aber das war mir nie unangenehm gewesen.

»Doktor Svensson, ich habe aber etwas verspürt, eine Atmosphäre von Gefahr, das mag ein zu starkes Wort sein, jedenfalls von Aggression, Aggressivität, es war einfach nicht so – jetzt kommt ein schweres Wort, Sie werden es dennoch kennen – es war nicht gemütlich.«

Svensson hätte sich in sein Schneckenhaus zurückziehen können, doch er hat sich nicht zurückgezogen. Er lächelte kurz, nickte mehrmals, und wiederholte meine letzten Worte.

»Nicht gemütlich, ja, nicht gemütlich, ich kenne das Wort mittlerweile, auch wenn es in dieser Form in unserem Wortschatz fehlt ... Sie haben es also gespürt. Nicht gemütlich.«

Still saßen wir einige Sekunden. Die schöne, ein wenig rundliche Wirtin unterbrach die kurze Ruhe. »Ihre Koffer sind da! Und mein Mann!«

Ich hatte einen jugendlichen Hünen erwartet, ein würdiger älterer Herr stand vor mir.

Er lächelte und reichte mir die Hand. »Johnny!«

Ein Wiedersehen also, aber mit wem? Meine Ratlosigkeit war offenbar zu erkennen. »Weigand heiße ich! Du warst mit meinem Sohn in der Klasse. Deshalb hat ja Heinrich bei mir reserviert. Aber mein Eduard kann leider nicht zu Eurem Treffen kommen. Sie lassen ihn nicht weg. Der Kommandant hat kein Verständnis für das Maturajubiläum gehabt. Von Krakau nach Feldkirch ist es allerdings wirklich weit, oder?«

Aha, also ein Eduard Weigand, jetzt Offizier, ich konnte mich wirklich nicht erinnern.

»Ja, natürlich Herr Weigand, der Eduard! Er wollte doch immer schon Soldat werden, lassen Sie ihn herzlich grüßen! Eine Gemeinheit, dass die Krakauer ihn mir vorenthalten!«

»Jawohl! Deutsche Worte! Das freut mich, dass du dich so gut an ihn erinnerst, ich werde es ihm schreiben! Noch einen Tee?« Wir nahmen unser Gespräch wieder auf.

»Herr Svensson, zurück zu unserem Thema – an diesen Falstaff erinnere ich mich nur sehr ungenau. Er war ja auch jünger und sicher noch nicht ganz so korpulent. Aber diese mich bedrückende, ja gefährliche Stimmung dürfte gestern Abend nicht von ihm ausgegangen sein, und so wichtig ist das alles ja auch nicht.«

»Ja, so wichtig ist das ja auch nicht ...« Nachdenklich wiederholte er meine Worte, zweifelnd.

»Etwas ist geschehen, seit ich hier bin. In diesen sieben

Monaten hat die Atmosphäre sich gewandelt, vor allem in der Freizeit. In der Schule selbst ist es nicht zu spüren. Da ist alles korrekt, ja freundschaftlich wie eh und je. Also, ich weiß einfach zu wenig. Ich kann Ihnen nur sagen, dass diese Befehle in Latein und das viele Aufstehen und Hinsetzen erst seit dem Studienbeginn heuer im Herbst zu verzeichnen sind, und dass ich meine, es kommt vom Einfluss dieses Studienmethusalems, der sich selbst Falstaff nennt. Mehr weiß ich auch nicht. Könnten wir eventuell noch kurz zu meinen Schreibeplänen –«

Ich beantwortete den unvollendeten Satz mit einem zustimmenden Lächeln. Svensson wiederholte, was er mir schon eingangs berichtet hatte, nun aber kam er in Fahrt und erzählte voll Eifer, das Sprechtempo steigerte sich, von den Skalden, Homers skandinavischen Kollegen, die von Siedlung zu Siedlung, Fürstenhof zu Fürstenhof zogen, in grauer Vorzeit und ihre Lieder sangen.

»So etwas möchte ich sein für die Gegenwart, ich erzähle von meinem Volk und den Geysiren, vom Vätnajökull und den Eisbergen, von Orkanen und tapferen dänischen Seefahrern und vom Walfang. Die Hauptfigur heißt Nonni, das bin ich, so hat man mich, den Knaben, genannt.«

Nonnis Augen glänzten, er war vor Begeisterung rot geworden und sah mich erwartungsvoll an.

»Eine schlimme Sorge bereitet mir der Anfang. Ich habe bemerkt, dass mich die Anfänge stets langweilen. Nehmen Sie die Bibel, das Alte Testament, das langweilt mich nicht. Aber wie soll ich herankommen an ›Im Anfang war das Wort, und das Wort war bei Gott‹?«

Meine Antwort erfolgte ein wenig zögernd.

»Vielleicht sollten Sie nicht ganz so hoch ansetzen, lieber Doktor Svensson, erzählen Sie einmal einfach munter so vor sich hin. Von Ihrer Kindheit, wie Sie es gerade vorhin zu mir getan haben, einfach erzählen, ohne den etwas hoch angesetzten Anspruch mit dem Alten Testament. Man weiß wohl auch zu wenig, hier zumindest, von Ihrem schönen Land. Ihre Absicht, die eigene Lebenserfahrung zur Basis zu machen, hat einen großen Vorteil. Man kann auf diese Weise die eine oder andere Wendung seines Lebensweges korrigieren, kann falsche Entscheidungen so schildern, als wären sie richtig gewesen, ja man kann sogar die eigene Durchschnittlichkeit und Biederkeit einem Leserkreis in einer Weise darstellen, als handle es sich um geplante souveräne Kraft des Intellekts und nicht um Ketten von Zufällen und Fehlentscheidungen. Am eigenen Mittelmaß leidend kann der schreibende Mensch Gedachtes und Gesagtes ungedacht und ungesagt machen und –« Ich war in meinem Monolog etwas zu lautstark geworden. Svensson sah mich erschrocken an. Nun war es mein Kopf, der vor Erregung rot geworden war.

Mit ziemlich genau diesen Worten hatte mir Freund Holmes vor wenigen Monaten empfohlen, unsere gemeinsamen Abenteuer, besser eigentlich – Arbeiten, zu verewigen. Außer »A Study in Scarlett« hatte noch manches seine Zustimmung erfahren, so hatten wir begonnen, von weiteren Möglichkeiten zu sprechen.

»Ich bleibe vielleicht noch zwei Tage, Doktor Svensson, einmal möchte ich gerne die anderen treffen, nicht nur Heinrich Schellenberg, auch andere, die ich in der Runde bemerkt habe, das ist ja alles so schnell gegangen gestern, kaum ein Gespräch hat es gegeben. Wir wollen uns noch einmal sehen, einverstanden?« – »Sehr gerne, heute zum High Tea?«

Merkwürdiger Mann, Isländer mit dänischem Studium und österreichischer Gegenwart, kennt mein Wort für Abendessen und behauptet, er spreche nicht gut Englisch.

Er ging zu seinem Arbeitsplatz, wo er in kaum einer Stunde zu unterrichten beginnen würde. Ich blickte seiner hohen, leicht gebeugten Gestalt lange nach. Seine Finger waren unablässig in Bewegung, wie bei Pianisten oder Dirigenten.

Ich freute mich auf einen Rundgang durch eine kleine Stadt, die für mich voller Erinnerungen war. Die lustige Buchhändlerin, in die wir alle verliebt gewesen waren, der Gasthof zur Post, das Haus am Fuße der Schattenburg, mit meinem Untermietzimmer ...

Als ich die »Linde« verließ, nickte mir ein seltsamer Zug zu – zwei Wesen mit weißen Köpfen und daneben zwei ernste Herren in schwarzer Kleidung.

Einen der Herren erkannte ich schnell als Freund Schellenberg, die beiden mit den verbundenen Köpfen waren, kaum ein Zweifel, die Kontrahenten von gestern Abend im Ratskeller, und Heinrich rief mir zu: »Ich komme zu Mittag in deine ›Linde‹!«

Bis Mittag ging ich durch vertraute Gassen und über Plätze, die mir manches Wiedersehen bereiteten, dann kehrte ich zurück in meinen Gasthof.

Ich war ja erst vierundzwanzig Stunden lang in Feldkirch, also konnte sich noch ein interessantes Gespräch mit einem meiner früheren Mitschüler ergeben, wenn nicht mit Schellenberg, so mit einem anderen der Mitschüler, die ebenfalls Mediziner geworden waren. Vielleicht gab es ja sogar einen Augenarzt in ihrer Gruppe, der mir den Kontakt zu den so gerühmten Wiener Augenärzten herstellen könnte.

War das aber nicht der Fall, so wäre es klug, rasch zurückzufahren. Bis jetzt war das Ergebnis der Reise enttäuschend. Ratschläge für einen künftigen Kinderbuchautor, gegeben von mir, der sich selbst an die Hoffnung klammerte, mehr als nur dieses eine Mal verlegt zu werden. Augenzeuge bei einem sogenannten Duell, ein Spaziergang durch ein Stadtbild, das ich zuhause an jeder Bahnstation antreffen konnte – eine schwache Bilanz. Und so betrat ich, zum Zweck der Verbesserung dieser Bilanz auf der Waagschale des Vergnügens, wenn schon die Waagschale des Sinns dieser Reise so stark nach oben ging, ein kleines Gasthaus, »Zum Kaiser Maximilian«. Ich bestellte mir einen doppelten Obstschnaps und dachte nach. Ich hatte nur eine einzige Möglichkeit: ein Gespräch mit den alten Bekannten. Vielleicht ergab sich etwas daraus, wenn nicht, Rückreise. Ich hatte mir von diesem einen, dem ersten Abend, eben zu viel erhofft.

Ich bezahlte meinen Schnaps und schlenderte im Wintersonnenschein zurück in den »Gasthof zur Linde«. Die Schwester der Lindenwirtin gab mir zusammen mit meinem Zimmerschlüssel auch ein Kuvert: die Einladung, mit Schellenberg und einigen anderen hier im Haus das Abendessen einzunehmen. Eine Antwort wurde nicht verlangt, man rechnete mit dem Umstand, dass ich ja dieser Runde wegen extra angereist war. Da musste eben Svenssons High Tea dran glauben.

Den Nachmittag verbrachte ich in meinem Gasthofzimmer, ich begann einen Brief an meine Verlobte Mary zu schreiben. Wenn ich sehr bald abreisen und noch vor meinem Brief in London ankommen würde, hätten meine Zeilen den Wert eines Tagebuchs; und sollte es sich doch noch ergeben, dass ich wegen einiger beruflicher Hoffnungen länger bleiben würde, so hatte meine Mary schon bald ein seitenlanges Lebenszeichen in ihren kleinen Händen.

Um 18.00 klopfte man an meine Türe, der Hausherr selbst stand da, die Runde war vollzählig und erwartete mich. Ich bat ihn, Dr. Svensson zu uns zu führen – dazu sollte es allerdings nicht kommen. Und ich war erleichtert zu hören, dass für heute Wein angesagt war. Er regt meinen Geist an, und ich halte, im ernsteren Fall, mit ihm länger durch. Whisky ist mir auch heute noch ein besonders angenehmes Getränk, aber das schwere Bier vom Vortag und das noch schwerere Stout bei mir zuhause machen mich schläfrig und bringen mich um gute Gedanken. Weißwein aus Südtirol würde uns also durch den Abend und hoffentlich zu manchem für mich wichtigen Thema begleiten.

Sechs jüngere Herren hatten um den ovalen Tisch Platz genommen. Über ihm hing ein großer hölzerner Luster, um dessen Reif eine geschnitzte Herde von Kühen dahinzog. Die Bilder an den Wänden zeigten Landschaften, die mich wohl kaum von unseren Gesprächsthemen ablenken würden.

Neben Heinrich Schellenberg sah ich den kleinen Stupica, mit ihm hatte ich nur wenig Kontakt gehabt. Dann waren da die beiden Brüder Bauer, Gastwirtssöhne aus einem Städtchen in Niederösterreich, neben ihnen Erwin Hart – seine Familie war vor einigen Jahren geadelt worden und so hieß er nun Erwein Hart von Felsenberg, ungemein adelsstolz. Und endlich Gellert von Gáldy, ein kürzlich getaufter katholischer Ungar. Als einziger der Runde gehörte ich einer anderen Religion an, und dass die Patres Jesuiten mich, den Anglikaner, akzeptiert und auch nicht zu bekehren versucht hatten, war mir schon vor zehn Jahren sehr angenehm gewesen. Zwischen Hart und Gáldy wartete ein freier Sessel.

»Prosit, liebe Freunde!« Schellenberg hob das volle Glas, auch die anderen Gläser standen gefüllt vor uns, man hatte auf mich gewartet. »Prosit!«

Der Wein, ein Malvasier von Felsenbergs Weingut, ließ auf einen akzeptablen Abend hoffen.

»John, wir haben uns etwas überlegt. Jeder soll zuerst von sich selbst sprechen, in der Reihe, wie wir da sitzen. Du bist zuletzt dran, das Beste zum Schluss, wir sind sehr gespannt. Außer deinem Buch, das ich gestern mitgebracht habe, wissen wir ja kaum etwas von dir. Stupica, fang an.«

Ein geradezu zarter junger Mann, rund dreißig Jahre alt wie die ganze kleine Gesellschaft, mit einer Andeutung von blondem Schnurbart, war Egon Stupica. Er hatte mit achtzehn Jahren ausgesehen wie ein Zwölfjähriger, jetzt hätte man ihm maximal zwanzig gegeben.

»Naja, geboren und das alles, davon müssen wir ja nicht erzählen, das habt ihr doch noch alle in Erinnerung. Aber seither, gelt? Das wollen wir wissen. Ich bin nach Wiener Neustadt auf die Militärakademie gegangen, gleich von hier, vor zehn Jahren. Mein Vater war bei der Okkupation von Bosnien und Herzegowina dabei, Major Infanterieregiment Nr. 13, seinem Beispiel bin ich gefolgt. Jetzt bin ich Oberleutnant, Infanterieregiment 59, in Salzburg. Dort hab ich eine Freundin, verheiratet, aber nicht mit mir, blond, und eine in Bregenz, nicht verheiratet, auch nicht mit mir, auch blond, so komme ich also ziemlich oft nach Feldkirch, auf der Durchreise.«

Und während der Tisch die kurze Schilderung mit beifälligem Lachen quittierte, erinnerte ich mich an den kleinen Egon, der früher sogar vor Hunden Angst gehabt hatte, viel mehr noch vor Pferden, und bei der Erwähnung eines Mädchennamens rot geworden war.

Die Brüder Bauer waren Zwillinge und hatten das Glück gehabt, dass ihr Vater Besitzer zweier Gasthöfe im Süden Wiens war. – »Er ist gestorben, da waren wir erst dreiundzwanzig Jahre, eigentlich hatten wir beide nach unserer Matura mit Latein und Griechisch studieren wollen, Peter Medizin, ich irgendwas, ich hab mich nicht entscheiden können. No, so sind wir eben beide sehr gebildete Gastwirte geworden.«

»Und sehr dicke!«, rief einer aus der Runde.

»Kusch, Erwin, pardon, Erwein. Johnny, komm uns besuchen, wenn du in Wien sein solltest, einmal.« –

»Gerne, wo denn?«

Und damit begann ein reger Austausch von Visitenkarten. Peter Ferdinand Bauer war Wirt in Neunkirchen, Carl Ludwig Bauer war Wirt in Wiener Neustadt. Noch fehlten mir Erwin Hart, nunmehr Gutsbesitzer in Brixen in Südtirol, und Gellert von Gáldy. Er hatte keine Visitenkarte bei sich, und er erzählte am längsten. Seine Familie hatte weite Besitzungen in Siebenbürgen, er sagte lieber Transsylvanien, auch eine Bierfabrik, er war Reserveoffizier bei der Kavallerie, verbrachte den Großteil des Jahres auf Reisen –»Nicht nur Dienst! Bittesehr, seeehr viel auch Spaß!« – und hatte den starken ungarischen Akzent bewahrt, den ich seinerzeit erst nach längerer Lehrzeit verstehen hatte können.

Heinrich Schellenberg fasste sich kurz.»Ihr wisst es ohnehin alle, Arzt bin ich, in Wien, Geld hab ich keines und meine Braut ist mir neulich davongelaufen. Dir, John, erzähle ich mehr, wenn wir nach Wien fahren. Du kommst doch mit? Ich hatte auch einmal vor, mich ganz auf Augen zu spezialisieren, das interessiert doch dich auch, hast du mir jedenfalls geschrieben. Da kann ich dich da oder dort bekannt machen, vor allem mit meinem Vater, der kennt alles, was in Wien Rang und Namen hat. Im Zug ist es eh fad, da haben wir viel zu reden. Und jetzt sag du etwas, Erwin, bitte, oder du, John! Vorher aber – Prosit, eine neue Flasche, Fräulein!«

»Ich möchte lieber unserem Ehrengast Watson die letzte Stelle lassen, wie ausgemacht, also ich –«

Aber ich hatte mich schon von meinem Sitz erhoben.

»Freunde, ich erzähle auch nur, was seit unserem Abschied damals geschehen ist. Medizinstudium, zum Militär in Netley, Grafschaft Hampshire. Ich sollte an das berühmte St. Bartholomew's Hospital kommen, irgendeine Intrige hat es verhindert, das soll es auch in Österreich-Ungarn geben, habe ich gehört. Ich bin Militärarzt geworden, war in Indien, in Afghanistan, schwer verletzt, wieder Zivilist, ich lebe in London und werde dem-

nächst meine eigene Praxis eröffnen. Und heiraten. Das war es.«
»Also, bitte«, ließ Gáldy sich vernehmen. »Sehr schön, weil sehr kurz. Sehr nicht schön, weil kein Abenteuer. Größte Eindruck – dein Deutsch ist auch heute besser als meins.«
Der Lacherfolg zeigte jede Sympathie für den Ungarn, keinen Spott.
»Bei uns im Theater in Wiener Neustadt, Gellert, also, du hättest einen Riesenerfolg im 3. Akt als Komiker!«, lobte einer der beiden Brüder Bauer (ich konnte sie nicht mehr auseinander halten).
»Ihr werdets das ja gehört hab'n, vor kurzem hat der Gelly gesagt, bei irgendeinem offiziellen Fest, in einer Ansprache vor alle möglichen wichtigen Leut' von der ungarischen Gentry, also sagen hat er wollen: ›Und bitte, tut's keine Gerüchte in die Welt setzen!‹ Und was hat er gesagt? ›Bitte, tut's keine Gerüche auf die Erde setzen!‹ No, da is' es zugegangen!«
Der unfreiwillige ungarische Humorist sah mich, der wie er mit einer anderen Sprache aufgewachsen war, melancholisch an. »Weißt du, und der Trottel wundert sich, wieso er nie bei mir eingeladen ist.«
Erwin Hart war ein besonders liebenswerter, immer hilfreicher Schulkamerad gewesen. Er hing an seiner Heimat im Süden des Landes, verstand sehr viel von den Weinstöcken seines Vaters und von den Edelkastanien, von Jahreszeiten und Blüten und Baumkronen und liebte all das, liebte die Natur ganz allgemein und seine Berge ganz besonders. Zudem war er schon mit kaum dreizehn Jahren ein geradezu begnadeter Reiter gewesen, voltigierte, nahm die für ihn nicht so sehr weite Heimreise von Feldkirch nach Brixen auf sich, wenn es einem seiner liebsten Pferde nicht gut ging. Er hatte, bald nach dem Schulabschluss, durch den frühen und plötzlichen Unfalltod sei-

nes älteren Bruders, das Gut übernehmen müssen und führte es zu hoher Blüte, in nur wenigen Jahren. Leise, in knappen Worten, berichtete Erwin von diesen letzten Jahren, von seiner kurzen Zeit als Einjährig-Freiwilliger bei einem Kaiserjägerregiment, und als er zu Ende war, nach wenigen Minuten, erhob er das Glas.

»Wein aus meiner Gegend, ich trinke meinen Ehrenrest auf dein Wohl, Johnny. Du bist dran, Heinrich Schellenberg. Bitte um ein Thema!«

Lieber wäre es mir nun gewesen, ich hätte ohne weitere Einteilung einfach mit meinen Tischnachbarn und den anderen reden können, wie es sich eben so ergeben hätte, aber das wurde nicht zugelassen. Man suchte sich stets zuerst ein Gesprächsthema, jeder musste etwas dazu äußern. Ich konnte nicht wissen, wie stark die ganze Tischgesellschaft, ja, die ganze große Runde von gestern unter dem Eindruck verschiedener Ereignisse stand, die in dem Jahr stattgefunden hatten, das sich seinem Ende näherte.

Glücklicherweise kam es nicht sogleich zu diesem befohlenen Thema. Stupica nutzte die Gelegenheit. Erwin Hart war nämlich aufgestanden, um die Berglandschaften an der Wand zu betrachten. Stupica setzte sich neben mich.

»Hast eine Freundin?«

»Ich habe euch doch gerade vorhin erzählt, dass ich bald heirate. Freundin nicht, aber eine Verlobte.«

»Na, das sagt doch nichts, deswegen kannst ja doch eine Freundin haben. Und wenn nicht, ich helf' dir. Ich weiß eine, demnächst frei. Sie weiß es noch nicht. Meine in Salzburg, kann ich sehr empfehlen. Schöne Stadt, Mozart, weißt eh. Ich stell' dich vor, wenn du magst.«

Das liebenswürdige Angebot ließ sich nicht weiter besprechen, denn mein Tischnachbar kam zurück und forderte seinen Sitzplatz.

»Sag einmal, was haltet Ihr Briten denn von den letzten Entwicklungen in Deutschland?«

Ich interessiere mich für Politik, selbstverständlich, aber ich bin nicht ständig auf dem letzten Stand der Dinge. Also vorsichtig antworten, ich spreche ohnehin nicht gerne über dieses Thema.

»Der neue Kaiser, der junge, Wilhelm II., war doch gerade bei uns«, sagte Erwin.

»Ich weiß, er ist der Enkel unserer Königin Victoria, seine Mutter, die Kaiserinwitwe, ist ihre Tochter.«

Politische Äußerungen gehen bei mir bis ungefähr an diese Grenze. Genealogisches, Mitteilungen über derzeitige Kuraufenthalte, bitte, aber darüber hinaus, danke, ungern.

Es ist mir aber an diesem Tag nicht erspart geblieben. Hart blieb beim Thema.

»Na, komm schon, es soll Gerüchte über einige merkwürdige Charakterzüge geben, in Londoner Kreisen.«

Langsam näherten sich auch die anderen dem selben Thema.

»Bringt John nicht in Verlegenheit, er ist unser Gast, was soll er denn antworten? Irgendeiner von uns wird immer unzufrieden sein. Eines ist sicher – unser Kronprinz mag den neuen deutschen Kaiser gar nicht! Wie der neulich in Wien war, ist Rudolf mit eurem Prinzen of Wales auf die Jagd gegangen, irgendwo weit weg, ganz hinten in Siebenbürgen.«

Gáldy konnte nicht einverstanden sein. »Was heißt ›irgendwo‹ und was heißt ›hinten‹? Siebenbürgen ist sehr schön, ist sehr vorn, und hinten ist, wo du draufsitzt, Herr Doktor Schellenberg! Außerdem – für einen Magyaren heißt Siebenbürgen Transsylvanien, und auch dort waren die beiden Thronfolger nicht, sie waren in Rumänien.«

»Schon gut, Gellert, ich möchte lieber wissen, ob John in seinem Club –«

Der eine der beiden Brüder Bauer unterbrach Heinrich. »Lasst's mich was fragen. Im Club werdet ihr doch schon gehört haben, dass euer Thronfolger den jungen deutschen Kaiser, seinen lieben Neffen Willy, ›den brillantesten Versager der Geschichte‹ nennt?«

Sechs Augenpaare blickten mich, gespannt auf Antwort, an.

»Ich, liebe Freunde, habe das noch nicht gehört, auch nicht gelesen, und wenn es so wäre, dann hätte Wilhelm II. einige Konkurrenz auf diesem Gebiet. Napoleon III., zum Beispiel.«

So weit wagte ich mich gerade noch vor. Den letzten Kaiser der Franzosen gab es schon seit vielen Jahren nicht mehr.

Aber sie ließen nicht von Wilhelm ab. Das Drei-Kaiser-Jahr der Deutschen, die vielen Nachrichten aus Berlin, zwei Kaiserbegräbnisse, zwei Kaiserkrönungen, das alles hatte für reges Interesse in diesem Jahr 1888 gesorgt. Und Heinrich, der jedenfalls aufs beste informiert war, erklärte die Hintergründe.

»Weißt, es wäre vielleicht für uns nicht so sehr von Interesse, wenn da nicht einiges zu Sorgen Anlass gäbe. Der deutsche Kaiser hat ja schon als Kronprinz für ein paar Aufregungen gesorgt. Das wirst du vielleicht gar nicht wissen können, wo du doch in London wohnst, ist ja auch für euch nicht so wichtig. Aber nachdem wir mit den Preußen gemeinsam Schleswig-Holstein erobert haben, was uns wirklich gar nichts angegangen ist.«

»Öha! Hallo!« Unisono meldeten die Brüder Bauer ihren Protest an. »Was heißt ›nichts angegangen‹? Für den Deutschen Bund! Wir haben doch Verträge gehabt! Nichts angegangen!

Erst denken, dann reden, Herr Doktor!«

Bauer und Bauer waren empört. Heinrich Schellenberg replizierte:»Jaja, stimmt ja, lasst's mich ausreden. Der

Tegetthoff hat zur See gegen die Dänen gewonnen, der Gablenz zu Lande, Helgoland, Œversee. Und was war zwei Jahre später mit dem Deutschen Bund? Draußen waren wir, bei Königgrätz haben wir furchtbar draufbekommen, wir sind mit Recht ein bissel wehleidig, was das Thema Deutschland, vor allem Preußen, betrifft.«

Ich musste nichts sagen und war froh darüber. Heinrich war drauf und dran, einen seiner leider langatmigen Vorträge zu halten. Und auch darüber war ich diesmal froh, denn von der anderen Seite des Ärmelkanals sieht manches doch anders aus. Bald sollte ich mehr von Heinrichs politischen Ansichten erfahren, die für mich und auch für Holmes ganz ungewöhnliche Folgen hatten. Doch noch war es nicht so weit.

»Gott schütze einen vor den eigenen Verbündeten! Bleiben wir noch bei Königgrätz. 1866 haben uns unter anderem die Hannoveraner geholfen, mehr haben's nicht gebraucht! Der Bismarck hat ihnen den König weggenommen, der sitzt jetzt als Privatier in der Penzingerstraße in Wien 13., und Hannover ist preußisch. Und was hat das mit dem neuen Kaiser zu tun? Wilhelm war damals noch ein Kind, ja aber! Ich hab das in den letzten Monaten so oft gehört und gelesen und selbst zitiert, ich kann es auswendig. Sagt doch Wilhelm II., in seinen ersten Tagen auf dem Thron, also vor ein paar Monaten, mitten im schönsten Frieden, wie ihm jemand vorschlägt, man soll vielleicht dem armen König von Hannover irgendwas zurückgeben, ein Schloss, ein Stadtpalais, irgendwas halt, sagt der doch: ›Lieber soll man unsere gesamten achtzehn Armeecorps und 42 Millionen Einwohner auf der Wallstatt liegen lassen, als von diesen Eroberungen einen einzigen Stein preiszugeben!‹ Hat er gesagt. Erwin, wandelndes Lexikon, stimmt's?«

»Ja, aber nicht wegen Königgrätz, wegen Thionville, aber gesagt hat er es.«

»Ist vielleicht ein bissel verwirrt. Junger Mann, große Aufgabe, nicht wahr?« Gáldy suchte nach einer Entschuldigung für das zitierte kaiserliche Statement.

»Was heißt verwirrt! Geisteskrank!«

Bevor noch irgendeine andere Reaktion eintreten konnte, hatte Gáldy dem Zwischenruf Erwins geantwortet. »Nein, bitte, das nicht! Geisteskrank? Wie denn? Ich werde ja auch nicht schwanger.«

In das ausbrechende Gelächter sagte Heinrich ohne mitzulachen: »Du, Gellert, sei nicht so vorlaut. Sei froh, dass wir hier unter uns sind. Sonst bist du als Nächster auf der Duellantenliste Methusalems!«

Das Duell. Dieses Thema wäre mir lieber gewesen. Da konnte ich keinen der Anwesenden beleidigen. Denn natürlich kam auch mir einiges in den Sinn, was Wilhelm II. betraf. Als ein halber Engländer blieb er gerade bei uns nicht unbemerkt, was immer er sagte oder tat. Man las davon in den Zeitungen, hörte davon im Alltag, besprach es in den Clubs.

Die von Schellenberg zitierte Erklärung zum Thema Hannover hatte ich gekannt, schließlich sind unsere Könige von dort, das Rot unserer Gardisten ist das Rot Hannovers, auf Schritt und Tritt wird man in London an diesen unglücklichen Verbündeten Habsburgs erinnert.

Und auch den Grund für den Rumänienbesuch der beiden Thronfolger kannte jeder englische Zeitungsleser. Der englische Onkel Edward hatte dem preußischen Neffen Wilhelm nach vielfachen Zerwürfnissen die Hand zur Versöhnung reichen wollen und kündigte an, er werde seinem Verwandten bei dessen Wienbesuch die Ehre geben. Aber Wilhelm wartete, bis sein Onkel in Wien eingetroffen war, dann ließ er Kaiser Franz Joseph wissen, er habe mit ihm Staatsangelegenheiten zu besprechen und könne dabei keine anderen Gäste dulden.

Der schockierte Prince of Wales ging also lieber auf die

Jagd, als sich abermals von seinem Neffen beleidigen zu lassen. Und Kronprinz Rudolf ging mit ihm nach Bukarest. Nur wenige Wochen später erfuhr ich, wie gerne der Sohn des Kaisers von Österreich sich damals von Wien entfernt hat. Mit dem beinahe gleichaltrigen Hohenzollernspross hat ihn nur wenig verbunden. Die nach außen zur Schau getragene Freundschaft hatte keinerlei Basis. Bald sollte ich auch darüber mehr wissen. In dieser Stunde, damals in Feldkirch, hielt ich den Mund; ich hätte lieber etwas von dem gestrigen Duell und seinen Folgen gehört. So versuchte ich, das Gespräch vorsichtig in diese Richtung zu bewegen, aber das war nicht notwendig. Denn der eben von meinem Freund Heinrich angesprochene, ja gewarnte Gellert von Gáldy griff es von selbst auf.

»Ich? No bitte, was soll mir passieren? Duell? Mit mir? Erstens – ungarisches Gesetz Nr. römisch fünf von 1878, Verbot. Zu was hab ich Jus studiert. Zweitens – was wollt's von mir mit an Duell? Ich bin a Jud, nebbich getauft. Drittens – im Ernstfall habe ich ausnahmsweise euren Papst auf meiner Seite, der päpstliche Bulle verbietet dem Duell, und wenn alles nix nutzt, bevor ich mich mit irgendwem herumschlag, wurscht, ob Säbel, Degen, Revolver, Besenstiel, Salami, lieber gehe ich in Klinik und sag, ich bin meschugge.« Und von neuem brandete das Gelächter auf.

»Wer hat sich denn da gestern Abend mit wem geschlagen? Und warum?« Aus der aufkommenden Fröhlichkeit nahm ich den Mut, nach diesem Thema zu fragen, das meine Runde offenbar vor mir nicht abhandeln wollte. Einige Sekunden blieb es still, dann gab Stupica mir eine Antwort.

»Schau, so wie ich gestern nicht zu dem Maturafest in Uniform gegangen bin, weil ich mir ja gedacht hab, wer weiß, was da wird, nicht wahr, so hätten andere auch vorsichtiger sein sollen. Man muss sich als Offizier in Zivil zwar eine besondere Erlaubnis beim Regiment holen, no mein Gott, immer noch gescheiter, als so was. Einige waren aber in ihren Uniformen dabei, und wenn man als Offizier beleidigt wird, hat man gar keine Chance, zu verweigern. Der Dicke, den wir den Methusalem nennen, hätte mit all dem gar nichts zu tun – aber sagen wir, es kommt zu einer Auseinandersetzung und es soll da was vertuscht werden, damit es eben zu keinem Zweikampf führt, da kann man sicher sein, dass Methusalem, wenn es mit einem aktiven Soldaten oder einem Reservisten zu tun hat, den Judas macht und alles meldet.«

»Aha, ich habe begriffen. Aber was war gestern?«

Aus Heinrich Schellenberg brach es heraus.

»Für mich ist das ganze sowieso Blödsinn, überholt. Aber die Herren Studenten aus unserem nördlichen Nachbarland und leider auch viele von uns haben einen anderen Standpunkt. Zu ihnen gehört der ewige Student Methusalem. Gestern hat ein Kollege von mir, Landwehrarzt, gemerkt, dass man ihn provozieren will. Er hat getan, als hätte er nichts gehört, und hat sich mit Mantel, Hut und Säbel dem Ausgang genähert. Die Gruppe, die ihn angestänkert hat, ist ihm nachgegangen, hat ihn gestellt; das Duell wurde vereinbart, Sekundanten waren ja genug da. Das war's.«

»Was?«, fragte ich weiter. »Und damit ist alles erledigt?«

»Nicht ganz, John. Ein anderer Arzt und ich haben den beiden noch in der Nacht geholfen. Der Ratskeller ist auch auf größere Schlägereien eingerichtet, dort gibt es Verbandszeug. Heute früh haben wir den einen zum Bahnhof gebracht, der fährt nach Hause, Stuttgart. Der Andere, der Militärarzt, muss sich beim Kommando melden, warten, bis er geheilt ist, dann gibt es eine Verhandlung und sie werden ihn aus der Armee schmeißen.«

»Ja, wie, das ist doch unglaublich, er war es doch, den man beleidigt hat! Wie denn, übrigens?«

Nun war es an Gáldy zu antworten.»Weißt, bei uns sind viele Militärärzte Juden. Der von gestern grad nicht. Trotzdem haben ihm diese sehr jungen Studenten, alles Oberösterreicher und ein Stuttgarter, ›Saujud‹ hinübergerufen. Dabei ist er kein Jud, Saujud schon gar nicht. Da seid's Ihr in England gescheiter, Euer Parlament hat wie ungarisches dem Duell schon vor lange Zeit verboten!«

Erwin Felsberg ergänzte:»Die stehen alle unter dem Einfluss von diesem unseligen Methusalem. Der ist gerne mit jungen Leuten zusammen und reist von Fest zu Fest, immer mit voller Brieftasche, kennt alle Liedtexte, fröhliche, heikle, elendsgemeine, er ist, was sie in seinen Kreisen eine ›richtige Biersau‹ nennen. Und alles, was mit Deutschland zu tun hat, ist für ihn in Ordnung. Bei dem heißt sogar die Maturaprüfung anders, Abiturientenexamen. Aber das ist das wenigste. Deswegen fordert er niemanden zum Duell – oder lässt fordern, er selber stellt sich ja nicht.«

Widerführe mir dergleichen, ich wäre in Verlegenheit. Den Säbelkampf habe ich zwar in der Armee gelernt, aber nie geübt, Pistolen darf man, erfuhr ich, nicht verwenden, und die Art der Selbstverteidigung, die Holmes so perfekt beherrscht, den Boxkampf, das fällt für mich seit meiner Zeit in der Armee aus. Und so sagte ich:»Also ich werde mich mit Worten und Blicken jedenfalls sehr zurückhalten. Ich habe gerade innerlich meine Chancen geprüft. Das sieht nicht gut aus für mich. Schießen ist nicht erlaubt, hab ich von euch gehört, und fechten, nein, leider. Wegen der Verwunderung.«

»Wer wäre denn verwundert, wenn du dich einem Säbelduell stellst, John?« Ich verstand nicht.»Ich, bitte, bin selber verwundert, am Bein, seit Afghanistan.«

In das Lachen der Schulkollegen rief Gellert:»Bitte, endlich, erster schwerer Fehler in Sprache! Verwundet, nix verwundert! Verwundung, nicht Verwunderung!«

Nun bekam ich eine Liste duellwürdiger Verfehlungen. Jeder wusste etwas beizusteuern.

»Wen beleidigen!« – »Na klar, aber auch niemanden zwei Sekunden lang finster anschauen!« – »Zu fröhlich, das kann Spott bedeuten! Und die Damen nicht zu nett anschauen, wenn ein Herr dabei ist!«

»Aber auch nicht finster, dann deutest an, dass sie schiach ist! Ach, da gibt es noch viele Möglichkeiten. Die ganz Großen haben das Masel, dass man sie nicht fordern kann! Sonst hätte schon halb England Grund gehabt zu einem Duell mit Wilhelm II.«

Schon wieder dieses Thema. »Das ist bei euch aber sehr aktuell, alles, was mit dem deutschen Kaiser zu tun hat!«

»Das kannst du laut sagen!« Die Gebrüder Bauer hatten offenbar eine Fauxpas-Sammlung angelegt, als Gastwirte saßen sie ja auch an einer idealen Quelle. Nun überboten sie einander in der Wiedergabe.

»Schon als Kronprinz hat er seiner Großmutter, eurer Königin, den Tod gewünscht!« – »Seit sie die Kaiserin von Indien ist, nennt er sie den ›Sultan von Hindustan‹!«

Kaum hatte Peter Bauer geendet, setzte sein Bruder Carl wieder an.

»Die Ärzte, die seinen Vater behandelt haben, waren für ihn nur ›Judenlümmel‹!«

»Ach, wenn es nur das wäre. Alles ist viel schlimmer.« Der niemals um eine Pointe verlegene Gáldy wurde melancholisch. »Er ist ein richtiger, konsequenter Antisemit. Über ›konsequent‹ tut's ihr euch wundern? Also, auswendig kann ich es nicht, aber inhaltlich stimmt es leider, hab ich aus amerikanische Zeitung, bitte, ich zitiere aus dem Gedächtnis. Hat er geschrieben, die Deutschen hätten sich selbst zum allergemeinsten Volk gemacht, weil sie dem verhassten Stamm Juda Quartier gegeben haben, diesem, bitte wörtlich, Giftpilz am deutschen Eichbaum.«

Es war still an unserem Tisch.

Langsam begann das Gespräch wieder. Erwin Hart murmelte: »Und ausgerechnet unser Außenminister, Magyar bitte, Graf Kalnoky, findet Deutschland, und vor allem Wilhelm II., so großartig …«

»Zum Glück gibt es liberale Zeitungen«, begann Peter Ferdinand Bauer von neuem.

»So konnte man erfahren, weshalb der König von Bulgarien neulich so schnell wieder von Berlin zurückgefahren ist. Als ein Opfer des Humors seiner Majestät.«

»No, ich bitt dich, da hätte er doch noch Glück gehabt, mit Humor«, antwortete der Bruder.

»Ja kennst die G'schicht nicht? Gibt es doch nicht. Ganz Neunkirchen hat davon geredet!! Der Wilhelm hat dem Ferdinand von Bulgarien mit der flachen Hand auf den Hintern gehaut, dass es gekracht hat. Der soll daraufhin weißglühend vor Hass in seinen Hofzug gestiegen sein, innerhalb von Minuten, wo er doch ursprünglich zwei Wochen hat bleiben wollen.«

Ausnahmsweise wusste ich etwas beizutragen.

»Man muss allerdings sagen, auch König Ferdinands Humor ist sehr speziell. Vor einigen Jahren hat er sich neben das Bahngleis gestellt, hat mit Suite auf den Orientexpress gewartet, hat ihn angehalten, dann ist er in die Lokomotive gestiegen und hat Lokführer gespielt, Volldampf befohlen, der echte Lokführer hat gewarnt, hat nichts genützt … und wie sie die Höchstgeschwindigkeit erreicht hatten, hat der König die Notbremse gezogen, um zu sehen, wie gut die Bremsen sind. Das Bahnbüro hat Wochen gebraucht, um die Beschwerden zu erledigen.«

»Als Lokomotivführer, bitte, muss man sich halt auch einmal von einem Kaiser auf den, also den Ise hauen lassen, nicht wahr?«

Gáldy hatte seine Pointenfreude wiederentdeckt. »Aber sag mir, Johnnykàm, woher hast du das? Klingt sehr phantastisch.«

»Ich habe einen Zeugen. Sherlock Holmes war dabei. Er liebt Züge und ist schon bei der Jungfernfahrt des Orientexpress 1883 dabei gewesen. Da ist das passiert mit dem König.« Das war ein neues Stichwort, alle wollten nun von dem berühmten Mann mehr erfahren.

Ob man ihn kennen lernen könne, ob er Vorträge hielte, ob ich weiterhin von seinen Abenteuern schreiben würde. Und ich war froh nichts mehr von dem unangenehmen Thema Politik hören zu müssen. Auch der imperiale Tratsch aus Berlin war mir schon zu viel geworden, also erzählte ich von Sherlock Holmes. Gerade in diesem Jahr 1888 war ja vieles geschehen. Zur Sicherheit schilderte ich keinen einzigen Fall bis zur Lösung – vielleicht würde ich ja doch noch einmal neben Praxis und Familie Zeit finden für die eine der andere Geschichte, zumal mir diese Tätigkeit lieber als jede andere war.

Also erzählte ich von einem griechischen Dolmetscher, einem gerade hochaktuellen Fall, und von einem anderen, der schon etwas länger zurücklag und mit einer auf unserem Wohnzimmertisch vergessenen, fremden Pfeife begonnen hatte.

»Und, was war dann? Komm, sag was!«

»Das will zuerst anständig formuliert sein, nicht so improvisiert.«

»Jetzt mach dich da nicht wichtig und sag, wie's aufhört!« Die Gastwirtbrüder waren besonders neugierig.

»Ja, das werde ich, wenn es so weit ist. In dem Jahr, das gerade zu Ende geht, hat sich vieles getan, im Vorjahr ebenso; aber ich erzähle es euch nicht, ich schreibe es lieber und ihr kauft meine Bücher.«

*

Ich konnte in jenem Augenblick nicht ahnen, wie intensiv Holmes an einem meiner künftigen Stoffe gerade arbeitete, ja, er selbst konnte es nicht wissen. Er flanierte in diesen Minuten, wie ich einige Tage später erfuhr, durch Paris, seinen Geigenkasten unter dem Arm, und wartete auf den Zug, der ihn via Straßburg und München nach Wien bringen sollte.

Trotz der fortgeschrittenen Jahreszeit war es nicht kalt, die Sonne gab sich Mühe, Holmes freute sich über Paris und auf Wien. Hier kannte ihn kaum jemand, und wer ihn so sah, wie er leise lächelnd, mit dem Geigenkasten im Arm und der Pfeife zwischen den Zähnen, zufrieden durch die Arkaden der Rue Rivoli spazierte, wird ihn für einen Musiker gehalten haben, der seinem Konzert in der Salle Pleyel oder einer Orchesterprobe im Opernhaus entgegenschlendert.

Auch für ihn war die Situation ungewöhnlich, denn dieser rastlose Geist, der sich unablässig mit irgendeinem komplizierten Bereich befasste, ließ seinem Besitzer merkwürdigerweise einmal Ruhe. Soweit es ihm möglich war, hatte Sherlock Holmes den Eindruck, er sei glücklich.

Die lange Reihe der Bouquinistes am Ufer der Seine brachte ihn auf die Idee, nicht in einer der Verkaufsbuden, sondern in einer richtigen Buchhandlung nach einem Führer durch Wien zu fragen. Er bekam nicht nur ein Buch, er kaufte gleich zwei: ein Werk über Wien und Technik, ein weiteres – »La société de Vienne. Lettres inedites.«

Langsam wurde es Zeit, den Weg zur Gare de l'Est anzutreten. Holmes winkte einen Fiaker zu sich, der gerade zur Concorde schlich, und nannte sein Ziel. Der Kutscher gab sich Mühe, den so deutlich britisch gekleideten Fremdling, der offenbar außer »Gare de l'Est« kein französisches Wort kannte, mit seinem englischen Wortschatz die Stadt zu beschreiben.

Er wurde für diese offensichtliche Mühe immer wieder mit einem Kopfnicken und einem Lächeln belohnt, endlich auch mit einem sehr anständigen Trinkgeld.

»Ich kann dem Mann doch nicht sagen, dass ich dank meiner französischen Großmutter diese Sprache spreche, und schon so viel Zeit in Frankreich verbracht habe. Dann ist er blamiert. Lieber zuhören.« Und Holmes freute sich weiter über den freundlichen Tag und die Leere in seinem Hirn.

In London hatte er gebucht, nun wurde er vom Agenten seiner Reiseagentur erwartet und zu dem Coupé geleitet, in dem er die nächsten Stunden sitzend und schlafend zu verbringen gedachte. Die Dämmerung hatte eingesetzt, als der Stationsvorstand die Abfahrt verkündete.

Sherlock Holmes stopfte sich eine Pfeife, entzündete sie, lehnte sich in sein First-Class-Fauteuil und begann mit der Lektüre eines der beiden, eben erst gekauften Bücher. Er sah einigen ausnahmsweise besonders angenehmen, besonders ruhigen Tagen, vielleicht sogar einer ganzen Woche entgegen, sicher würde es auch Gelegenheiten zu Konzertbesuchen geben.

»Der arme Watson!« Er musste lächeln, wenn er an den Freund dachte. »Macht sich solche Sorgen, mir mitzuteilen, dass er eventuell aus Bakerstreet 221b wegzuziehen vorhabe, dass ich gekränkt sein könnte, und weiß nicht, wie gut es mir tun wird, einmal ohne häusliche Probleme zu sein – außer einem Nebengeräusch einer sonst phantastischen Violine.«

Und er beschloss, dem Freund eine Correspondenzkarte zu senden. Darauf teilte er mit, er sei auf dem Wege nach Wien, er werde telegrafisch den Namen und die Adresse des Hotels nach London übermitteln. Denn so gut die Reise organisiert war, so ungern hatte sich Sherlock Holmes für ein bestimmtes Hotel entscheiden wollen.

Die Gesichtspunkte, nach denen er sich für den Kauf eines Buches, einer Fahrkarte, für ein Reiseziel, und eben auch für Hotels entscheidet, sind bei ihm andere als bei uns gewöhnlichen Menschen. Geselligkeit oder irgendeine Form von Gemütlichkeit sind ihm unwichtig. Er ist ja auch Mitglied eines Clubs, der von ganz anderer Art ist als die üblichen, auch als mein Club. Holmes zählt zu der exklusiven Runde des Londoner Diogenes-Clubs. Dort herrscht Schweigepflicht, gesprochen wird nur in einem eigenen kleinen Raum und auch nur das Nötigste. Jeder Herr kann für sich in einem der zahlreichen, dafür erdachten Winkel dieses Vereinslokals sitzen und lesen und denken, aber wer dreimal gegen die Regeln verstößt, die ja sonst nur für Trappistenmönche und Karmelitinnen Gültigkeit haben, fliegt aus der Liste der Mitglieder. Weniger gesellig als der Grieche Diogenes, der bekanntlich in einem Fass, allerdings einem leeren, gelebt hat, oder eben die erwähnten Clubmitglieder, kann man ja wohl nicht sein.

Deshalb buchte er den Schlafwagen, der wenige Jahre zuvor zum ersten Mal von den großen Bahnlinien eingesetzt worden war. In solch einem privaten Zimmer auf Rädern kann Holmes ohne lästige Reisegesellschaft, schweigend, denkend, seine Pfeife rauchend, seinem jeweiligen Ziel entgegenrollen. Auch benötigt er nur wenige Stunden Schlaf – so sind solche Reisen für ihn viel weniger unangenehm als für unsereins.

*

Ich hingegen sah meiner Zugreise von Feldkirch nach Wien mit Skepsis entgegen. Freilich lag es mir an neuen Kontakten, an der Möglichkeit medizinischer Weiterbildung, aber auch die Nachteile des längeren Aufenthalts fern von London waren zu bedenken. Meine beständige Sorge galt meiner schmalen Reisekasse, was ich vor Heinrich Schellenberg nicht gerne zugeben wollte. Hoffentlich plante er nicht, ähnlich meinem Freund Holmes, die luxuriöseste Reiseform zu wählen. Und was mochte ein einfaches Hotelzimmer in Wien kosten, nahe der Universität, dem Zentrum? Schließlich musste ich mir auch noch eingestehen, dass Mary, meine Verlobte, mir fehlte. Ich erfuhr eine neue Form von Abhängigkeit. Und so setzte ich mich in mein Zimmer und schrieb zwei Briefe: den schon begonnenen an Mary, einen an Holmes.

Mary hatte mich sehr bestärkt in der Meinung, die Reise nach Österreich könnte sinnvoll sein, also schrieb ich ihr ohne schlechtes Gewissen. Ich erzählte von der Reise, der Ankunft in Feldkirch, dem ersten Abend in der großen Gruppe von Schülern, Studenten, Lehrern und von dem zweiten Abend im kleinen Kreis, dem gestrigen Abend. Er hatte schon um Mitternacht sein Ende gefunden, früher hätte sich solch ein Abend zu einem Gelage bis in die Morgenstunden entwickelt.

Von dem Duell und den Gesprächen darüber erzählte ich Mary nichts. Sie wusste natürlich von meiner Kriegsverletzung, sie hatte Angst um mich, ich wollte sie nicht beunruhigen. Ich bestätigte ihr noch einmal, dass ich weiter nach Wien reisen würde, und ich kündigte meine baldige Rückkehr an, wobei ich weniger auf meine angespannte Finanzlage, als mehr auf meine Sehnsucht nach ihr einging. Und das stimmte ja auch.

Der zweite Brief wurde viel kürzer. Ich deutete Holmes an, dass ich vermutlich schon bald die Adresse in der Bakerstreet gegen eine andere tauschen würde, da ich ja heiraten wolle, beteuerte freilich, dass das der Freundschaft ebenso wenig schaden werde wie meiner Bereitschaft, jederzeit als Kumpan, Assistent, Mitstreiter zur Verfügung zu stehen. Auch die Absicht betonte ich, für Sherlock Holmes zu werden, was Eckermann für Goethe war, oder – auf den Britischen Inseln noch weit bekannter – Boswell für Samuel Johnson.

Schließlich erzählte ich, weshalb ich nach Wien weiterreisen wollte, und kündigte auch dem Freund wie zuvor der Verlobten meine Rückkehr für Mitte Dezember an.

Dass dieser Brief seinen Sinn nicht erfüllen würde, konnte ich nicht ahnen, als ich damals in dem kleinen Gasthofzimmer saß und beim Schreiben immer wieder in das Schneetreiben blickte, das vor meinem Fenster den mittelalterlichen Platz vollends in eine Märchenlandschaft verwandelte. Auch war nicht vorauszusehen, dass ich Holmes früher als erwartet und unter gänzlich ungewohnten Umständen bald wiedersehen würde.

Ich verschloss die beiden Kuverts, kletterte die schmale Wendeltreppe hinunter ins Parterre, und gab dem Hausdiener Geld für Porto und etwas mehr, mit der Bitte, möglichst bald den Weg zum Postamt zu machen. Es sei nicht weit, sagte der weiße Vollbart, er werde auf der Stelle den Auftrag ausführen. Und ich ging in die Gaststube und nahm mein Mittagessen ein: eine Art Käseknödel mit Salat – für einen Londoner von exotischer Konsistenz. Das Mittagessen schmeckte mir ganz ungemein gut, und beschwerte meinen Magen in einer Weise, dass ich danach einen fast zwei Stunden langen Mittagsschlaf halten musste.

Mittlerweile besorgte Freund Heinrich alles Nötige für unsere Reise. Er hatte sich sehr bemüht, mir diese kleinen Wege, den Kauf des Reisebillets, die Gepäckbeförderung, abzunehmen. Und bald sah ich, dass meine alten Klassenkameraden meine pekuniären Umstände richtig eingeschätzt hatten. Sie alle, selbst der Oberleutnant mit seinem gewiss nicht hohen Salär, waren, verglichen mit mir, geradezu oder tatsächlich wohlhabend bis reich.

Ich ging an diesem dritten Abend in Vorarlberg früh auf mein Zimmer, wurde aber noch einmal durch Klopfen an meiner Türe und die Bitte, wieder in das Gastzimmer zu kommen, daran gehindert, schon lange vor Mitternacht im Bett zu liegen.

Ion Svensson saß an einem leeren Tisch und sah mir

erwartungsvoll entgegen. Er entschuldigte sich für den versäumten High Tea, war erregt, und bat mich, Platz zu nehmen. Er müsse mir leider etwas berichten. Ich ließ mich nicht beunruhigen, bestellte bei der schönen Wirtin ein schönes Glas Rotwein und lauschte.

Svensson nahm nichts zu sich, es wäre auch gar nicht möglich gewesen, denn er sprach ohne Unterlass und mit so leiser Stimme, dass ich ihn fast nicht hören konnte. Er wollte keine Namen nennen. Man habe sich in dem Kreis rund um den sogenannten Methusalem über mein Buch informiert, das am Abend herumgereicht worden war, die »Study in Scarlett«. Man argwöhne, dass ich, der Freund und Mitarbeiter des berühmten Detektivs, als ein Spitzel nach Feldkirch gesandt worden sei, dass dieser mein Klassentreffen als Vorwand benützt habe, dass ich ihm laufend Berichte senden würde, und wirklich sei ja vor wenigen Stunden die Bestätigung erfolgt, ich hätte ja tatsächlich an Sherlock Holmes und eine zweite Person, wohl eine Deckadresse, Botschaften gesandt.

Hatte ich zu Beginn gemeint, all das Erzählte sei der übertriebenen Vorsicht eines weltfremden jungen Geistlichen zuzuschreiben, so wurde ich von Minute zu Minute aufmerksamer. Mein Referent war ja auch nicht ein abergläubischer Landpfarrer aus der Provinz, er war Jesuit und Akademiker.

Wie aber sollte es zu diesen Informationen gekommen sein? Man konnte den Hausdiener des »Gasthofs zur Linde« beobachtet haben, ihm nachgegangen sein... Aber wie wäre man auf die Adressaten meiner beiden Briefe gekommen?

Vielleicht durch den würdigen Greis, der von seinem vorabendlichen Hangover wiederauferstanden war, mit Hilfe einer kleinen Gabe, sei es Geld, sei es Schnaps. Oder war der Postbeamte ein Verbündeter jener verdächtigen Runde? Weshalb hatte man dann nicht die Briefe mit einem jener Tricks geöffnet, die doch schon seit Jahrhunderten bekannt sind? Natürlich wussten Holmes und ich mehr von diesen Möglichkeiten, Briefe zu öffnen und spurlos wieder zu schließen, aber heißen Wasserdampf musste es ja auch in Feldkirch geben. Wie auch immer der Hintergrund war, er gab zu meiner ersten Frage genügend Anlass.

»Und wie, Herr Doktor Svensson, haben Sie davon erfahren?«

Mein Gesprächspartner neigte offenbar dazu, rasch rot zu werden.

»Ich gelte hier als etwas provinziell, als, nun ja, sonderlich, als Einzelgänger. Und das bin ich ja tatsächlich, ein Einzelgänger. Daher bemerke ich manchmal Dinge, die anderen Menschen wahrscheinlich nicht einmal auffallen, und man hütet sich dennoch kaum vor mir. Selbst zweideutige Witze machen sie in meiner Nähe, die sie niemals mir direkt erzählen würden.«

Und er errötete wiederum bis zu seinem rötlichen Haaransatz, und es war ihm offenbar peinlich. »Ich werde auch rot, wenn ich mit der Sache nichts zu tun habe, ziehen Sie keine falschen Schlüsse. Ich bin kein Beweis für die Herkunft der Isländer von den Wikingern. Vielleicht wird es besser, wenn ich mit meinen Büchern Erfolg haben werde.«

Ich lächelte, aus Höflichkeit, voll anderer Gedanken. Ich konnte nicht begreifen, wie jemand auf derartige Ideen kommen sollte – ich ein Spitzel? Hier? Zu welchem Zweck, mit welchem Ziel, in wessen Auftrag? Ein pensionierter Militärarzt, der sich als Autor versucht, Untertan der britischen Krone ...

»Was habe ich denn, um alles in der Welt, mit österreichisch-deutschen studentischen Vorgängen und Bräuchen zu tun?«

»Ich muss gehen, Doktor Watson, man beobachtet uns

vermutlich. Eine gute Reise und Gottes Segen bei Ihren Unternehmungen!«

Der stets nach innen gekehrte Priester wurde plötzlich unruhig, schlüpfte erst im Schneetreiben vor der Türe des Gasthofs in seinen Mantel, und nahm mein Winken zum Abschied nicht mehr wahr.

Ich stieg die Treppe hinauf in mein Zimmer und legte mich nieder. Immerhin, der Rotwein hatte geschmeckt und verhalf mir zu schnellerem Einschlafen. Morgen würde ich mit Heinrich nach Wien reisen, ihm von Svensson erzählen. Holmes hätte für all das sicher eine Erklärung. Aber ich wusste, er war ja in London.

*

Sherlock Holmes saß im Zug und näherte sich der österreichischen Hauptstadt. Von der weißen Landschaft vor seinem Zugfenster sah er nichts. Er hob den Blick nicht aus einem Buch, das er in Paris erworben hatte –»Technischer Führer durch Wien«. Und er fragte sich, wieso jemand auf die Idee kam, ein so spezielles Werk ins Französische zu übersetzen.

Das Tempo wurde langsamer, Sherlock Holmes Blick glitt von den Seiten des Buchs zum Fenster; Linz. Er ließ sich aus dem Speisewagen eine zweite kleine Kanne Tee bringen und las weiter.

»Die Arbeiten und Anlagen am Donaukanal. Der Wiener Donaukanal ist ein natürlicher Donauarm. Seine Ausmündung in den Donaustrom wurde aber künstlich verlängert und verlegt, bis zu jener Stelle, wo heute der Freudenauer Hafen hart an den Kanal herantritt, in den Jahren 1869 bis 1875. Nur der untere Teil ist mit Schutzdämmen … Schutzdämmen …«

Der Kondukteur klopfte an die Türe des Abteils.

»Mein Herr, ich hoffe, Sie haben gut geschlafen, wir sind

vor wenigen Minuten in Wien angekommen. Soll ich einen Träger rufen?«

Holmes rieb sich die Augen und hob das Buch vom Boden, das ihm kurz nach Linz aus den Händen geglitten war.

»Mais oui, ah, yes, non, ... Ich spreche nicht Deutsch.«

»Avez vous besoin d'un porteur, s'il vous plaît?«

Ja klar, wer mit der Eisenbahn zu tun hat, noch dazu auf der Strecke Wien–Paris, spricht Französisch.

Der Träger hob Holmes' Gepäck aus dem Waggon auf den Perron. Die Koffer waren von London über Paris bis Wien gereist, nun sollten sie in ein Hotel gebracht werden – aber in welches?

Holmes folgte dem Träger in die Bahnhofshalle. Sie war voll von ankommenden und anderen, auf diese wartenden Menschen. Gleich hinter der Sperre, die Halle und Perrons trennte, warteten Dienstmänner mit roten Kappen und Backenbärten, aufgeregte Verwandte, Bediente in der Livree ihrer Herrschaft, und etliche, wenigstens für den Fachmann deutlich erkennbare Kriminalpolizisten. Es war für die Jahreszeit ungewöhnlich warm, der nebelgeplagte Londoner vermerkte es mit Freude.

Aus der Menge näherte sich eine alte Frau mit einem Kopftuch dem ankommenden eleganten Herrn und seinem Träger und sagte leise: »A schens Zimmer, privat, ganz in der Nähe, der Herr?« Der Gepäckträger verscheuchte die Frau, deren Frage Holmes nicht hatte verstehen können.

Die Formalitäten im Zollraum waren schnell erledigt. Der blauweiß-gestreifte Kittel des Trägers hatte gewirkt, keine fremde Livree, bestätigt durch die an Holmes gerichteten, also weitgehend sinnlosen Worte: »Heut hat a meiniger Bekannter Dienst!«

Er schritt seinem Auftraggeber voran, das Gepäck auf seinem kleinen Karren, auf einen dicken Riesen zu, der eine Kappe trug mit der Aufschrift »Hotel Wimberger«.

»Zdenko, du kannst Englisch, gelt?«
Der Dicke nickte seinem Vermittler zu, salutierte dem
Herrn hinter ihm, und verbeugte sich mit Würde.
»Sir, a room, please? First class Hotel Wimberger, two
minutes from here." Und er wies mit der Linken auf ein
Schild, das ein fabrikähnliches Gebäude zeigte, über das
der Plakatkünstler einen Lorbeerzweig gemalt hatte.

Wenn ganz Wien so gut Englisch spricht, dachte Sherlock Holmes, werde ich wohl nicht einmal mein Französisch brauchen. Aber bald zeigte sich, dass der Wortschatz
des Hotelmitarbeiters sich auf diese wenigen, immer wieder gebrauchten Wörter beschränkte. Holmes hatte
zustimmend genickt, nun vermehrte sich die Gruppe von
zwei auf drei Menschen, voran der würdevolle Kappenbe-
sitzer, hinter ihm der karrenschiebende Gepäckmann und
endlich Holmes. Er konnte der in einer ihm fremden Sprache geführten Unterhaltung dieses Zdenko und seines Verbündeten weder folgen, noch wollte er das.

Er sah sich nach allen Seiten um, beobachtete den Ver-
kehr, las jede Aufschrift, und lobte sich für die Idee, sein
Instrument zum Geigenbauer nach Wien zu bringen. Der
schon von mehreren, ebenso gerade angekommenen Reisenden besetzte straßenbahnähnliche, auf dem Werbepla-
kat als »betriebseigener Omnibus« bezeichnete Wagen
wurde von zwei kräftigen Rössern gezogen. Sherlock
Holmes nahm Platz, der Kutscher knallte mit der Peitsche
und der Omnibus fuhr los. Und während der sprachen-
kundige Mitarbeiter wieder auf das Ankunftsgebäude der
Kaiserin-Elisabeth-Westbahn zuschritt, sorgte der Träger
für den Gepäcktransport zum Hotel.

Holmes ließ ihn, so lange es ihm möglich war, nicht aus
den Augen. Seinen Geigenkasten hatte er nach wie vor im
Arm, zumindest die Geige konnte also nicht zwischen
Bahnhof und Hotel verschwinden.

Doch auch in den Koffern gab es einiges, das dem Besitzer wichtig war, das er nur schwer wiederbeschaffen hätte können. Ein ahnungsloser Dieb dieser Gepäckstücke hätte nicht gewusst, was man mit derlei Haarteilen, seltsamen Tinkturen oder geflickten karierten Hosen beginnen sollte. Dem berühmten Reisenden gaben sie die Chance, nicht unbedingt erkannt zu werden – sollte man ihn erkannt haben. Aber da er ja auf keinerlei beruflichen Einsatz, und nur auf die Freude an der Musik eingestellt war, hatten jene merkwürdigen Reiseutensilien eher Fetisch-Charakter.

Das Hotel Wimberger wurde tatsächlich in kaum zwei Minuten erreicht, der Kofferträger brachte tatsächlich die Koffer, und auch das »First class«-Versprechen schien sich tatsächlich zu erfüllen. Die Lobby sah jedenfalls ganz danach aus. Holmes entschied sich für eines der kostspieligsten und luxuriösesten Zimmer, entlohnte den Träger, ließ sich zum Aufzug und in die Beletage bringen. Und auch Zimmer 12a erfreute ihn, wohltemperiert.

*

Davon war in Feldkirch leider nicht die Rede. Es schneite noch immer oder schon wieder, der eiserne Ofen im Wartesaal des Bahnhofsgebäudes stand nur zur Verzierung da.

Als der Zug eingefahren war, hofften Heinrich und ich auf ein warmes und freundliches Abteil. Es erwies sich als kalt und unfreundlich. Wir behielten unsere dicken Mäntel an und setzten uns auch nicht.

»Ja, das ist mir wirklich unangenehm, John. Es ist auch ungewöhnlich. Ich bin doch viel unterwegs, vor allem auf der Eisenbahn, und ich –«

»Guten Tag!«, rief der Kondukteur.

»No, also gut«, gab Heinrich zurück. Er wurde verstanden.

»Wir haben einen Defekt gehabt, in einer halben Stunde,

höchstens Stunde ist alles wieder in Ordnung! Die Billets bitte.«

Heinrich holte mit vor Kälte klammen Fingern unsere Fahrkarten aus seinem Überrock.

Die Prophezeiung des Bahnbeamten erwies sich als richtig. Bald wurde es warm, wir konnten auf die Mäntel verzichten und nahmen Platz, als die einzigen Gäste in diesem Abteil. Wir waren auch die einzigen Reisenden gewesen, die in Feldkirch in den Zug geklettert waren. Nun rollten wir in Richtung der deutschen Grenze, ich hätte gerne aus dem Fenster gesehen, die Landschaft und die kleinen Orte betrachtet, aber mein alter Freund begann, kaum hatten wir endlich unsere Plätze besetzt, von jenem Thema zu sprechen, das den Grund für unsere Wienfahrt bot. Ich unterbrach ihn nach wenigen Sekunden. »Heinrich, zuerst – danke! Du hast meine Reise nach Wien vorbereitet und auch noch bezahlt, und auch die Rechnung für meine drei Tage in der ›Linde‹ hat jemand anderer übernommen, der Wirt wollte mir den Namen nicht sagen. Auch dafür danke ich herzlich – du wirst dieses Danke doch weitersagen?« Heinrich versprach es mir, kritisierte die hohen Kosten meiner Zugreise von London nach Feldkirch, erwähnte marginal die endlosen dem Sonnenuntergang zuliegenden Ländereien Gáldys und zog rasch unter das Thema den Schlussstrich.

Schellenberg war der Sohn und Enkel von Ärzten, auch sein älterer Bruder war Arzt. Aufgewachsen im ersten Stock eines Hauses, dessen Erdgeschoß als väterliche Ordination diente, hatte sich sein Leben von frühester Jugend, von den allerersten Erfahrungen an, um Patienten, Gesundheit, Diagnosen gedreht.

»Da kannst du dir ja denken, dass ich natürlich in Wien Gott und die Welt kenne, die medizinische. Das war ja schon damals klar, wie wir uns kennen gelernt haben. Ich wäre auch ohne deine Freundschaft und dein Vorbild Arzt geworden. Mich hat kaum etwas anderes interessiert; vielleicht die Musik – aber als Beruf?«

Er erzählte mir von seiner Familie, auch wenn ich als langjähriger Freund vieles schon gehört hatte, und in dem endlich wohlgeheizten Eisenbahnabteil machte sich die erhoffte Gemütlichkeit breit.

»Heinrich, wo könnte ich wohnen, um es nicht weit zu haben zu Universität und Klinik?«

»Mach dir keine Gedanken, das ist alles vorbereitet. Meine Familie wollte dich zuerst gleich zu uns einladen, da hast du alles beisammen: Schlafraum, mit uns die Mahlzeiten nehmen, jede Menge Ärzte als Ratgeber, drei Minuten zur Universität. Aber ich erinnere mich an deine langen nächtlichen Spaziergänge durch Feldkirch, auch daran, dass du manchmal gern alleine bist. Und ich weiß noch sehr gut – na, das wirst du sehen, da gibt es noch etwas. Es ist nicht überall zu finden, aber dir ist es, wenn man es in der Nähe hat, unentbehrlich.«

Das sollte mich zwar neugierig machen, aber neugieriger, als ich es ständig bin, kann ohnehin niemand sein. Zudem vermutete ich schon, worum es hier ging: um einen Billardtisch.

»Und deine Pension liegt an einer idealen Schnittstelle zwischen uns und der Universität. Wir wollen gleich morgen beginnen, jemanden zu finden, der dir helfen kann. Ich selber habe mit Augenheilkunde nur das bissl Erfahrung, und einfach so zum Institut zu gehen, das wird nicht genügen. Mein Bruder oder mein Vater wissen sicher, was zu tun ist!«

Wir sprachen noch kurz über unsere Arbeit, und danach nur mehr über alles andere – meine Zeit in Afghanistan, meinen Entschluss, mit Holmes eine gemeinsame Wohnung zu nehmen, meine bevorstehende Hochzeit, die Praxis, die ich bald übernehmen würde.

Das Thema Duell umging Heinrich, sobald wir in seine

Nähe kamen. Ich hingegen berichtete von dem merkwürdigen Umstand, dass man sich in Feldkircher Studentenkreisen für meine Korrespondenz mit London interessierte, und ich stellte Heinrich alle Fragen, die ich mir selbst schon vor unserer Abreise gestellt hatte.

»Kennst Du Ion Svensson, Dr. Svensson?«

»Nein, nie gehört. Wer ist das?«

»Er ist Lehrer an deiner, unserer Jesuitenschule, Isländer, sehr gebildet, sehr liebenswürdig ...«

»Den Namen habe ich niemals gehört, leider. Da bist du besser informiert über Feldkirch, John, als ich.«

»Ja, er ist auch erst seit einigen Monaten in Feldkirch. Und die Sache mit meiner Post?«

»Das sollst du nicht ernst nehmen, John, das muss man nicht ernst nehmen. Das hat eher etwas von einem Spiel als einer Gefahr, Räuber und Gendarm unter noch nicht ganz Erwachsenen. Du hast doch gesehen, wie kindisch dieser Methusalem ist, er heißt übrigens Otto Schönerer. Er ist ein entfernter Verwandter einer österreichischen Familie dieses Namens. Einer von ihnen hat sich als Eisenbahnpionier einen Namen gemacht, hat dafür auch vom Kaiser ein ›von‹ vor seinen Namen bekommen, der Sohn hat dieses ›von‹ wieder verloren, jetzt heißen sie also alle wieder einfach Schönerer.«

Ich wollte wissen, weshalb man ihn entadelt habe, aber Heinrich war nur unzulänglich informiert und dem entsprach seine Antwort: »Irgendeine Schlägerei, man hat es mir nur erzählt, ich bin ja so oft nicht in Wien.«

Je mehr wir uns dem Osten näherten, desto besser wurde das Wetter. Es schneite nicht mehr, und als wir zu Mittag in den Speisewagen gingen, schien die Sonne durch die Wolken, endlich gab es auch keine Wolken mehr. Unsere Ankunft in Wien fand an einem Abend statt, der eher in den September passte als in die Mitte eines Novembers.

Ein Mann mit einer roten runden Kappe, der über seiner schweren schwarzen Jacke eine grüne Schürze trug, strebte uns zu; mit dem rechten Handrücken brachte er seinen riesigen Schnauzbart in Ordnung, der auch nach diesem hygienischen Kraftakt deutliche Spuren von Schnupftabak zeigte. Er winkte uns zum Gruß. Heinrich hatte ihn schon gesehen. Die Kappe trug eine Zahl, Heinrich kannte auch seinen Namen.

»Alois, Grüß Gott, unser Gepäck ist vorne im Waggon, holen Sie's ab und warten Sie dann bitte unten, wie immer.«

Wir gingen durch die Sperre, es war spät am Abend, nur wenige Wartende oder Neugierige standen in der Halle. Ich las die Hotelempfehlungen; ein Plakat pries die Qualitäten eines nahen Hotels namens Wimberger, auch ein Hotel Fuchs wurde als »nächst der Hauptstraße zum kaiserlich-königlichen Lustschlosse Schönbrunn« von seinem Pächter Ernst Hein empfohlen, der auf das große Plakat zur Bekräftigung die eigene Unterschrift gesetzt hatte.

Aus einer kleinen Gruppe schweigend wartender Menschen löste sich eine alte Frau, ihr weißes Haar drängte sich durch das schwarze Kopftuch.

»A schens Zimmer, privat, ganz in der Nähe, die Herren?« – »Nein, danke, wir wohnen zuhause.«

Vor dem Bahnhof stand eine Kutsche, zweispännig. Der Kutscher hatte sich neben den Wagenschlag postiert, elegant und souverän. Er öffnete diesen, als er uns näherkommen sah, und zog seinen niedrigen Zylinder.

»Habe die Ehre, die Herren!«, rief er uns gekonnt entgegen, des Klangs seiner schönen Baritonstimme sicher.

»Hoffentlich eine angenehme Reise gehabt zu wünschen, Nummer 328 kümmert sich schon um das Gepäck, gleich sammas!«

Der Kutscher wurde von Heinrich begrüßt, als wäre er ein bekannter Kollege. Ich nickte freundlich und deutete meine Absicht an, mich zu bedanken: »Alles hast du bezahlt, jetzt übernehme ich die Kosten für diese Droschke und ein Douceur!«

Mein Freund hyperventilierte. Am Rande eines Zusammenbruchs flüsterte er mir zu:

»Das ist kein Kutscher, sondern ein Fiaker. Das ist auch kein Fiaker, sondern ein Fiakerunternehmer. Das ist keine Droschke, sondern ein Fiaker, und wem du diesem Mann ein Douceur gibst, was auf wienerisch ›Trinkgeld‹ heißt, hamma a Duellforderung!«

Ich gab kein Trinkgeld. Stumm saß ich im Wagen und übte »hamma a«.

Mit leiser Stimme erklärte mir Heinrich: »Weißt, das ist der Herr Karl Mayerhofer. Mit dem Spitznamen, nein, was weiß ich, also Künstlernamen, heißt er Hungerl, frag mich nicht, warum. Er ist der Besitzer von über zwanzig solchen – was hast du g'sagt? Droschken, also Kutschen, also Zeugeln. Er setzt sich nur mehr auf den Kutschbock, wenn es ihn freut, wenn er wem die Ehre geben will, unserer Familie oder, heute, einem Freund derselben, klar?«

»Das kann ich doch nicht wissen. In Feldkirch habe ich einen Fiaker nicht kennen gelernt, und bei uns ist das eine Kutsche mit einem Kutscher.«

»Aber hier ist das anders, und jetzt weißt du es.«

Der Fiaker rollte die Mariahilfer Straße hinunter, Pferdewagen auf Schienen kamen uns in der Straßenmitte entgegen, wir bogen nach rechts in eine kleinere Gasse ein. Immer wieder lüftete der Mann, nein, der Herr auf dem Kutschbock seinen Zylinder und dankte für einen Gruß, er war offenbar sehr bekannt –

»Und beliebt!«, ergänzte Heinrich meine Bemerkung.

»Und beherrscht seinen Beruf!«, ergänzte diesmal ich. Die Fahrkunst des Fiakers war beeindruckend. Auf gerader Straße das Gespann ruhig zu bewegen, das ist keine Kunst, aber auch enge Kurven nahm der Wagen ohne Aufregung, ohne Peitsche. Im gleichmäßigen Trab ging es dem Ziel entgegen.

»Heinrich, wohin fahren wir eigentlich?«

»Jetzt einmal zu dir in die Pension, und dann wollen wir sehen, ob du noch zu uns mitkommst!«

Wir rollten an den Fenstern eines strahlendhell beleuchteten Kaffeehauses vorbei. Sehnsüchtig blickte ich hinein und sah plötzlich –

»Was ist denn? Was hast du?«

»Ist schon wieder in Ordnung, Heinrich, ich habe mir etwas eingebildet, ich habe mich geirrt.«

»Was denn?«

»Es war nur ein Eindruck von zwei Sekunden. Ich dachte, ich hätte das unverwechselbare Profil von Sherlock Holmes gesehen, aber er ist ja in London.«

»Also ist das Profil verwechselbar. Ich habe dein Buch gelesen, wie du weißt. Wenn du nicht mit diesem Mann tatsächlich eine gemeinsame Wohnung hättest, wenn ich nicht dich und deine nicht so sehr poetische Natur so gut kennte, würde ich sagen, Holmes ist deine Erfindung.«

Ich musste lächeln. Ähnliches hatte man mir schon öfter gesagt.

»Heinrich, ich verstehe dich, du bist nicht alleine mit dieser Vermutung, aber sie ist eben wirklich nicht richtig. Es gibt ihn, und vielleicht kann ich euch einmal miteinander bekannt machen. Aber eine ganz kleine Wahrheit steckt dennoch in deinem Verdacht – ich habe ihm einige Details einer anderen Person geschenkt, nicht in dem Buch, das du kennst, in einem anderen, das ich vorbereite.«

Der Wagen bog scharf nach rechts ab und stand still.

»Da sind wir, meine Herren, Capistrangasse 2!«

Der vornehme Fiaker öffnete den Wagenschlag, drückte einen Klingelknopf neben dem Haustor, übergab einem Hausdiener, der noch ein halbes Kind schien, mein Gepäck, und stieg wieder auf den Kutschbock.

»Wenn du das willst, warten wir auf dich und fahren noch zu mir?«

»Es ist doch schon fast zehn Uhr abends, nein, lieber nicht.«

»Na gut, also morgen – ich hole dich hier um Punkt zehn Uhr ab, da kannst fast zwölf Stunden schlafen und von deiner Mary träumen! Gute Nacht!« Der Fiaker zog den Zylinder, Heinrich schwenkte seinen Hut und der Wagen fuhr weiter, ich folgte dem Kofferknaben.

Eigentlich wollte ich noch gar nicht zu Bett gehen, die neue Stadt machte mir zu sehr Lust auf einen Abendspaziergang. Aber ich wusste ohnehin ein Ziel, das ich unbedingt heute noch erreichen wollte. Ich bekam meinen Zimmerschlüssel und eine Erklärung, wie ich nach meiner Rückkehr wieder in die Pension kommen könnte, besichtigte nicht einmal die beiden Räume, die mich erwarteten und ging die eine Stiege vom Mezzanin – neuer Ausdruck für mich – zurück zum Haustor und in die Wiener Nacht.

Capistrangasse, wir sind nach rechts eingebogen, also jetzt nach links, die Straße steigt leicht an, auch richtig, sie wird noch etwas steiler, auch das dürfte stimmen. Wo ist hier ein Kaffeehaus? Vor zehn Minuten war es noch da ... Ich stand davor. Café Ritter.

Im Kaffeehaus herrschte Hochbetrieb. Jeder Tisch war besetzt, mich interessierte nur ein einziger. Ich ging nach links, in den Teil mit den großen Fenstern. Eine fröhliche Gruppe von Herren in Uniform verdeckte mir den Blick auf den nächsten Tisch, ich ging weiter. Die nächste Loge war leer, als einzige. Mehrere Zeitungen lagen auf der Marmorplatte, eine Tasse oder ein halbleeres Glas standen nicht da, also setzte ich mich.

Im nächsten Moment kam ein Kellner mit einem Papierschild auf einem Messingständer, »reserviert« stand darauf.

»Guten Abend, der Herr, da ist leider, bitte, ab halb elf reserviert. Bedauere.«

»Ach so, ist denn nicht gerade noch jemand hier gesessen?«

»Richtig, haben recht, aber ich habe dem Herrn ebenso sagen müssen – tut leid, ab halb elf reserviert, die Herrschaften kommen aus dem Theater.«

Ich stand wieder auf, der Kellner säuberte die Tischplatte. Vom vollbesetzten Nebentisch hörte ich einen erzählenden Herrn mit dem von Gellert von Gáldy vertrauten ungarischen Akzent.

»Wie hat der Herr denn ausgesehen, der hier eben noch gesessen ist? Ein Wiener?«

»Nein, nein, kein Wiener, groß, spitze Nase, hat nur französisch gred't, ich hab ihm ja auch g'sagt ›je regrette, reservé maintenant‹, is er gangen.«

»War er vielleicht doch nicht Franzose, sondern Engländer?«, versuchte ich noch eine Frage zu stellen, was nicht leicht war, weil der Ungar seine Geschichte zu Ende erzählt hatte und den Tisch zum Lachen gebracht hatte.

Der Kellner setzte zu einer etwas lauteren Antwort an, ich hatte schon ein kleines Trinkgeld für ihn in meinen Fingern. Da kam von der Sitzkassiererin bei der Türe ein herrischer Ruf. »Jean, net plaudern'S, Champagner am Vierertisch reklamiert!«

Und der Kellner lief ab.

Ich ging einmal rund um das Gebäude, wieder bis zum Café Ritter, vielleicht würde ich das Profil noch in einem anderen Lokalfenster entdecken, aber da war kein anderes Lokalfenster, alles rundum war finster. Als ich nun wieder an den großen Fenstern des Kaffeehauses vorbeiging, war der Tisch des »großen Herrn mit der spitzen Nase« besetzt. Da saßen zwei junge Frauen, in großer Garderobe, und mit ihnen mehrere Herren im Abendanzug, auch hier sah ich, langsam und neugierig beobachtend, Uniformen. Leiser Regen hatte inzwischen eingesetzt, der mich an London erinnerte und mich schneller zurückkehren ließ.

Schon um neun Uhr dreißig verließ ich am nächsten Morgen das Haus Capistrangasse 2 und streifte durch die Umgebung, bis ich um genau zehn Uhr wieder vor dem Haustor stand, um Freund Schellenberg zu erwarten. Er war zu Fuß unterwegs; es regnete auch nicht mehr, der Himmel war wolkenlos.

Ich erzählte Heinrich nicht, dass ich am Vorabend statt seiner Einladung zu folgen, noch durch die Umgebung spaziert war. Ich hörte ihm zu, er erklärte mir die Umgebung, und auch auf meine Frage, weshalb man hier so viele Uniformierte zu Gesicht bekomme, hatte er eine Antwort. »Weißt du, rundherum ist alles voll von Militär. Beim Theater an der Wien das Evidenzbüro, gleich ums Eck die Stiftskaserne, da drüben in der Schweighofergasse hat die Leibgardereitereskadron ihre Wohnungen, schau, das sind die Auslagen vom bekanntesten Wiener Uniformschneider, und auch da, wo wir jetzt Kaffee trinken wollen – ich hab noch nicht gefrühstückt, wirst du sehen, gehört auch zur Stiftskaserne, das Areal, bitte nach dir –«

Wieder ein Kaffeehaus, Café Siller … »Was habe ich gesagt, wir sind die einzigen Zivilisten, außer den Damen. Und das sind wahrscheinlich Ehefrauen von Offizieren – küss die Hand, Baronin! Na, was hab ich gesagt!«

Heinrich hatte sich gleich nach seiner Ankunft bei seiner Familie nach Möglichkeiten, mir zu helfen, erkundigt. Sein Vater hatte vor Jahren einen berühmten Ophtalmologen gekannt, aber über den gegenwärtigen Stand wollte er sich nun informieren. Heinrich bat mich für den nächsten Tag zum Mittagessen, da würde er mich seinem Vater vorstellen und bis dahin hätte Dr. Schellenberg senior sich auch schon die aktuellen Neuigkeiten zum Thema Augenheilkunde in Wien beschafft.

Erst danach hatte ich ernsthaft Gelegenheit, meine nächsten Schritte zu überdenken. So blieb mir eine ungeplante, aber nicht unangenehme Möglichkeit, Wien kennen zu lernen. Ich spazierte mit Heinrich die Ringstraße entlang, durch einen Park, zur Hofoper. Vor einer Wand, die mit Plakaten zugeklebt war, blieben wir stehen.

»Ich könnte heute Abend in ein Konzert gehen. Violine wäre günstig, damit kann ich bei Holmes angeben.«

»Das reizt mich weniger. Warst du schon im Café Sperl?«

»Nein, wann denn auch? Wo ist das?«

»Gleich bei deiner Pension, die Stiege am Ende der Sackgasse hinunter und links. Deshalb habe ich ja gerade dort für dich reserviert, wenn du länger in Wien bleibst, wirst du froh sein. Drei Billardtische nebeneinander.«

Ich war erfreut, einerseits wegen der Aussicht auf das von mir so geschätzte Billard, andererseits der Fürsorge des Freundes wegen.

»Danke! Und ein Konzert, das reizt dich wirklich nicht?«

»Heute Abend sollte ich ohnehin in ein Konzert gehen, Karten habe ich auch. Mein Vater hat sie für die ganze Familie gekauft, hat sie kaufen müssen. In Wien gibt es ein Ärzteorchester, da kaufen wir die Billets, auch wenn wir gar nicht hingehen können. Ich habe für den Abend eine Verabredung, seit langer Zeit, da muss ich hin. Unser Hausmeister geht mit seiner Familie statt uns.«

Wir nahmen in einem kleinen Gasthaus ein nicht zu ausführliches Mittagessen, ich besuchte eine große Kunsthandlung, Heinrich ging nach Hause. Der Weg von dieser Handlung an der Ringstraße zu meiner Pension war leicht zu finden, aber ich ging gleich weiter, dem billardtischreichen Café Sperl entgegen. Dort wollte ich mich noch einmal über das Konzertangebot von heute Abend informieren, und ich verspürte keine dringende Sehnsucht zur Rückkehr nach London, was mir einen Anflug von schlechtem Gewissen bereitete, Marys wegen. Aber ein Konzert in Wien …

*

Sherlock Holmes saß in einem samtbezogenen Fauteuil, im Hinterzimmer eines Geigenbauers, des angeblich besten Geigenbauers der Stadt. Der Name war ihm mehrfach genannt worden, und die Adresse sprach ebenso für den Mann – gegenüber dem Gebäude der Gesellschaft der Musikfreunde.

Im Nebenraum befasste sich der Meistergeigenbauer mit dem Instrument des Meisterdetektivs und ließ ihn nicht zusehen. Er sprach weder Englisch noch Französisch, so war eine wirkliche Unterhaltung nicht möglich, und dem aktuellen Thema genügte die wortlose Sprache der Musik.

Nach einigen Minuten der Untersuchung, und offenbar im Besitze einer Diagnose, kam Herr Schachner zu Holmes, einen Kalender in der Hand und zeigte auf den übernächsten Tag.

»Zwei Tage, mein Herr. Dann können Sie Ihr wunderbares Instrument wieder abholen. Die Geige ist an der Schweißstelle aufgegangen, und wenn jetzt Ihre Hand beim Spielen das Corpus berührt ... also, zwei Tage.«

Holmes verstand zwar die Sprache nicht, aber den Sinn des Satzes, und er hatte noch eine Bitte und eine Frage.

»For two days – an other instrument – ?" Und er zeigte auf ausgestellte Violinen und machte die entsprechende Bewegung, als striche er über die Saiten. Der Geigenbauer runzelte die Stirne, dann hatte er verstanden und sagte: »Ja, ein Leihinstrument! Das können Sie gerne haben.«

Er holte eines aus einem anderen Raum, legte es in einen Geigenkasten und übergab es. Holmes war noch nicht bereit, zu gehen.

»I am looking for – y'a t'il un concert ce soir?« Dabei deutete er auf die mit Ankündigungen übersäte Wand des Raums. Alle diese Plakate waren einige Monate oder einige Jahre alt, sie verkündeten den Ruhm der Kundschaft des Geigenbauers, und damit seinen eigenen. Herr Schachner hatte verstanden. Er holte ein leeres Blatt und einen Blei-

stift, schrieb eine Adresse auf und daneben:»Ludwig
van Beethoven, Violinkonzert, danach die 7. Symphonie,
19.30 Uhr.« Und zuletzt überreichte er seinem neuen
Klienten ein Billet mit den Worten:»Ich habe es zwar
gekauft, aber ich habe keine Zeit, auch Ihres Instrumentes
wegen. Bitte sehr!«

Lächelnd, mit einer leichten Verbeugung dankte
Holmes –»Danke vielmals!«

Das hatte er in den zwei Tagen in Wien so oft gehört,
das konnte er ebenso wie»Auf Wiedersehen, Herr Schachner«.

Noch zweieinhalb Stunden bis zum Beginn des Kon-
zerts, lohnte sich der Weg bis zum Hotel Wimberger und
dann zum Konzertsaal –?»Theater an der Wien« hatte ihm
der Geigenbauer aufgeschrieben, das lag vielleicht in der
Nähe des Hotels? Holmes schaute in seinen Wien-Plan.

»Nein, das mache ich nicht, besser, ich lerne die Stadt
kennen.«

Er stopfte seine Pfeife, steckte sie aber dann lieber in die
Manteltasche, beim Tee würde er sie anzünden. Und er
spazierte kreuz und quer und planlos durch die Gassen,
bis es Zeit war, sich dem Theater an der Wien zu nähern.

*

Im Gegensatz zu ihm spazierte ich nicht planlos durch
Wiens Gassen, sondern sehr zielgerichtet auf ein neues
Kaffeehaus zu. Ich fand es, dank Heinrichs genauer Weg-
beschreibung, ohne weitere Fragen und setzte mich an ein
Fenster. Ich bestellte mir eine Art Kaffee, von der ich noch
nicht gehört hatte, der Empfehlung des Kellners folgend,
und fragte dann nach dem Billard.

Die Tische hatte ich zwar schon gesehen, aber an allen
drei Tischen wurde gespielt.

»Ab 18 Uhr ist Billardtisch eins frei. Aber Sie könnten

ja auch sicher mit den Herren spielen, die jetzt schon dabei sind?«

Das wollte ich nicht. Wer weiß, wie hier die Bräuche sind. Zuerst würde ich zusehen, dann mich alleine über Tisch eins hermachen. Und bis dahin hatte ich Zeitungen – deutsche, österreichische, sogar eine englische. Herrliches Institut. Ein Glück, dass es so etwas in dieser Form in London nicht gibt, dachte ich, alle Clubs wären pleite. Ich las, um 18.00 kam der Kellner.

»Der Einser-Billardtisch ist frei, mein Herr, wenn Sie noch Interesse haben.«

Ich hatte Interesse. Und während ich nun zu dem Tisch ging, klärte mich der Kellner an meiner Seite auf. Er trug meine Kaffeetasse auf seinem Tableau, stellte ein frisches Glas Wasser dazu und sprach fortwährend zum Thema Billard.

»Es heißt in Wien eigentlich Carambol. Einst waren die Billardspieler in Wien ein starkes, zahlreiches, mächtiges Geschlecht. Die Jugend hielt es damals für eine Schmach, falls irgendein fünfzehnjähriger Wildfang mit dem Queue nicht umzugehen wusste.«

Erstaunt sah ich den Mann an, dem ich auf den ersten Blick solche Sätze nicht zugetraut hätte.

»Auch gab es«, fuhr er fort, »eine förmliche Historie der edlen Kunst des Carambol.«

Würdevoll verließ er die Billardabteilung des Kaffeehauses und begab sich in einen anderen Teil seines Wirkungskreises, von meinem erstaunten Blick verfolgt.

Die Billardspieler vom Nebentisch lachten, einer rief mir zu: »Sie kennen den Herrn Jean noch nicht! Aber wir kennen ihn, diese Sätze sagt er täglich fünfmal, zwecks Trinkgelderhöhung. Er hat sie einmal irgendwo gelesen und auswendig gelernt.« Und wieder lachten die Herren.

Ich spielte alleine, manchmal stellte sich ein Zuschauer neben mich.

»Inkommodiert es Sie, mein Herr, wenn neben Ihnen jemand kiewitzt?«

Der servierende Sprachkünstler stand wieder neben mir.

»Es inkommodiert mich, dass ich nicht weiß, was ...? Keewee ...?«

»Kiewitzen, hochdeutsch kiebitzen, ein Kiebitz sein, ungebetener, eventuell störender Zuseher.«

»Herr Jean, ich danke Ihnen.«

Abermals wurde ein frisches Glas Wasser neben mich gestellt. Längst war es dunkel. Durch das Fenster vor meinem Billardtisch sah ich immer mehr Menschen in die selbe Richtung strömen, immer wieder lenkten sie mich ab, und als ich wieder einmal aufblickte und zum Fenster schaute, war ich sicher, das markante Profil vom ersten Abend zu sehen, einen Herrn mit deutlicher Nase und mit einem Geigenkasten im Arm. Ich ließ mein Billard im Stich und lief auf die Straße. Sie war voll von Menschen, die einen Kontrabass, eine Trompete, einen Geigenkasten mit sich trugen. Das markante Profil war in der Menge nicht mehr auszunehmen, ich blickte auf eine große Zahl von Rücken in Wintermänteln. Zu suchen war auch deshalb nicht möglich, weil Herr Jean vor mir stand und mir sagte, die Rechnung sei noch offen. Ein letzter Blick die Gasse hinunter, dann ging ich Seite an Seite mit dem Kellner zurück ins Kaffeehaus und wieder zu meinem Billardtisch. Ich nahm die Partie wieder auf, die ich gegen mich selbst spielte, und versöhnte den Kellner.

»Ein Glas Weißwein, bitte. Übrigens, ohne meinen Mantel wäre ich ja wohl nicht geflüchtet, und ich möchte doch gerne wiederkommen, Herr Jean.«

»Also gleich, mein Herr, und in Zukunft bitte einfach Jean, ohne Herr.«

Er ging, und an seine Stelle trat ein, wie war das Wort, Keywic, nein – ich konnte nicht weiter darüber nachdenken. Der Herr sprach mich an.

»Darf ich mich vorstellen – Kratochwila mein Name, ich bin der Cafetier. Ich hoffe, Sie werden mein Stammgast. Sind ja zum ersten Mal hier, bitte sich an mich zu wenden, in Falle, dass was is'!«

»Ja, ich wende mich sofort. Sagen Sie, was tun die vielen Menschen mit den vielen Instrumenten auf der Gasse vor Ihrem Kaffeehaus?«

»Konzert, bitte, im Theater an der Wien. Teils Publikum, das sind die ohne Instrumente, teils Ärzte, mit Instrumente. Ärzteorchester, bitte, fangt in ein paar Minuten an.«

»Da könnte ich ja noch … Wissen Sie, was auf dem Programm steht?«

»Bitte sehr, zu dienen, Beethoven Violinkonzert, siebente Symphonie, mein Sohn spielt mit, Medizin im neunten Semester, studiert noch, bitte sehr.«

»Dann werde ich jetzt bezahlen und auch ins Konzert gehen, danke für –«

»Bedauere, wird nicht möglich sein. Ausverkauft, wie immer beim Ärzteorchester. Eigentlich ist jedes Konzert in Wien ausverkauft.«

Und so blieb ich bei meinem Billard, übte innerlich »Kiebitz« und »Kratochwila« und ging um Mitternacht in meine Pension. Das Konzert war längst zu Ende, die Menge war in die Gegenrichtung geströmt. Das markante Gesicht, das mich an Holmes erinnert hatte, war mir nicht mehr aufgefallen.

*

Sherlock Holmes hatte nur schwer am Bühneneingang vorbei und in Richtung Zuschauerraum gehen können. Mit seinem Geigenkasten wollte ihn einer der Ärztemusiker unbedingt umleiten, aber Holmes verstand nicht, was man ihm sagte, und schritt entschlossen weiter, die Verwechslung war ihm schnell klar geworden.

Ein junger Mann spielte die Solovioline. Holmes las im Programmheft, soweit er den deutschen Text verstehen konnte, aber er stieß auch auf einige Seiten in englischer Sprache. Des jungen Mannes Vater war Arzt, las er, und das Wunderkind sei soeben aus Paris zurückgekehrt, wo es sein Geigenstudium abgeschlossen hatte. In wenigen Tagen würde der junge Virtuose auf Konzertreise in die USA gehen. Holmes war tief beeindruckt und war es noch mehr nach dem Ende des Konzertabends. Er winkte einem Einspänner und ließ sich in sein Hotel bringen. An eigenes Geigenspiel war an diesem Abend nicht mehr zu denken. Er freute sich, nach seiner Rückkehr Watson zu berichten, dass es in Wien ein Orchester gab, das ausschließlich aus Ärzten bestand, und ging zu Bett.

Zwei Tage später stand er wieder vor dem schwarz-goldenen Geschäftsschild »Maximilian Schachner & Sohn. Geigenbaumeister«. Dieses Mal war er nicht alleine, mehrere Damen und ein Herr waren offenbar mit einem Geigenkauf beschäftigt und Herr Schachner bat Holmes wieder in das hintere Zimmer.

»Ihr Meisterinstrument ist noch in den Leimzwingen, ich bin gleich wieder bei Ihnen.«

Schon wenige Minuten später kam er, brachte die gesundete Violine mit, strich einige Male über die Saiten und tauschte seinen eigenen Geigenkasten mit jenem seiner neuen Kundschaft. Holmes bezahlte, dankte und ging.

Nun hätte er zufrieden sein können, er hatte seinen Plan durchgeführt. Aber er war nicht zufrieden. Er musste sich sagen, dass nun die Heimreise zu erfolgen habe, und der Gedanke bereitete ihm keine Freude. Aber da waren mehrere Gründe, den Aufenthalt in Österreichs Hauptstadt nicht weiter auszudehnen: Die Arbeit, ein Wiedersehen mit seinem Bruder Mycroft im Diogenes-Club in zwei Tagen… Holmes schritt entschlossen auf eine Agentur zu, »Voyages. Thomas Cook«. Er konnte für denselben Abend noch buchen, bekam wieder ein Schlafwagencoupé erster Klasse und lobte sich für seine Charakterstärke.

Die Sonne verfügte über eine der Jahreszeit nicht entsprechende Kraft, einige Stunden blieben ihm bis zur Abfahrt, da war also doch noch Gelegenheit, Wien weiter zu besichtigen.

Die Babenberger Straße ging in die Mariahilfer Straße über, entnahm er seinem Plan. Und zu seinem Hotel Wimberger war es auch nicht weit von hier.

Seine Gedanken wurden durch eine plötzlich auf der Straße wachsende Hektik unterbrochen. Die eben noch dahineilenden, flanierenden oder stehenden Passanten, die wie er den selten gewordenen Sonnenschein suchten, wurden zum geordneten Spalier, zu beiden Seiten der Straße, zuerst zwei-, dann drei- und vierreihig. Eine offene Equipage, zwei Livrierte auf dem Kutschbock, rollte die Straße herab. Wo sie an der Menge vorbeikam erhob sich ein Winken und Rufen, ein förmliches Brausen. Sie fuhr in nicht zu eiligem, in fast promenierendem Trab.

Es war eine tief ausgeschnittene, schwarze, gelb gerahmte Lackkutsche, hell gepolstert, und darin zwei ältere Offiziere in dunklen Mänteln. Sherlock Holmes stand in der Kurve zur Ringstraße hin, und als nun der Wagen an ihm vorbeifuhr, konnte er dank seiner ungewöhnlichen Körpergröße gut sehen, was die vielen Menschen zu ihren Rufen bewog.

Umtost von zahlreichen »Vivat! Hoch! Vivat!« fuhr der Wagen vorbei an den Menschen, und der eine der beiden Herrn dankte unablässig, indem er die rechte Hand mit ihrem weißen Handschuh an seine schwarze Kappe legte und salutierte. Immer wieder glitt die Hand mit den langen Fingern an einem grauen Backenbart vorbei zum Kappenschild. Der Generaladjutant saß still daneben, und Kaiser Franz Joseph lächelte, unentwegt grüßend und den Grüßen dankend.

Die Equipage entfernte sich. Holmes blickte ihr über die Köpfe der Menschen zu seiner Linken nach, so lange er noch etwas sehen konnte. Die Menge verlief sich, immer noch in Aufregung. »Habt's ihn g'sehen? Elegant!« – »Gesund schaut er aus, für das Alter!« – »Geh bitte, mit achtundfünfzig! Kein Kunststück, sportlich wie er ist!«

Keine Wache, keine Geheimpolizei, keine Absperrung. Holmes war verwundert. War man mit Recht in Wien so sorglos? In halb Europa formierten sich Anarchisten aus den verschiedensten Lagern, aus den verschiedensten Beweggründen, mit politischen Ideen oder einfach aus Hass gegen jede Autorität.

»Ich weiß zu wenig von der hiesigen Politik, ich erkenne die Uniformen nicht, kenne kaum die Probleme. Dafür weiß ich alles über Mozart, Beethoven, Haydn.« Und er dachte wieder an das eindrucksvolle Konzerterlebnis des Vorabends.

Es wurde Zeit für den Weg zum Bahnhof. Sherlock Holmes stieg in einen der hinter der Hofoper wartenden Fiaker und ließ sich auf den Gürtel bringen, zu seinem Hotel. Holmes kündigte seine Rückkehr nach London der Haushälterin in Bakerstreet 221b vermittels eines Telegramms an, ein zweites sandte er an Watson. Er beglich seine Rechnung; der hoteleigene Omnibus wartete auf ihn und brachte ihn mit zwei anderen Reisenden zum Westbahnhof. Der Hoteldiener besorgte den Gepäcktransport der drei Gäste, nahm sein Trinkgeld entgegen und empfahl sich.

Holmes ließ sich vom Kondukteur zu seinem Abteil begleiten, er drehte sich nicht mehr um und ließ sich in einem bequemen Fauteuil nieder. Er lehnte den Kopf an die weiche Stütze, dachte an die wenigen Tage in Wien, zog Bilanz. Und er ahnte nicht, er konnte nicht ahnen, wie bald er wieder in der Haupt- und Residenzstadt sein würde.

*

Ich war schon früh auf den Beinen. Der Tag würde ja, bei günstiger Antwort von Schellenberg senior, eine Wende meines Lebensweges für mich, und natürlich auch für meine künftige Ehefrau, bereithalten. Ich war neugierig und aufgeregt.

Jetzt kannte ich schon drei Wiener Kaffeehäuser, alle sehr nahe bei meiner Pension. Wohin jetzt am Vormittag, zwecks Lektüre der Zeitungen? Ich entschied mich für das Café Sperl, mit meinem zweiten Besuch ließ sich der beginnende Stammgaststatus festigen.

Heute hatte eine merkwürdig hagere Sitzkassiererin den Oberbefehl. Ich betrat das Kaffeehaus, sie sah mich von ihrer Kommandobrücke gegenüber dem Eingang und rief: »Jean! Für den Herrn der Zwölfertisch!« – Ach, Jean, wie angenehm, der kennt mich schon.

Jedoch ein ganz anderer Jean bat mich ihm, zu folgen, er war höchsten fünfzehn Jahre alt. Ich nahm in meiner Loge Nr. 12 Platz, ließ mir die eine englische und möglichst viele österreichische Zeitungen und eine Sorte Kaffee kommen, die ich noch nicht kannte – er hieß Fiakerkaffee. Ich hatte einen leeren Magen und war nicht auf den Schock von etwas schwarzem Kaffee mit sehr viel Schnaps vorbereitet. Er traf mich mit voller Wucht und ich begann meinen Tag, der mir doch so sehr wichtig war, in leichter Trunkenheit.

Der englischen Zeitung entnahm ich keine bewegenden Neuigkeiten und war darüber eher beruhigt. Als spannend hingegen erwies sich die Lektüre der österreichischen Blätter, in erster Linie jene des »Neuen Wiener Tagblatts«.

Das »Fremdenblatt« brachte auf seiner Titelseite einen Artikel, der mich fesselte. Ich las ein Loblied auf den liberalen Kronprinzen, eine scharfe Kritik des amtierenden Ministerpräsidenten. Der Leitartikel war außergewöhnlich gut formuliert, und da ich bald wieder zu mir gefunden und mir nunmehr einen anderen Kaffee als den geistabtötenden Fiaker bestellt hatte, konnte ich mir vieles auch merken, das ich beim Mittagessen zur Sprache zu bringen gedachte.

Die nächste Zeitung hieß »Das Neue Wiener Tagblatt«, und ich wurde in den ersten Minuten, da ich sie las, ihr Freund. Brillant formulierte politische Artikel, Konzertberichte, heitere Glossen, abschätzige Bemerkungen gegen den von Holmes und mir besonders abgelehnten Marxismus, kurz, eine Fülle interessanter Beiträge. Ich lobte meinen längst verstorbenen Vater, der mir mit dem Weg nach Feldkirch und auf die Jesuitenschule Stella Matutina auch den Weg in eine andere Kultur geöffnet hatte. Freund Holmes hat eine französische Großmutter, daher hat er schon von Kindheit an plurikulturell gelebt. Ich aber stamme ganz und gar von den Britischen Inseln, nur die Familienreise nach Australien und später die Zeit in Afghanistan hätten mir den Geist belebt, hätte ich nicht die doch lange Zeit in Österreich verbracht, finanziert von meinem Vater.

So las ich fasziniert im »Neuen Wiener Tagblatt«, und gerade noch rechtzeitig kam ich zu dem Friseur, der mir den Bart stutzte, mich rasierte. Heute musste ich besonders guten Eindruck machen.

Der Gang zum Haus meines Freundes Schellenberg war kurz; ich stand bald vor dem zweistöckigen Gebäude und drückte den Klingelknopf. Die Ordination im Parterre war heute geschlossen, ich folgte einem Hausmeister in das erste Geschoß. Dort wurde ich von einem uralten Diener übernommen, der mich in ein Empfangszimmer geleitete und mir eine Messingtasse für meine Visitekarte reichte. Ich leistete der Aufforderung Folge, setzte mich und wartete.

Nach kaum einer halben Minute stand Freund Heinrich vor mir, begrüßte mich herzlich wie immer und fragte, was ich so erlebt hätte. Doch ich kam kaum zu einer ersten

Antwort, denn gleich nach Heinrich begrüßte mich auch sein Vater, der mir aus seinem Arbeitszimmer entgegenkam.

»Herr Doktor Watson, so eine Freude! Endlich, nach den langen Jahren. Mein Sohn hat von Ihnen geschwärmt, ja regelrecht geschwärmt.«

Ich wurde rot, als wäre ich Ion Svensson.

»Sie werden sicher einen anständigern Appetit mitgebracht haben, wie alle Reisenden, nicht wahr? Also gehen wir gleich weiter.«

Das Speisezimmer ließ klar erkennen, dass ich mir um die pekuniäre Lage von Familie Schellenberg keine Sorgen zu machen brauchte. Es hatte die Größe eines kleineren Hörsaals. Eine Fensterreihe war umrahmt von schweren Samtvorhängen, die durchsichtigen weißen Stores zeigten ein Wappen. Der Tisch hätte Platz gehabt für sicher auch achtzehn Personen, gedeckt war für vier.

Der Hausherr nahm am oberen Ende Platz und setzte mich zu seiner Rechten, der Platz zu seiner Linken blieb frei; dann kam Heinrich. Der so liebenswürdigen Rede zur Begrüßung war noch kein Ende.

»Also, ich habe mich kundig gemacht wegen Ihrer Wünsche an Wien. Aber, wir wollen zuerst essen. Haben Sie was gegen Rindfleisch? Sicher nicht, wie denn, und unser Koch ist ein großer Meister. Wir verborgen ihn sogar manchmal, nicht wahr. Sie wissen ja, meine Kinder waren wirklich noch Kinder, wie ihre Mutter uns verlassen hat, ganz plötzlich. Eine bessere medizinische Versorgung hätte sie ja gar nicht haben können, das ist ja klar, aber innerhalb weniger Tage ... ich mag nicht dran denken, also weiter, und seit damals ist Heinrichs Schwester die Frau im Haus. Ich hab nicht noch einmal heiraten wollen, und so —«

Wie auf ein Stichwort wurde die Türe von dem uralten Diener wieder geöffnet und eine junge Frau betrat das

Speisezimmer. Sie war mittelgroß, blond und nicht eigentlich schön, aber sie strahlte in einer Weise, dass man in gute Laune verfallen musste. Ich weiß mir auch heute keinen besseren Ausdruck für die von ihr verbreitete Stimmung, als eben – sie strahlte. Sie lächelte, aber das meine ich nicht, sie hatte nicht einfach »eine Ausstrahlung«, sie verbreitete nicht einfach Atmosphäre. Sie war die personifizierte Kraft, Intelligenz, Fröhlichkeit. Ich bin heute noch beeindruckt, wenn ich an sie denke, und es sind doch so viele Jahre seither vergangen.

»Meine Tochter Eva!«, sagte der Hausherr. »Und das ist unser Freund, Heinrichs Freund, Herr Dr. John Watson aus London.«

Wäre ich nicht ohnehin schon gefesselt gewesen, spätestens jetzt war es um mich geschehen.

Evas Lächeln steigerte den ersten Eindruck noch, und ich lächelte zurück, und setzte mich nicht wieder, und lächelte –

»Bitte, John, Ihr beide habt übrigens eine Gemeinsamkeit.« Heinrich nahm das Tischgespräch wieder auf. »Ihr werdet beide in den nächsten Wochen heiraten.«

Die richtige Bemerkung zum richtigen Zeitpunkt. Ich war ja schon drauf und dran gewesen, mich lächerlich zu machen. Denn hinter Eva war auch der alte Diener in den Raum getreten, er trug eine große Suppenschüssel auf seinem Tableau und wartete auf seinen Einsatz.

»Jaroslav, wir sind so weit, bitte.« Der Hausherr eröffnete das Mittagsritual. Der Diener hatte nun eine weiße Schürze über seinen schwarzen Dienstanzug gebunden. Sein Gesicht war beherrscht von seinen runden Wangen, von gesunder rosa Farbe, umrahmt von einem schneeweißen Bart, der das Kinn aussparte und nach beiden Seiten gebürstet war. Er versah seinen Dienst, ohne ein Wort zu sagen, in aufrechter Haltung, ja mit Würde.

Er erinnerte mich an einen unserer Unteroffiziere in

Afghanistan, der kurz vor der Pensionierung gestanden war. Er führte das Kommando über unseren Offiziersclub, von seinem souveränen Auftreten und seiner Haltung konnten manche junge Offiziere noch lernen.

Rindsuppe mit Semmelknödeln, danach wandte sich Heinrichs Vater wieder mir und meinem Aufenthalt in Wien zu. »Sind Sie gut untergebracht, Dr. Watson? Der Heinrich hat sich hoffentlich genug um Sie gekümmert bisher!« Und er spielte einen strengen Vater, der seinen kleinen Sohn ermahnte.

»Ausgezeichnet, ich wohne ausgezeichnet, vielen Dank, Herr Doktor. Und meine Pension liegt günstig, zwei Minuten von einem Kaffeehaus, in dem ich schon Stammgast bin.«

»Sperl, ich weiß, ich kenne das Café, ich war dort früher oft zum Zeitunglesen, sie haben alles Mögliche vom Ausland, jetzt gehe ich hier ums Eck in mein Stammcafé. Also zufrieden, sehr gut.«

Das Mittagessen ging Gang um Gang weiter, und erst, als wir auch den Nachtisch – er hatte einen ungewöhnlichen Namen – hinter uns hatten, kam der Hausherr wieder auf meine Anwesenheit zu sprechen.

»Das werden Sie nicht kennen, Mohr im Hemd, nicht wahr? Dabei haben ja wir keine Kolonien. Was anderes: Sie heiraten also demnächst, wie auch meine Tochter Eva! Also Glückwunsch, nicht wahr, alles Gute! In London sicher?«

Ich erzählte von Mary und unseren Plänen, und blickte selten zu Eva, um nicht noch einmal die Contenance zu verlieren.

»Lori, also die Eleonore, das ist ihr zweiter Vorname, nach meiner Frau, nicht wahr, meine Tochter heiratet auch, aber sie hatte eigentlich vor kurzer Zeit noch andere Pläne.«

Im Blick des Vaters lag eine Aufforderung an Eva-Lori, das Thema zu übernehmen.

»Ich wollte unbedingt in Wien leben, und ich wollte unbedingt studieren, und zwar Medizin, wie die ganze Familie, aber ich darf nicht. Frauen dürfen hier nicht Medizin studieren, sie dürfen überhaupt fast nichts, Krankenschwester, das dürfen sie, und heiraten. Und Krankenschwester mag ich nicht sein, zwischen drei Ärzten im Haushalt.«

»Na, du hast schon auch andere Gründe, zu heiraten, nicht wahr, also. Ja, das ist ärgerlich.«

Eva wagte, den Vater zu unterbrechen. »Ich hätte auch gerne Physik studiert, das darf ich ebenso nicht, und dann habe ich mich angefangen, umzusehen, aber das ist ja auch bei Ihnen nicht anders, in England.«

»Und da hast du dich zu einem Verzweiflungsschritt entschlossen und heiratest.« Heinrich stand auf, lächelte seine Schwester aus seinen blauen Augen an und schnitt eine Grimasse.

»Noch jemand einen Kaffee?« Heinrich ging aus dem Zimmer.

»Ja, also, sie heiratet. Mein künftiger Schwiegersohn – von ihm wird sie Ihnen wahrscheinlich selbst mehr erzählen.« Der Vater versuchte, die Tochter vom Thema Frauenbildung abzulenken. Wieder unterbrach sie ihn.

»Ich kann ja nicht warten, bis der Staat die Gesetze ändert, und mit siebzig mein Studium beginnen.«

»Eva, sei ehrlich, geheiratet hättest du ja auch mit einem abgeschlossenen Studium, nicht wahr? Sie heiratet einen Freund von Heinrich, Sie werden ihn vielleicht kennen lernen, na, da müssen wir zuerst noch von Ihren Plänen sprechen. Damit warte ich noch, bis der Kaffee da ist. Heinrich hat eine ständige Freundesrunde, seit vielen Jahren, gestern Abend war er wieder dort. Früher haben sie einfach eine Freude an der Gemeinschaft gehabt, sind zusammen gewandert, haben alles mögliche miteinander unternommen, jetzt sind sie alle in irgendeinem Beruf, fast alle zumindest. Da ist nicht mehr viel Zeit für anderes, jetzt ist das mehr ein politischer Club geworden, mit viel Diskussion, nicht wahr.«

Wir schwiegen, und Vater Schellenberg fuhr fort.

»Überhaupt jetzt, bei uns in Österreich geht es ja zu, das glauben Sie nicht, Herr Dr. Watson. Bitte, wenn Sie so viel Zeitung lesen, werden Sie es ja wissen. Ärger an allen Ecken und Enden. Zufrieden ist hier niemand, und wenn sich Heinrich mit seinen Freunden jetzt einmal in der Woche trifft, um einen von ihnen zu unterstützen, der gerade sehr viel Ärger hat, sie nennen ihn den »Ritter Georg«, da kann man es verstehen. Also, er heißt nicht Georg Ritter, und er ist auch gar kein Ritter, jetzt nicht mehr, vor einigen Monaten war er es noch, das wird Sie interessieren. Dieser Ritter Georg –«

Die Türe ging wieder auf, und hinter dem Diener Jaroslav, der Kaffee servierte, kam mein Freund zurück. Er hatte gerade noch gehört, wohin sich unser Gespräch begeben hatte, gehört, wovon sein Vater erzählte, und es ärgerte ihn offenbar. Das kommt vor, wenn Väter übersehen, dass ihre Söhne und Töchter nicht mehr kleine Kinder sind, und über deren Angelegenheiten auf eine Weise sprechen, die zumindest undiplomatisch ist, im innerfamiliären Umgang. Aber warum Schellenberg senior nicht die Freunde von Schellenberg junior erwähnen durfte, begriff ich nicht. Heinrich stand in der Türe, starr, sah den Vater mit wütendem Blick an, und der Vater verstand zwar, war aber nicht der Meinung des Sohnes.

»Heinrich, ich erzähle von deinen Freunden. John, Sie gestatten, dass ich Sie so nenne, hat von Eva und mir gehört, dass sie nicht studieren darf, da beginnen wir ein bissel über unser Land zu schimpfen, sollten wir nicht, vor einem Ausländer, wenn dich das vielleicht ärgert, also nicht wahr.«

»Vater, Dr. Watson kennt doch unsere Verhältnisse seit seiner Zeit in Feldkirch!«

Eva übernahm die Gesprächsführung. »Und wissen Sie, das ist ja nicht destruktiv gemeint, man ist nur entsetzt. Frauen dürfen ja sogar die Matura erst seit einigen Jahren machen, ich habe vor drei Jahren noch fast zur ersten Generation von Maturantinnen gehört, stellen Sie sich das vor!«

Heinrich hatte sich beruhigt. »Das wird geändert werden, bald, du wirst sehen. Wenn sich durchsetzt, was ich mir −«

Aber weiter kam er nicht.

»Heinrich!«, herrschte die Schwester ihn an. »Du hoffst schon wieder auf Deutschland! Dort ist es genauso, ärger! Weil ein Arzt in München Unsinn redet, darf ich nicht studieren! Frauen haben das kleinere Gehirn, er hat den ›Hirnbeweis‹ erfunden, und die Dummköpfe da in Wien plappern das nach! Mein Hirn ist um, was weiß ich, ein Viertelkilo leichter als eures, also darf ich nicht studieren!«

Heinrich begann von neuem, aber das führte nur dazu, dass seine Schwester aufsprang und den Tisch verließ. »Ich reg mich nicht mehr auf, ich übersiedle in ein paar Wochen ohnehin!«

Und sie warf die Türe hinter sich zu.

Einige Sekunden lang war es still im Speisezimmer. Der Diener Jaromir kam, begann den Tisch abzuräumen und stellte einen Aschenbecher vor den Hausherrn.

»Na, muss ich wenigstens nicht in mein Arbeitszimmer gehen, wenn ich meine Zigarre rauchen will. John, schauen Sie, meine Tochter ist eben besonders temperamentvoll, nicht wahr. Geh, Heinrich, hol sie doch zurück, bitte.«

Aber Heinrich blieb sitzen und beobachtete den Vater.

»Du hast Angst, ich könnte noch etwas sagen, was dir nicht passt. Unterbrich mich bitte nicht!«

Es blieb still, die Zigarre wurde entzündet. Der Diener

verließ den Raum. Diesen Augenblick hatte Dr. Schellenberg abgewartet, nun begann er wieder.

»Sehen Sie, das ist so. Unsere aristokratische Mutter, also meine Frau, der Vorhang zeigt ihr Wappen, hätte sich da herausgehalten, und sie hätte vielleicht für mehr Frieden sorgen können. Eine Vermittlerin könnten wir drei Männer gut brauchen, aber wir haben sie nicht. Also, Sie haben ja gehört, wie die Eva sich aufregen kann über die Frauenbehandlung in Österreich, und in Deutschland, die ist auf alle politischen Richtungen hier böse. Ich bin, das können Sie sich wahrscheinlich denken, ein kaisertreuer Patriot, ›schwarz-gelb‹ heißt das hier. Eva ist gerade dabei, mit einigen anderen Mädchen eine Bewegung zu gründen, einen Verein für erweiterte Frauenbildung. Und mein älterer Sohn Ferdinand Karl, er heißt wie ich übrigens, plant, mit einigen anderen eine neue Partei zu gründen, eine sehr christliche, und der Heinrich ist, das wird er Ihnen ja gesagt haben, seit einigen Jahren immer mehr ein –«

Wieder wurde der Vater unterbrochen, dieses Mal von seinem jüngeren Sohn. »Vater, jetzt ist Schluss! Wir sind erwachsen, ich kann mich selber am besten erklären, ich brauche das nicht, und Eva auch nicht und der Ferdinand auch nicht! Und mit John spreche ich schon selber über Politik. Es wird ihm vielleicht auch nicht so sehr wichtig sein wie es dir ist!«

»Ich fürchte, du hast recht, Heinrich, auch angesichts meiner Auskünfte. Also, hören Sie, John, das sieht nicht ganz schlecht, aber auch nicht gut aus. Wir haben in Wien einmal einen wunderbaren Ophtalmologen gehabt, das ist aber jetzt schon eine Zeitlang her, ich war sehr jung damals, Anton von Rosas, nicht wahr. Natürlich haben wir Augenärzte, auch sehr gute, aber auf anderen Gebieten sind wir Weltklasse, und da halt nicht im Moment. Kann sich ändern.«

Schade, dachte ich, denn ich hatte begonnen, mich auf

Wien zu freuen. Die temperamentvolle Schwester Eva war zwar vergeben, wie ja auch ich, aber ich hatte ja nicht aus privaten Gründen, sondern aus beruflichen und wegen des Billards und der Kaffeehäuser und der Freundlichkeit der Bewohner und wegen ...

»Jetzt sind Sie auf einmal ganz schweigsam, ich hab Sie erschreckt. Mein Gott, die Kaiserin hat einen Bruder, der ist Augenarzt, vielleicht kennt er jemanden ... aber der ist ja auch nicht in Wien, ist irgendwo in Bayern, nicht wahr ... Jetzt schauen Sie auch noch traurig.«

»Ja, ich hatte mich schon sehr auf Wien eingestellt, dabei bin ich erst ganz kurz hier.«

Mehr fiel mir nicht ein. Ich war zu sehr enttäuscht.

»Schauen Sie, John, ich habe es ja noch nicht ganz aufgegeben«, begann Vater Schellenberg von neuem, »und vielleicht mit unseren guten Kontakten, an der Universität, nicht wahr, im Freundeskreis, vielleicht finden wir da jemanden, der einen Assistenten sucht, zum Beispiel. Dieser Ritter Georg, ich hab ihn erwähnt, kennt ja auch Gott und die Welt, die deutsche Welt vor allem, frag ihn doch einmal, Heinrich.«

Dessen Gesicht war versteinert. Er gab keine Antwort.

»Wissen Sie, John, Ihr Freund sitzt jetzt so schweigsam da bei uns, weil ihm dieser Ritter Georg langsam unheimlich wird. Er hat es seit ein paar Jahren mit der Poesie, und da verfasst er so schrecklichen Blödsinn wie, ist nur ein Beispiel –«

»Vater! Hör endlich auf!« Heinrich brach sein Schweigen.

»Nur noch einen Satz, also, er dichtet: ›Jud oder Christ ist einerlei, die Rasse ist die Schweinerei‹, also was will man von so wem, oder ein anderes Beispiel –«

Eva kam zurück, eine Zeitung in der Hand.

»Da, sehen Sie, heute im ›Fremdenblatt‹ – nicht einmal diskutieren wollen sie mit uns, die Professoren! Wenigstens diese Zeitung ist auf unserer Seite, die haben einen guten Herausgeber, Hauptberuf Anwalt, mein Vater ist mit ihm befreundet.«

»Das bin ich, auch wenn wir nicht immer einer Meinung sind, er ist mir eine Spur zu liberal. Frydmann heißt er, nicht wahr, Marcell, die haben auch gute Sportberichte, vor allem über Pferderennen, da sind wir in Wien nämlich ganz besonders interessiert, und Sie kommen ja aus einem Land, wo der Sport eine große Rolle spielt, aber bei uns ist – «

Diesmal wurde Schellenberg wieder von seiner Tochter unterbrochen.

»Vater, wenn ich dir jetzt nicht ins Wort falle, sitzt der arme John noch in einer Stunde ohne Antwort da. – Es ist nämlich sein Lieblingsthema, da kann er stundenlang reden, und streiten kann er! Bis an den Rand der Ehrenbeleidigung! Zu seinem Glück hat er auch Rechtsanwälte unter seinen Freunden.«

Nun wurde endlich einmal am Tisch der Schellenbergs gelacht, das war bei diesem heutigen Mittagessen noch nicht vorgekommen.

»Ich habe schon berichtet, und Dr. Watson ist auch schon enttäuscht, Thema Augenarzt, nicht wahr. Aber wir wollen erst weiter schauen, wird halt ein bisserl Zeit brauchen.«

Wir saßen noch kurz zusammen, dann dankte ich für die Einladung und die Mühe der Einholung von Informationen und machte mich auf den Rückweg. Heinrich wollte mich begleiten, aber ich zog es vor, alleine zu sein, nachzudenken, und so verabredeten wir uns für den Abend. Ich ging auf Umwegen durch einen nahen Park in die Capistrangasse, zu meiner Pension.

Als ich ankam, war mein Entschluss gefasst. Was sollte ich hier noch weiter Geld ausgeben, wo ich doch offenbar kaum Hoffnung haben konnte, dass mein Wunsch erfüllt werden würde?

Ich ließ über das Telefon meiner Pension meinem Freund Heinrich in der Klinik ausrichten, dass ich ihn am Abend doch nicht würde treffen können, sandte ein Telegramm an meine Braut Mary und eines an Sherlock Holmes und teilte beiden mit, dass ich auf dem Heimweg sei. Meine Koffer waren schnell gepackt, ich beglich die Zimmerrechnung und machte mich auf den Weg zum Bahnhof.

Als ich zum Westbahnhof kam, wurde es finster. Ich hätte mich gerne für einen Schlafwagen entschieden, aber nachdem ich die Tarifliste studiert hatte, verwarf ich diesen Gedanken. Ich erwarb die beinahe günstigste Fahrkarte, nahm meine Koffer und setzte mich in das Bahnhofsrestaurant 2. Klasse. Ich hatte bis zur Zugabfahrt München–Paris noch fast zwei Stunden, kaufte mehrere Zeitungen und versuchte, die aufsteigende Melancholie mit Lektüre und etwas Bier zu bekämpfen.

Ich bestellte eine Speise, die man mir für Wien immer angepriesen hatte. Jetzt war die letzte Chance. »Herr Ober, bitte, ein Gulasch!«

Wenn ich also nun ohne Sentimentalität meine letzten Tage überdachte, musste ich mir sagen, dass diese Reise ihren Sinn nicht erfüllt hatte. Auf der Haben-Seite blieb mir das Wiedersehen mit einer fröhlichen Runde, ein einziger Abend, die Aktualisierung meiner Kenntnisse im Deutschen. Aber was blieb denn sonst? Wien hätte ich wohl auch später, mit Mary an meiner Seite, kennen lernen können. Ich hatte kein Konzert, kein Theater besucht, Billard hätte ich ebenso gut in London spielen können. Meinem Beruf hatten die Tage überhaupt nichts gebracht. Immerhin, diese neue Speise gehörte zu den angenehmen Erfahrungen. Ich bestellte ein zweites Bier.

»Guten Appetit, John!«

Heinrich legte die Überkleider ab und setzte sich zu mir.

»Ja, da schaust du! Ich bin zwar nicht so schlau wie dein

Sherlock Holmes, aber so weit denken kann ich gerade noch, dass ich dich im Wirtshaus find'! Für mich auch ein Bier, bitte. Ich hatte deine Nachricht bekommen, habe mir deine Enttäuschung nach dem Gespräch bei mir zuhause vorgestellt, dann habe ich mich über Abfahrtszeiten der Züge informiert. In deiner Pension haben sie mir gesagt, du seiest schon vor einer Stunde abgereist, wo also sollst du sein? Für die 1. Klasse bist du zu sparsam. Prost!«

Der Piccolo räumte den Tisch ab, mein Gulasch war Geschichte.

»Das ist aber wirklich, also Heinrich, ich freue mich, das ist ...« Vor Rührung begann ich zu stottern und Unsinn zu reden. »Und dass du da noch kommst, wo es schon finster ist!«

»Ja, weil ich so Angst hab, wenn es finster wird. Komm schon, John. Ich bin bei der Capistrangasse ins Odolwagerl gestiegen, die Fahrt dauert keine zehn Minuten. Gehen wollte ich nicht, das Wetter ist schlechter geworden.«

»Odolwagerl?«

»So heißt bei uns die Straßenbahn. Die Waggons tragen auf dem Dach die Odol-Werbung, das ist eine Zahnpasta. Der homo viennensis vulgaris, von Arzt zu Arzt gesprochen, nennt die Pferdetramway noch anders, und die Straßenbahner heißen bei ihm Rossknödlschupfer. – Ich habe gerade diese Strecke gern. Wo die Mariahilfer Straße steiler wird, bei der Stiftsgasse, da wird ein drittes Pferd vorgespannt, mit einem Reiter, der blast in seine Trompete, wenn es weiter geht, das gefällt mir, wie halt alles, was mit Pferden zu tun hat. Wenn ich schon nicht bei der Kavallerie hab sein dürfen ... mich haben sie ja überhaupt nicht genommen. Probleme mit der Lunge. Die habe ich heute schon lange im Griff, aber ärgern tut's mich noch immer. Der Vater hat sich damals regelrecht gekränkt. Noch ein Bier bitte!«

»Schön, dass du hier bist, Heinrich! Eine ganze Stunde haben wir noch.«

Wir saßen schweigend da, sahen einander an. Dann begann Heinrich wieder.

»Weißt, es ist auch, weil ich nicht wollte, dass du mit diesem Eindruck einer vor sich hin politisierenden, streitenden Familie nach Hause fährst. Dabei hast du ja nicht erlebt, was los sein kann, wenn der Älteste da ist, der kann sich erst aufregen! Dagegen ist die Eva harmlos. Sie ist sicher die Intelligenteste von uns drei Geschwistern, und ich finde auch, sie ist eine schöne Frau. Meine Schwester hat dich ein bissel nervös gemacht, gelt? Du sie übrigens auch, ich kenne euch beide gut! Sonst wäre sie auch nicht zurückgekommen. Musst nicht rot werden.«

Ich war aber rot geworden. Glücklicherweise sprach Heinrich weiter.

»Die Politik ist ein Thema, das gerade in diesem Jahr bei uns in Wien, nein, in Österreich, so besonders wichtig geworden ist. Im ganzen Land ziehen sie ohnehin schon in alle möglichen Richtungen, statt gemeinsam in eine einzige, und jetzt tun das nicht nur die Tschechen und die Ungarn und die Polen und überhaupt alle Völker dieses eigenartigen Staats, jetzt gibt es auch Parteien, alle möglichen, alleine im Dezember wollen sie zwei neue gründen. Bei der einen ist mein Bruder Ferdinand, du hast es gehört, bei den Christlichen. Sozialdemokraten haben wir nicht in der Familie, aber sicher im Haus. Der Hausmeister wird dir das Tor geöffnet haben, wie immer, wenn die Ordination geschlossen ist. Der rennt auch ständig in irgendeine Versammlung.«

Heinrich sprach und sprach, man konnte ihn sich gut vor einer Volksmenge vorstellen. Mich interessierte das Thema nicht mehr so wie noch heute früh, denn ich hatte ja nun kaum mehr Hoffnung auf eine Zukunft als Mediziner in Wien. Aber ich hörte ihm eben zu, selbstverständlich. Und urplötzlich traf mein Freund wieder auf mein gespanntes Interesse.

»Ich bin bei keiner Partei, ich gehe auch zu keiner. Wie sie mich beim Militär nicht haben wollten, da war mir von heute auf morgen meine Gesundheit wichtiger als alles andere, sicher auch, weil ja meine Mutter kurz zuvor gestorben war. Medizin studiert hätte ich auch so.

Da habe ich begonnen, mich mehr und mehr für den Sport zu interessieren, nicht wie der Vater, als Zuschauer am Rennplatz in der Freudenau, nein, aktiv, selber. Ich bin gewandert, geritten, und wo ich etwas Neues entdeckt hab, schon war ich dabei. Zu boxen hab ich begonnen, das haben wir ja übrigens fast alles von euch, aus England. Im Boxclub habe ich andere Studenten kennen gelernt, die sind auch fechten gegangen, das hat mich nicht gereizt. Aber über Politik haben wir geredet, nach dem Boxclub. Und da hat sich eben auch meine eigene politische Meinung entwickelt, die viel liberaler war, als meine spätere.«

Heinrich monologisierte weiter.

»Dann haben sie in Linz angefangen, einen Katalog von Forderungen aufzustellen, und wie überall, hat es auch da einen Mittelpunkt gegeben, einen Mann, der mir sehr imponiert hat. Georg Ritter von Schönerer, ich habe bei unserer Reise nach Wien von seiner Familie kurz erzählt, du erinnerst dich sicher.«

Der Verwandte des unerfreulichen Methusalem-Falstaff! Das war also –

»Ritter Georg?«

»Ja, so nennen wir ihn, nein, halt, so nennen sie ihn. Mein Vater hat ihn doch einige Male erwähnt, heute Mittag. Da will er mich ärgern, er nennt es necken. Aber er will mich ärgern und auf seine schwarz-gelbe Seite locken. Mir hat der Schönerer eine Zeit lang sehr gefallen. Jetzt bin ich mir nicht mehr so sicher, das merkt auch der Vater.«

Ich musste an den Abschied denken; noch zehn Minuten bis zur Abfahrt.

»Und deshalb auch deine doch eher kritischen Sätze in Feldkirch? An dem Abend in der ›Linde‹?«

»Schau, sie haben dann angefangen, ganz offen, davon zu reden, dass wir die Slawen und die anderen Völker alleine lassen sollen und alles, was deutsch ist, gehört auch nach Deutschland. Was aber ist in Österreich deutsch? Deutschsprachig, ja, aber deutsch? Nichts. Und da habe ich angefangen, wieder selbständig zu denken. Wie sie aber auf jedem Hügel einen Bismarckturm errichtet haben, so eine Art Aussichtswarte, da hat es mir fast gereicht. Ich halte ja schon den ganzen Bismarck nicht mehr aus, wir verdanken dem großen deutschen Kanzler einen … also, ich mag nicht dran denken.«

»Mein Zug, es tut mir leid, ich muss jetzt wirklich …«

Heinrich beglich unsere Rechnung, wir gingen zur Sperre. Er sagte nichts mehr. Ein Händedruck, wir sahen einander schweigend an, ich ging schnell zu meinem Waggon, zwei Minuten später verließ der Zug den Bahnhof. Von den Vorstädten war in der hereingebrochenen Nacht nichts mehr zu sehen, ich wandte mich meinen Zeitungen zu.

Ich lehnte den Kopf an die dafür gedachte, aber zu harte Stütze, zog noch einmal eine Wien-Bilanz. Und ich ahnte nicht, konnte nicht ahnen, wie bald ich wieder in der Haupt- und Residenzstadt sein würde.

Zwei Tage später und nachdem Mary und ich uns ausgiebig über unser Wiedersehen gefreut hatten, kam ich wieder in meine alte Wohnung in die Bakerstreet. Holmes war in seinem Club, er hatte für Mittag eine Verabredung mit seinem Bruder, sagte mir unsere Haushälterin. Ich war noch nicht zwei Minuten in unserem gemeinsamen Zuhause gewesen, da kehrte Holmes zurück. Sein Termin war verschoben worden, hatte man ihm im Diogenes-Club mitgeteilt, Mycroft sei erst gegen Abend wieder in London.

Wir schüttelten uns kräftiger die Hände, als es zwischen uns üblich war, wir freuten uns wohl beide über das Wiedersehen.

»Sie waren in Wien, Watson.«

»Ja, sicher.«

»Sie haben Ihre Deutschkenntnisse aufpoliert.«

»Auch das stimmt. Und wie geht es Ihnen?«

Sherlock Holmes sah mich entgeistert an.

»Mein lieber Watson, dass es manchmal dauert, bis Sie meiner Meinung sind, daran bin ich gewöhnt. Aber, dass Sie sich nicht einmal mehr wundern, das ist eine neue Erfahrung.«

Jetzt war ich es, der entgeistert dreinschaute.

»Worüber wundern, weshalb?«

Er sprach mit mir wie ein Lehrer mit einem verstockten und minderbegabten Schüler.

»Also – ich wusste, dass Sie in Wien waren und zwar noch vor drei Tagen. Und dass Sie dort Ihre Deutschkenntnisse überprüft haben.«

»Ja.«

»Wie kann ich das wissen?«

Ich verstand die Frage nicht. Ich sah zwischen anderen Poststücken meinen Brief aus Feldkirch auf dem Tisch liegen, gleich daneben mein Telegramm, das ich vor der Abreise geschickt hatte.

»Weil Sie lesen können, was sonst?«

»Richtig. Und was habe ich gelesen?«

»Meinen Brief und mein Telegramm.

»Was für einen Brief?«

»Er liegt doch hier, neben meinem Telegramm.«

Holmes nahm den Brief, öffnete ihn, sah auf –

»Ich habe ihn ja noch nicht gesehen gehabt, ich bin selbst erst ganz kurz wieder hier. Woher haben Sie die ›Wiener Zeitung‹ mit dem Datum von vorgestern, die aus Ihrer Manteltasche schaut?«

»Aus Wien. Ich war in Wien.«

»Ach ja. Ich auch.«

Und in der Bakerstreet 221b wurde derartig heftig gelacht, dass unsere Haushälterin erschien und uns so köstlich verwundert und ernst, geradezu erschrocken ansah, dass unser Gelächter sich noch steigerte.

»Unter anderen Umständen hätte ich gesagt, Watson, wir packen die Gelegenheit beim Schopf und gehen ausnahmsweise auf ein Glas, meinethalben zwei, eines Ihrer zahlreichen Lieblingsgetränke. Doch ich bin nur zurückgekommen, um gleich wieder in den Club zu fahren. Der Wagen wartet vor dem Haus. Mycroft hat mich versetzt, und statt meines Bruders treffe ich jetzt einen Journalisten, Nicolaus Rennison heißt er, ja, hier ist seine Karte. Er will nicht über unsere geheimnisvollen Abenteuer schreiben, er interessiert sich für meine Familie und hat geforscht, das macht mich neugierig. Das war mir niemals so wichtig wie den meisten anderen Herren in unseren Kreisen, nicht wahr? Aber, ich will so bald wie möglich alles von Ihrer Reise wissen!«

»Und ich von der Ihren, Holmes, denn davon hatte ich ja wirklich überhaupt nichts geahnt.«

»Das kann nicht sein, auch Sie haben von mir ein Telegramm erhalten! Ich eile zu Herrn Rennison!«

Mir geht es auf diesen Seiten um den Fall, den ich meinem inzwischen doch sehr angewachsenen Leserkreis nicht vorenthalten will, und es geht mir um all das, was nun auf uns zukam, über uns hereinbrach. In der Stunde dieses Wiedersehens, als wir so herzlich lachen mussten, hätte ich nicht geglaubt, wie nah wir uns an einem Abgrund bewegten.

Mary und ich hatten erst den einen, dann einen anderen Termin für unsere Hochzeit ins Auge gefasst. Sie hatte mit großer Freude meine so unerwartet schnelle Heimkehr begrüßt, eine weitere längere Abwesenheit gab es nicht zu befürchten. Wir entschieden uns für einen Tag knapp vor dem Jahresende und für eine sehr stille Form von Hochzeitsfeier. Meine Braut war ja bis vor kurzem noch die begehrteste Erbin des Landes gewesen, ein Schatz hätte ihr alle, aber auch alle Türen geöffnet. Außerdem hatte ihre Persönlichkeit, ihre sensible Wesensart auch auf andere Männer gewirkt, von ebenso edler Charakterbildung wie es die ihre war, und so wäre sie, mit ihrer Intelligenz, nicht irgendeinem gutaussehenden Mitgiftjäger auf den Leim gegangen. Erst, als der erwähnte Agra-Schatz durch den mysteriösen Tod ihres Vaters für die Erbin unerreichbar wurde, war sie für mich erreichbar. Ich habe all das schon vor einiger Zeit berichtet, in »Das Zeichen der Vier«.

Mit Dr. Farquhar, meinem Vorgänger, war ich schon handelseins geworden; auch der Termin für die Übernahme der Praxis in Paddington wurde nun fixiert. Mein Kollege war alt, er war krank, er wartete sehnsüchtig auf die Befreiung von seiner Praxis – und auf den dafür ausgehandelten Betrag. Aber ich verfügte noch nicht annähernd über diese Summe. Das machte mir klarerweise bedeutende Sorgen in diesen Novembertagen.

Sherlock Holmes und ich sahen uns wieder öfter. Den Austausch unserer Eindrücke von Wien setzten wir für einen langen Abend in unserer Bakerstreet an, ich mit meiner Zigarre, Holmes mit etlichen Pfeifen.

»Wussten Sie, Watson, dass es in Wien ein Orchester gibt, das ausschließlich aus Ärzten gebildet wird – und das zudem noch ein gutes Orchester ist?«

Mit meinem »Ja« musste ich ihn enttäuschen, umso ausführlicher berichtete ich daraufhin von Herrn Kratochwila, seinem Café Sperl, von seinem Sohn. Wir waren bald ziemlich sicher, dass ich mich beide Male nicht geirrt hatte, als ich Holmes in Wien zu sehen vermeinte.

»Und wussten Sie, dass in Wien fast jeder Kellner Jean heißt?«

»Habe ich ebenfalls bemerkt. Apropos – ich bin an diesem Abend tatsächlich in jenem Café Ritter gesessen, bis mich der Kellner weggescheucht hat, weil der Tisch reserviert war. Und es kann durchaus sein, dass Sie mich einen Abend später erkannt haben, als ich mit meinem geliehenen Instrument in seinem Kasten auf den Konzertabend der Ärzte zuging, mit diesem phänomenalen jungen Virtuosen. Aber ich andererseits habe mich nicht beobachtet gefühlt, niemand wusste von mir, niemand beachtete mich in diesen Tagen. Sonst hätte ich vielleicht auch den untersetzten Billardspieler erkannt, der sich da einsam um seinen Spieltisch bewegte. Sie wissen ja, wie gering für mich die Anziehungskraft solcher Lokale ist, ich habe in keines dieser Kaffeehausfenster geblickt, wie Sie das getan haben. Dafür habe ich feststellen müssen, dass mir die allgemeine Lage in unserem Land, oder in Frankreich oder Italien, vertraut ist. Von Österreich-Ungarn weiß ich nichts. Ich habe den Kaiser gesehen! Er lässt sich nicht bewachen, wenn doch, so bemerkt man es nicht. Es ist politisch sicher sehr stabil, dieses große Land.«

»Da kann einmal ich etwas erklären. Es ist gar nicht stabil im politischen Sinne. Es ist zu viel auf einmal, das Thema; ich will es Ihnen gerne erzählen, wenn sich die Gelegenheit ergibt. Da sind mehrere Parteien, die einander heftig bekämpfen, aber auch Abenteurer, Glücksritter, Wirrköpfe... Ich habe neben den Zeitungen durch meinen Freundeskreis in Österreich eben auch andere, sehr kompetente Informationen.«

Lange referierte ich noch über antisemitische Bewegungen, liberale Blätter, den Widerwillen des österreichischen Thronfolgers gegen den jungen deutschen Kaiser, seine Sympathie für unseren Kronprinzen Edward.

»Watson, nein! Diese Sympathie, wenn sie tatsächlich besteht, muss auf falschen Berichten beruhen. Ist der Kronprinz von Österreich-Ungarn tatsächlich so, wie Sie ihn beschreiben, dann kann er nicht Gefallen finden an diesem labilen, vergnügungssüchtigen Menschen, der einmal unser König sein wird.«

Ich widersprach nicht, erzählte weiter, es war mir nicht so wichtig. Das sollte sich sehr bald ändern. – Holmes hatte in Paris ein Buch über die »Wiener Gesellschaft« gekauft, das er noch nicht einmal geöffnet hatte. Damit wollte er sich bei Gelegenheit befassen.

Der Tag fand einen überraschenden Abend. Man soll eben über einen Tag auch nicht vor dem Abend schimpfen, es kann nicht nur um Lob oder Nichtlob gehen.

Holmes bot mir, ungefragt, an, den Betrag für den Erwerb der Praxis in Paddington auf eine gewisse Zeit zur Verfügung zu stellen, jene Summe, die mir solche Sorgen bereitete. Ich war zuerst stumm vor Staunen, dann nahm ich dankbar an.

Mein profundes Interesse an Augenheilkunde bestand weiterhin, niemand hatte mir in Wien davon abgeraten. Aber für den Augenblick gab ich es auf, und ich blieb bei den Gebieten, die mich bis vor kurzem am meisten beschäftigt hatten, auf medizinischem Gebiet – den Nervenleiden und der Pathologie.

Holmes und ich besprachen bei den seltener werdenden Begegnungen unsere Wien-Eindrücke, seine neuen Fälle, meine privaten und beruflichen Schritte. Ich hatte längst alle Erinnerungen an schöne Wirtinnen, elegante Kaffeehausbesucherinnen, Heinrichs Schwester Eva, archiviert, Wien war abgelegt unter »V«, Vergangenheit.

Ich hatte viel Material zu den letzten Aufgaben des berühmten Mannes gesammelt, der mir dafür dankte, dass ich seiner Tätigkeit eine Aufmerksamkeit über den Tag hinaus vermitteln wollte.

Kurz hatte ich diese und meine anderen Arbeiten, auch die für die neue Praxis, zu unterbrechen. Unser Hochzeit ging schnell vonstatten, Verwandte gab es nicht einzuladen, außer den Trauzeugen baten wir nur zwei meiner ehemaligen Freunde vom Militär zu dem einfachen Festakt. Die anschließende Feier – wir waren mit dem Reverend und seiner Frau nur acht Personen, hatte ich in einer nahe liegenden Wirtschaft bestellt, sie dauerte keine zwei Stunden.

Wenige Tage nach unserer Hochzeit musste ich meine eigene Aufmerksamkeit vor allem der neuen Praxis widmen, bald wandte ich mich daneben auch wieder dem Holmes-Archiv zu, mit dessen Anlage ich noch vor meiner Reise nach Österreich begonnen hatte. So wechselte ich Tag für Tag zwischen Gegenwart und Vergangenheit, zwischen Mary, Praxis, Holmes, alten Fällen, medizinischer Forschung, familiärer Geborgenheit.

Der Dezember ging seinem Ende entgegen, wir planten ein erstes Silvesterfest in unserem Heim, für eine Gruppe von Freunden. Diese Sicherheit in den eigenen vier Wänden, das war eben doch etwas ganz anderes. Auch heute, aus der Distanz vieler Jahre, kann ich nicht oft genug sagen – ich war damals, nach der Hochzeit, zum ersten Mal wirklich glücklich. Und war bereit, das auch zu zeigen, denn ich war stolz auf dieses häusliche Glück.

Meine Freunde in Wien hatten in denselben Wochen ähnliche Erlebnisse, unter ganz anderen Umständen freilich. Eva Schellenberg hatte geheiratet, Heinrich war ihr Trauzeuge. Der Vater brachte keinen Einwand vor, denn er kannte seine Tochter zu gut, um nicht zu wissen, dass er damit nur das Gegenteil auslösen würde und riskierte, sie kaum mehr zu sehen. Ihr Bräutigam war nämlich ein deutscher Industrieller, verwitwet, Vater von vier Töchtern.

Die älteste Tochter war zwei Jahre jünger als Eva, nunmehr verehelichte von Grohtefenz. Allein dieser Umstand war dazu angetan, familiärem Unfrieden als Basis zu dienen. Dazu kam, dass Evas nunmehriger Ehemann in Wien eine Sommervilla besaß, dass aber der dauernde Wohnsitz bei seinen Fabriken in Preußen lag, in Breslau.

So reisten also die drei Herren Schellenberg zusammen mit Eva nach Schlesien, dort wurde nämlich die Trauung vorgenommen. Herr von Grohtefenz verkehrte zwar in einem der Freundeskreise Heinrichs, wenn er nach Wien kam, stand aber an Jahren dem Vater näher als dem Sohn, was diesen nicht, jenen hingegen sehr irritierte.

Eine kleine, an sich harmlose Eigenheit Grohtefenz' steigerte diese Irritation noch. Er hatte sich angewöhnt, bei seinen Aufenthalten in Österreich den Akzent der jeweiligen Gegend zu übernehmen, wobei es ihm allerdings am nötigen Talent mangelte. So beharrte er, trotz mehrmaliger Hinweise, auf der Aussprache »Wiener Wald«, das Gewicht auf dem zweiten Wort, anstelle von »Wienerwald«. Das war umso ärger, als Schellenberg Vater seinerzeit an der Rettung dieser, der Hauptstadt so wichtigen Landschaft vor dem Untergang mitgewirkt hatte.

Sie war ihm ein oft gewähltes Gesprächsthema.

Nicht nur der falsch ausgesprochene Wienerwald machte dem künftigen Schwiegervater wenig Freude, ebenso das häufig von Grohtefenz überflüssig angewandte »Servus!«. Der preußische, künftige Verwandte ärgerte und wunderte sich nämlich jedes Mal, wenn er dieses Servus wieder einmal falsch zum Einsatz gebracht hatte, weshalb man ihn dann per Du ansprach. Man erklärte es ihm immer wieder aufs Neue, doch das brachte wenig. Es kam bald darauf neuerlich zum falschen Gebrauch des »Servus!«.

Auch begann Herr von Grohtefenz, sobald sich die Gelegenheit ergab, Brünner Tonfall ebenso nachzuahmen wie Tirolerisch. Uneingeweihte hielten das solcherart entstehende, merkwürdige Sprachgeräusch für den heimatlichen Akzent des Sprechers.

Das unausgesprochene, nur gedachte, ja selbst mit den

Söhnen nicht diskutierte väterliche Unwohlsein bei dem Gedanken an diese Verbindung der Familien Schellenberg und von Grohtefenz mochte auch daher rühren, dass beide nicht mehr junge Herren in der gleichen Lage, nämlich als Witwer, auf so verschiedene Weise reagierten. Hatte der Wiener sich nach dem Tod seiner Frau ganz und gar der Erziehung seiner Kinder, mit Sorgfalt und Liebe, zugewandt, so war der, übrigens aus Königsberg stammende Breslauer Fabrikant schon wenige Monate nach dem Beginn seines Witwerdaseins auf Freiersfüßen gestanden, gegangen, gesessen. Denn er trug keinen anderen ernsthaften Gedanken mehr, als eine junge Frau zu finden und mit ihr eventuell doch noch den Stammhalter in die Welt zu setzen, den das Schicksal ihm bis jetzt verwehrt hatte.

In Breslau wurde geheiratet, die Studentenverbindung des Bräutigams stand vor der Kirche Spalier mit gezogenen Degen. Danach wurde ausgiebig gefeiert, wobei die zahlreichen Arbeiter des Bräutigams in eigens für diesen Tag von der Firmenleitung erworbenen neuen Kleidern den jubelnden Hintergrund abgeben, und sogar ihre Ehefrauen und Kinder zu dem Hochzeitsfest mitbringen durften – was zusätzlichen Effekt machte, indem es die Möglichkeit bot, manche dralle Dirndlkönigin zum mehrfachen Vorteile des Anlasses zu zeigen, deutsch, bunt und als Fruchtbarkeitssymbol.

Neben anderen Hochzeitsgeschenken fiel besonders eines auf, das ein Brautpaar zeigte, welches die Hochzeit zwischen Österreich und Deutschland, nicht nur zwischen einer jungen Wienerin und einem älteren Königsberger, symbolisierte. Zwei Statuen, bunt gefasst, in Tracht, sah man auf einem Rasenstück in die Ferne blicken, Hand in Hand. Die Frau hatte den Kopf an die Schulter des Mannes gelehnt, dieser hielt in der Linken eine Fahne, schwarz-rot-gold. Der Sockel des gipsernen Kunstwerks trug eine Inschrift. Als Dr. Schellenberg senior die stattliche Revue von Hochzeitsgeschenken in Augenschein nahm, wäre ihm beinahe vor Schreck der Zwicker aus der Hand gefallen. Denn er las:»Auf Treu und Ehr/Dem Breslauer. Von Georg Ritter von Schönerer.«

Die Rückreise der drei Herren, vom frisch angetrauten Verwandten beharrlich nicht die Schellenbergs, die Herren Schellenberg, oder, meinetwegen, auch die Schellenberge genannt, sondern stets, mit hilflosem Versuch, dem Namen einen wienerischen Klang zu geben, die»Schellenberger«, was alle drei immer wieder in stille Empörung hüllte, verlief weitgehend schweigend.

Für mich wären diese Begebnisse im fernen Schlesien ohne Bedeutung gewesen, hätten sie nicht für Freund Heinrich den ersten Anlass geboten, mit mir wiederum den Kontakt aufzunehmen. Er sandte mir mehrere österreichische Zeitungen und einen ausführlichen eigenen Bericht über verschiedene familiäre Ereignisse wie eben jene Hochzeit, neben kurzen Erwähnungen unserer Feldkircher Freundesrunde. – Die ausführliche Schilderung des Breslauer Freudentages habe ich in gekürzter Form hier wiedergegeben. Das hätte ich nicht getan, wären jene Tage nicht in heute klar erkennbarem Zusammenhang mit manchem gestanden, das bald danach geschah. Davon berichtete mir Heinrich in einem schon am dritten Jänner in London eintreffenden Brief.

Herr von Grohtefenz verkehrte, ich habe es schon erwähnt, im Wiener Freundeskreis Heinrichs. Bei den Zusammenkünften standen wohl vor allem politische Diskussionen auf dem Programm, aber es gab auch Gelegenheit zu fröhlicher Rede und Gegenrede, hin und wieder sogar mit einem interessanten Gast aus dem Ausland. Auch ich war schon für einen solchen Abend ausersehen, las ich in dem Brief, war aber zu früh abgereist.

Einer dieser Gäste war X, ein Medium, dem ein bedeutender Ruf vorauslief. Von edler Herkunft aus dem fernen

Osten, was von manchen Beobachtern bezweifelt wurde, hatte X sich durch spiritistische Sitzungen einen Namen gemacht, in deren Verlauf er willige Interessenten in geheimnisvolle orientalische Szenarien zu versetzen wusste, bis er ihnen wieder die Rückkehr in die europäische Gegenwart befahl. Diese Séancen wurden derart erfolgreich, dass X sein Repertoire erweiterte und sich Fragen vorlegen ließ, die er in Trance beantwortete.

Herr von Grohtefenz prüfte das berühmte Medium, indem er ihm Fragen zum Thema Familie, Herkunft, berufliche Zukunft stellte. Dass X erkannt hatte, woher Grohtefenz stammte, wiewohl er eben das doch durch Gebrauch eines anderen Dialekts, nämlich des steirischen, verschleiert hatte, galt ihm als endgültiger Beweis seiner transzendentalen Fähigkeiten.

Heinrich schrieb lang über X, und er verwies auf einen Bericht im »Neuen Wiener Tagblatt«. Darin erfuhr man von einem schon länger zurückliegenden Skandal mit einem Medium, das sich in die höchsten Kreise geschlichen hatte. Das dürfte damals kein großes Problem gewesen sein, weder in Wien, noch in London. Wer sich halbwegs glaubwürdig als Kenner des Orients ausgeben konnte, sich geheimnisvoll gerierte, eventuell sprachbegabt war und über eine angenehme, modulationsreiche Stimme verfügte, hatte Chancen auf höchste Anerkennung. Dazu brauchte es natürlich noch jene kriminelle Energie, die doch schließlich die Voraussetzung für jeglichen Betrug ist.

Dass Sherlock Holmes der Wissenschaft vom Paranormalen an sich schon skeptisch gegenüberstand, schließlich ihr glühender Gegner wurde, wird niemanden verwundern, der seine Charakterzüge, sein bedingungsloses Eintreten für Logik kennt. Wohl hatte er in jungen Jahren, während seiner Studien in Cambridge, sich mit Spiritismus und okkulten Phänomenen noch ohne Skepsis beschäftigt, aber ziemlich bald war ihm klar geworden, welch umfangreiches Feld an Betrugsmöglichkeiten sich hier bot und bietet.

Als im Sommer 1888 ein berühmter, in ganz England geschätzter Forscher mediumistischer Phänomene unter nicht geklärten Umständen in einem Hotelzimmer eines unserer mondänsten Seebäder starb, war das Interesse auf der ganzen Insel, aber auch in den entsprechenden Kreisen in anderen Ländern überaus groß. Man wusste, dass Holmes sich zum Gegner der gesamten Bewegung entwickelt hatte. Sein Name wurde also auch in diesem Zusammenhang oft genannt, und davon hatte Heinrich Schellenberg gehört. Deshalb hatte er gleich an mich gedacht, als X immer mehr in Wien Fuß fasste, endlich auch politischen Einfluss zu nehmen wagte, es wenigstens versuchte.

Jahre zuvor war es zu dem Skandal gekommen, den das Neue Wiener Tagblatt aus gegebenem Anlass jetzt in Erinnerung rief. Damals hatte ein nicht gezeichneter Artikel jene Ereignisse aufgedeckt. Man munkelte, der Thronfolger selbst sei der Verfasser, denn es war nicht nur bekannt, dass er über hervorragende schriftstellerische Fähigkeiten verfügte – diese hatte er auf allen möglichen, auch wissenschaftlichen Gebieten schon mehrfach eingesetzt –, man wusste auch allgemein, dass Rudolf ein entschiedener Gegner des Spiritismus war.

Der Fall spielte sich in allerhöchster Umgebung, in der Hofburg, ab. Freilich war, so berichtete nunmehr das Neue Wiener Tagblatt, die Wahl gerade dieses mythischen Ortes einerseits begreifbar, andererseits, was einem Mangel an historischen Kenntnissen des Mediums zuzuschreiben war, eine absolut unglückliche. In eben diesen Appartements der Burg hatte der spätere Kaiser Josef gewohnt, der erste dieses Namens, und zwar in seinen jungen Jahren. Der Burgkaplan hatte manche liberale, gar lutherische

Meinung des jungen Mannes konstatiert und sann auf Besserung. Gespräche brachten jedoch nicht den erhofften Erfolg.

Eines Nachts aber erschien dem Jüngling ein Schlossgespenst, das ihn vor weiterem Gang auf dem Irrweg warnte. Josef war verwirrt. Er berichtete am Morgen von der mitternächtlichen Erscheinung, die sich daraufhin in ihrem Erfolg bestätigt sah und wiederkehrte, und zwar öfter.

Als Josef eines Tages den Besuch des fast gleichaltrigen, ihm befreundeten Sachsenprinzen August, der sich später als »der Starke« einen Namen machte, empfing, schilderte er ihm diese regelmäßigen Visiten des immer selbstsicherer werdenden Gespensts. Der Freund August war beeindruckt und bat, selbst auch einmal diese Erscheinung erleben zu dürfen.

Schon in der folgenden Nacht schlief er also nicht in den ihm zugeteilten Zimmern, sondern im Schlafraum Josefs. Pünktlich erschien der Geist mit dem gewohnten Gesäusel, danach mit den ebenso gewohnten und sich steigernden moralischen Forderungen. In dieser Nacht allerdings verabschiedete sich die Erscheinung aus dem Zwischenreich nicht wie sonst auch immer, sondern mit hysterischem Geplärre. Der Sachsenprinz hatte den mit Leintüchern drapierten, laut zeternden Burgkaplan aus dem Fenster, in den Burggraben, geworfen.

Dieses historische Ereignis hätte sich Bastian, jenes Medium, vor Augen halten sollen, zumindest als ein schlechtes Omen.

In mehreren Sitzungen, in Anwesenheit bedeutender Persönlichkeiten des Hofes, wie eben des Kronprinzen Rudolf, des Erzherzogs Eugen, der auch Großmeister des Deutschen Ritterordens war, oder des kaiserlichen Leibarztes Hofrat Widerhofer, rief Bastian, getrennt von seinem Publikum durch einen Vorhang, alle möglichen Personen aus dem Jenseits zu sich. Zweimal fand die Séance in der von Bastian, dem Medium, gewünschten Weise statt.

Die dritte aber endete mit der Aufdeckung des Betrugs, der bald darauf eben jener Artikel im »Neuen Wiener Tagblatt« folgte, mit dem Titel »Die Geisterfalle«. Das entlarvte Medium wurde daraufhin von der Polizei gesucht, war aber schon entkommen, bezeichnenderweise nicht durch irgendwelche plötzlich sich öffnenden Tunnel direkt in den Orient oder durch Flüge auf den Blocksberg, sondern durch eine Zugreise nach Hannover und von dort weiter nach London.

Nun erschien in Wien ein später Nachahmer, eben jener geheimnisvolle X. Dass er sich nicht Merlin oder Abraxas oder dergleichen nannte, sondern eben nur einfach X, das sollte ihm größere Glaubwürdigkeit geben. Er ließ durchblicken, dass er aus bedeutendem Geschlecht stamme, sei es nun indisch oder persisch, das war auch unwichtig, konnte X ja doch jegliche Gestalt annehmen, die ihm erstrebenswert erschien.

Er begann, seinen Antworten eine politische Deutungsmöglichkeit zu geben. Das wurde von X zunehmend dadurch untermauert, dass er in Trance von Szenen berichtete, an denen er unmöglich in seiner gewöhnlichen Gestalt hätte teilnehmen könne. Er erzählte von Sitzungen des Ministerpräsidenten, von der Hoftafel Franz Josephs, seinem Kurzbesuch beim Schah von Persien, dem er Ratschläge zu geben hatte, von einer Hofjagd in Anwesenheit Wilhelms II. Hätte er nun ausschließlich das vor sich hin gemurmelt, während ringsum duftende Rauchwolken aufstiegen und einschläferten, was ohnehin jedermann in seinem jeweiligen Leibblatt zu lesen bekam, so wäre es mit der Glaubwürdigkeit bald zu Ende gewesen.

Doch X wusste mehr, aber eben nur in Trance. War er erwacht, so hatte er nicht mehr die Erinnerung wie gerade noch zuvor, konnte sich nicht besinnen, an einem bestimmten Tag in diese Figur, in jene Persönlichkeit transferiert worden zu sein, war wieder X und nicht mehr der Kardinalsstaatssekretär, der Maharadscha von Y, Erzherzog Albrecht, nicht mehr die Schöne Helena oder Albertus Magnus.

»Es ist mir peinlich, aber es ist die Wahrheit – er behauptet, bei einem Staatsrat in London, in dem es um indische Fragen ging, für eine Stunde deine Königin Victoria gewesen zu sein«, schrieb mir Heinrich Schellenberg. Dieser Satz erheiterte mich in einer Weise, dass ich den Brief einsteckte und bei nächster Gelegenheit, noch am selben Tag, Holmes zeigte. Wir hatten uns aus mehreren Gründen vor dem Diogenes-Club, zu dem ich nicht gehörte und dessen Schweigepflicht mich nervös machte, Rendezvous gegeben.

Er bat mich in einen Raum seines Clubs, in dem Gespräche geführt und Gäste empfangen werden durften. Holmes las den Brief, er hatte begonnen, sich die deutsche Sprache anzueignen. Ich war bei der Übersetzung behilflich, und ich erwartete eine ähnliche Reaktion, wie es die meine war. Aber er lachte nicht, lächelte nicht einmal.

»Das ist eine ernste, eine heikle Sache, Watson. Wir wollen den Bericht noch einmal langsam gemeinsam lesen.«

Konzentriert hörte Holmes zu, ich las ihm Heinrichs Brief vor, und er konnte ihn danach komplett auswendig, von der ersten bis zur letzten Zeile, in Deutsch.

»Ich kenne diesen Mann«, sagte er.

»Wenn Sie Ihrem Wiener Freund antworten, warnen Sie ihn. Er darf X nicht als eine komische Erscheinung abtun. Er muss ihn richtig einschätzen. Die Handschrift ist dieselbe wie bei dem Fall des abessinischen Prinzen, dessen Verschwinden bis heute nicht geklärt ist.

Damals ging es um Khartum und um General Gordon, und wir kamen zu spät. X ist gefährlich, und hätte ich nicht hier eben jetzt gleich mehrere Fälle von großer

Bedeutung, es wäre mir dieser Bericht eine neuerliche Reise nach Wien wert.«

Ich bin Mediziner, ich diene einer Naturwissenschaft. Ich bin auf diesem paranormalen Gebiet nicht zuhause, aber ich musste mich nun doch damit befassen. Holmes war zwar stets skeptisch, aber er war ebenso stets bereit, sich zu informieren, sich überzeugen zu lassen.

»Es gibt Menschen, Watson, die als Kind – da man doch von jedem Betrug weit entfernt ist, sieht man von den Schularbeiten ab – mit einer anderen Welt in Verbindung treten können, die tatsächlich Geister sehen. Dann gehen diese Fähigkeiten langsam verloren, werden schwächer. Doch die Öffentlichkeit hatte das Medium schon entdeckt, diese junge Frau, den jungen Mann gelobt, bezahlt, bekannt gemacht. Jetzt lassen die Fähigkeiten nach – und da wird es gefährlich. Sie haben die Macht kennen gelernt, keinen Beruf erlernt, können sich für keinen anderen Broterwerb entscheiden. Dann helfen sie eben nach, und der Betrug beginnt. Ja, auch das gibt es.«

Ich antwortete auf Heinrichs Brief, schilderte Holmes Reaktion, gab die Warnung weiter. Am 10. Jänner erhielt ich ein Telegramm aus Wien.

»Bitte komm wieder nach Wien und bringe deinen Freund mit. Erstatten alle Kosten. Bitte um Honorarangabe. Heinrich im Namen des Freundeskreises.«

Ich hatte die Praxis vor vier Wochen übernommen, vor drei Wochen hatten wir geheiratet. Holmes war mit seinen »Fällen von großer Bedeutung« ausgelastet. Wie sollten wir eine Reise von London nach Wien und einen tagelangen Aufenthalt bewerkstelligen?

Aber sowohl Mary Watson, geb. Morstan, als auch Holmes meinten, der Fall müsse dringend sein, die Reise sei eben notwendig. Ich suchte einen Vertreter für die Ordination und fand ihn. Mary wollte abermals nicht mitkommen, wie sie ja auch die Feldkirchreise abgelehnt hatte. Dieses Mal zog sie es vor, mit den Handwerkern, die an unserer neuen Wohnung arbeiteten, in Kontakt zu bleiben.

Holmes überließ die Organisation der Reise wieder seinem Agent voyageur. Und ich telegraphierte nach Wien: »Kommen an Westbahnhof 13.1.89 um 19.44 Watson & Co.«. Den Namen des berühmten Detektivs samt Zielangabe wollte ich selbst einem österreichischen Postbeamten nicht nennen, viel weniger einem britischen.

Wenige Stunden später kam wieder ein Telegramm aus Wien. »Danke. Nicht Westbahnhof. Station Penzing. Hole ab. H.«

Mein Gepäck war dasselbe wie vor zwei Monaten. Sherlock Holmes aber versah sich mit allen möglichen Hilfsmitteln, die er in Wien nur schwer beschaffen könnte, wie er meinte. Er studierte ständig die Fachliteratur, und wenn er da etwas Neues fand, wurde es auch schon erprobt. Dazu brauchte er manchmal chemische Labors und spezielle Produkte, die im Handel nicht zu bekommen waren. Er selbst entdeckte immer wieder neue Wege im Kampf gegen das Verbrechen, und er seinerseits hütete sich, mit diesen Neuigkeiten in der Fachliteratur zu renommieren.

»Es kann doch niemand glauben, dass nicht auch die Verbrecher größeren Zuschnitts die einschlägige Literatur lesen! Würde denn je ein Armeekommandant verkünden, was seine technische Abteilung an Geheimwaffen gerade entwickelt hat?«

Der Abschied von meiner jungen Ehefrau war schmerzhaft. Auch von der gerade erst fertig eingerichteten Praxis trennte ich mich nur schwer. Die Aussicht auf Wien und auf einen weiteren Fall von offensichtlicher Bedeutung erleichterte mir allerdings den Weg zum Bahnhof. Dieses Mal hatte ich auch andere Reisebedingungen zu erwarten.

»Ich habe mich für die schnellste und die angenehmste Möglichkeit entschieden, selbstverständlich. Eine Miniaturausgabe der Bakerstreet auf Rädern: zwei Schlafcoupés, ein Wohnzimmer. Ihren Whisky habe ich bestellt, Watson.«

Ich konnte mich nicht zurückhalten, und angesichts dieser Bemerkung ergänzte ich:»Und Ihren Kokainvorrat.« Holmes lächelte.

Wir bezogen unsere Schlafcoupés. Ich hatte eine Menge Lesestoff bei mir, Holmes gedachte zu denken.

»Le petit déjeuner, Messieurs!«

Nach zartem Klopfen wurde das Frühstück serviert. Holmes hatte es in den gemeinsamen Wohnsalon bringen lassen, dort begann nun ein Gespräch zu ganz unterschiedlichen Themen. Er kam auf das Medium X zurück und auf den Prinzen von Abessinien, und schloss seinen Diskurs mit den Worten:»Watson, dass Sie in diesem Fall, wie auch sonst manchmal, bewundernswerte Diskretion gezeigt haben, erfüllt mich mit Achtung. Daraus hätte sich eine äußerst spannende Story machen lassen, an deren Ende ich wohl nicht gut gewirkt hätte. Die Umsicht, mit der Sie an Ihre Arbeit als mein Boswell gehen, der Ausdruck stammt übrigens von Ihnen, ehrt Sie.«

Ich murmelte vor mich hin, ohne ernsten Inhalt. Loben ja, aber einmal danke sagen? Nein, dachte ich.

»Sicher haben Sie bei dem Fall, der auf uns zukommt, Gelegenheit, in der Ihnen eigenen eleganten Form zu beweisen, dass man auch mit Scheu vor zu großer Deutlichkeit spannend erzählen kann. Aber wahrscheinlich bleiben wir diesmal bei Fragen nach einer Welt hinter der sichtbaren Welt, da wird es gar nicht so sehr von Interesse sein, den Sachverhalt publik zu machen.«

Ich war anderer Meinung. Wer weiß, was da auf uns zukommt, dachte ich. Für die Scheu vor zu großer Deutlichkeit kann ich nicht garantieren.

Dieses Mal gab es kein Umsteigen, kein kaltes Zugabteil, keine Verspätung. Wir rollten tatsächlich am nächsten Abend gegen 19.30 in eine hellbeleuchtete, langgestreckte Bahnstation von sehr britischem Aussehen. Der Zug hielt. An exakt der Stelle, da die Erste Klasse stand, unser Waggon, wartete eine Gruppe junger Männer, mehrere von ihnen auffallend hochgewachsen, auf dem Perron. Der Kondukteur half uns beim Ausladen unseres Gepäcks, und ohne zu fragen, übernahmen die Jünglinge unsere Koffer und Taschen. Einer von ihnen stieg zu uns in den Waggon, stellte sich vor und erklärte, dass sie alle im Auftrage des Dr. Heinrich Schellenberg hier seien.

Mittlerweile hatten einige der Männer unser Gepäck schon zum Ausgang des Bahnhofes gebracht, die übrigen formierten sich vor der Waggontüre. Wir kletterten aus dem Zug. Rund um uns schloss sich die Gruppe, und mit uns in der Mitte folgten sie ihren koffertragenden Freunden oder Kollegen oder was immer dieses Empfangskomitee darstellen mochte. Der Stationsvorstand hob seine Kelle, der Zugführer gab einen Pfiff von sich, der Zug fuhr weiter nach Wien Westbahnhof, und wir standen auf einem dunklen Bahnhofsvorplatz, vor vier geschlossenen Kutschen.

»Hier bitte, meine Herren!«, sprach der Oberjüngling, dessen Namen ich, wie zumeist bei solchen Gelegenheiten, nicht hatte verstehen können. Holmes und ich stiegen in die Kutsche, aus dem dunklen Fonds kam die Stimme Heinrichs.

»Welcome to Vienna«, sagte er. »Mister Holmes. Herzlich wieder willkommen, lieber John.«

Und die Kutsche fuhr los.

Nach kurzer Begrüßung gab uns Heinrich erste Erklärungen. »Ich hatte den Eindruck, dass die prekäre Lage, in der ich mich mit einigen Freunden befinden dürfte, Geheimhaltung aller unserer Schritte fordert. Deshalb Penzing und nicht die Endstation, und deshalb auch die jungen Männer, allesamt Schüler und Studenten meines

Vaters, den sie sehr verehren, da bin ich manchmal der Nutznießer. Wer weiß, ob nicht X und seine Jünger, denn die hat er in größerer Anzahl, uns beobachten. Und den bekanntlich hochgewachsenen Herrn Holmes hätten sie gewiss erkannt, wären die Herren nur zu zweit aus dem Waggon gekommen. Aber vielleicht warten sie ohnehin am Westbahnhof, und ärgern sich in diesen Minuten, oder, ebenso vielleicht, steht gar niemand dort und ich beginne, Gespenster zu sehen.«

»Und jetzt fahren alle vier Kutschen – oder Fiaker? – den gleichen Weg zu unserem Hotel?«

»Es sind Fiaker, John, unseren kennst du ja schon, den Herrn Mayerhofer. Nein, jeder fährt in eine andere Richtung, noch eine Sicherheitsmassnahme, vielleicht ebenso überflüssig.

Und – kein Hotel, keine Pension. Wir haben ein privates Quartier vorbereitet, nicht zu sehr in der Stadtmitte, aber doch nicht zu weit weg. Nicht im Grünen, denn der Winter könnte uns arg zu schaffen machen, auch wenn er heute zahm ist. Und von mehreren Seiten anzufahren, zudem mit genügend Platz für zwei Herren, die angenehme Umstände gewohnt sind.«

»Das klingt vielversprechend, Heinrich. Holmes, bitte, soll ich übersetzen?«

»Danke, I understand. Je ne ferais pas de problème, und bald ich kann Deutsch!«

Der Fiaker fuhr in sehr flottem Tempo, ein Stück entlang der Bahngeleise, durch ein Waldstück, auf einer sehr guten Straße, und wieder durch etwas Wald, mehrere Windungen, dann kamen wir in eine ländlich wirkende Siedlung.

»Heinrich, das ist Wien?«

»Nein, noch nicht, bald.«

Ich schaute aus dem kleinen Fenster unseres Wagens auf menschenleere, wenig beleuchtete Gassen, doch je länger wir unterwegs waren, desto lebendiger wurde es um uns. Große Haustore, offen, in denen Licht zu sehen war, machten mich neugierig. Wir fuhren zu schnell, so war mir ein Blick durch diese Tore nicht möglich, bis wir schließlich, von vielen Spaziergängern, Passanten, Flaneuren gezwungen, uns nur mehr im Schritt bewegten.

»Was ist das, Heinrich? Eine Kundgebung? Warum sind um diese Zeit so viele Menschen auf der Straße?«

»In der Gegend ist ein Heuriger neben dem anderen, das sind Weinlokale, das ist noch gar nichts, jetzt im Jänner, das musst du dir ansehen, wenn es warm ist, dann ist erst richtig Hochbetrieb.«

Dass uns ein Besuch dieser einladenden Straße in den nächsten Tagen möglich sein sollte, das hielt ich für höchst unwahrscheinlich. Holmes hatte kein Interesse an Weinlokalen, außer, sie hatten in irgendeiner Weise mit einem seiner Fälle zu tun. Und wir sind ja aus anderen Gründen hier, das holst du einmal später nach, tröstete ich mich.

Aus allen Richtungen gingen einzelne Personen, Liebespaare, fröhliche Gruppen, auf ein breites Gebäude zu, hell erleuchtet im Parterre wie im ersten Stock, mit einem die ganze Front prägenden breiten Balkon.

»Was geschieht hier, was ist das, ein Theater?«

»Das ist ein bekanntes Gasthaus, ›Zur güldenen Waldschnepfe‹ heißt es, da wird musiziert, wie in allen diesen Weinlokalen in der Gegend, aber da können sie es noch etwas besser, das Haus ist jeden Abend geöffnet, jeden Abend voll. Hast recht, wenn du jetzt danach fragst, in den nächsten Tagen wird für so etwas nicht viel Zeit bleiben.«

Holmes sah wie ich aus den Fenstern, aber er blieb still, fragte nach nichts und wartete.

Am Eingang der »Waldschnepfe« stand ein Mann mit einem großen Buch, in dem alle Reservierungen verzeichnet waren. Namen wurden genannt, in dem Buch gesucht und gefunden, Gäste in diese oder jene Richtung gewiesen. Immer wieder trat ein einzelner Herr auf den Platzanweiser zu, der in diesem Fall nicht in sein Buch sehen musste. »Geburtstagsfeier!« – »Bitte, der Herr, da die Stiege rauf, links.«

Dieses Geburtstagsfest war leicht zu finden. Im ersten Stock war eine einzige Türe mit einer großen Tafel geschmückt, künstliches Laub umrahmte eine Schrift »Hoch Pauli zum 50.!«

Hatte man den Raum betreten, so bot sich ein unerwartetes Bild. Um einen großen Tisch standen einige leere, einige besetzte Stühle. Zehn Herren waren bis jetzt gekommen, sie hatten Gläser und Karaffen voll Wasser und Wein vor sich, aber sonst deutete nichts auf eine Feier hin. Der eine oder andere führte mit seinem Nachbarn ein leises Gespräch, die Eichentüre hielt dem Klang der Musik, dem Lärm vieler Menschen weitgehend stand. Nur wenn sie geöffnet wurde und ein weiteres Mitglied der ungewöhnlichen Geburtstagsfeier den Raum betrat, war Lachen und Gesang zu hören.

»Wir sind vollzählig.« Die leisen Gespräche verebbten.

»Nächstes Mal wollen wir uns etwas anderes ausdenken. Das ist ja eine originelle Idee, aber wenn unerwartet jemand hereinkommt, stehen wir dumm da. Die Geburtstagsfeier glaubt uns doch keiner, ohne Musik, ohne Geschenke. Ich mache dann einen anderen Vorschlag für übermorgen.«

Leise hatte der Sprecher seine Meinung abgegeben, ohne dabei aufzustehen.

»Wir können ja da nicht absperren. Wenn also jemand hereinkommt, vielleicht ist man uns ja gefolgt, dann feiern wir nicht, sondern besprechen eine Geburtstagsfeier, ja? Haben Sie, Herr Puchhaim, dieses Schild anbringen lassen? Ah ja. Und an welchen Paul haben Sie dabei gedacht?«

»Wir haben ja gleich zwei Paul in unserer Runde.«

»Aber beide sitzen hier, wir brauchen einen abwesenden Paul, wenn wir seine Geburtstagsfeier besprechen wollen.«

»Nun, also, das weiß ich nicht, ich kenne ja von kaum jemandem hier den Namen. Ich hatte es übernommen, mich um einen Raum zu kümmern.«

»Ja, Herr Puchhaim, aber wir müssen das nur klären, falls jemand da hereinplatzt. Und es ist ja auch nicht so sicher, dass uns niemand gefolgt ist. Dann können wir nicht sagen, das Schild an der Türe gehe uns nichts an, Sie haben es ja in unserem Namen in Auftrag gegeben und bezahlt.«

Die beiden Herren hätten noch länger diskutiert, wären sie nicht unterbrochen worden.

»Es gibt noch einen Paul, meine Herren, und er ist abwesend, und sollte tatsächlich ungebeten und unerwartet jemand da herein kommen, dann übernehme ich das. Könnten wir jetzt bitte beginnen? Die Zeit drängt, in mehr als einer Hinsicht.«

Die Runde war offenbar derselben Meinung, niemand widersprach. Der erste Sprecher ergriff wieder das Wort.

»Gut, d'accord. Mein Vorschlag: Da wir vollzählig sind, nehmen wir das Schild von der Türe, wir halten unsere heutige Zusammenkunft möglichst kurz und treffen uns beim nächsten Mal in der Meierei im Stadtpark, und nicht am Abend, sondern zu Mittag. Herr Puchhaim, können Sie das Schild einpacken, bitte. Da können wir alleine kommen oder uns von der Familie begleiten lassen oder Sie, Herr Francopane, können Ihre Diener mitnehmen und auf einen Spaziergang schicken, bis Sie wieder abgeholt werden. Das ist im Ernstfall plausibel, besser als vierzehn Geburtstagsgäste ohne Geburtstagsfest.«

»Und ohne Damen!«, rief jemand dazwischen.

»Einverstanden, Herr Obizzi«, sagte Puchhaim, »aber ich darf erinnern, dass die Idee mit dem Geburtstag nicht von mir alleine war, da haben auch einige andere Herren sich positiv geäußert, zu der Idee. Ich alleine wäre nämlich lieber – «

»Meine Herren, noch einmal: Die Zeit drängt! Herr Obizzi, bitte!«

Die Runde gab ihren Beifall kund, murmelnd, mit kurzen Schlägen der Hände auf die Tischplatte.

»Nur für den Fall, dass jemand fragt – Puchhaim bitte, mit a. Meine Herren, die Idee mit der Séance haben wir alle gebilligt. Das Medium ist kein Problem. Den Kontakt zu unserem Ehrengast, ich darf bei dieser Bezeichnung bleiben, stellt uns Herr Francopane her. Die Herren waren schon miteinander auf der Jagd. Aber wer übernimmt die zweite Hauptrolle? Ihre Idee, Herr Bandiera, ist in dieser Form nicht durchzuführen, da hätten wir beim ersten Plan bleiben müssen.«

»Für den ich ja sowieso immer war! Meine Brüder treffen sich deshalb heute Abend, jetzt gerade, und besprechen das. Vielleicht geht es ja doch, und es wäre eben viel sicherer.«

»Findet denn die Feier vor der Akademie der Wissenschaften statt? Die ist doch abgesagt, habe ich gehört«, meldete sich zum ersten Mal eine hohe, heisere Stimme.

»Nein, nein«, sagte Obizzi, »nicht abgesagt! Das war ein Gerücht. Und es ist der einzig sichere Termin, an dem unser Ehrengast teilnimmt. Herr Puchhaim?«

»Wieso ist es derart schwierig, von solchen Terminen Sicheres zu erfahren? Das steht doch manchmal sogar in der Zeitung, im ›Fremdenblatt‹ zum Beispiel.«

»Ja, aber post festum und nicht im Vorhinein. Erst am Tag zuvor kommt manchmal eine Ankündigung. Und aus der direkten Umgebung ist eben einmal nichts zu erfahren, wir haben doch schon alles versucht!«

»Was alles versucht!« Zum ersten Mal wurde einer der

Herren etwas lauter, für einige Sekunden, und nahm dann wieder den ruhigen Ton der Runde auf.

»Es hat doch keinen Zweck, sich mit der dritten Garnitur abzugeben! Welcher Stallbursch, welches noch so allerhöchste Kammerweib kann denn den offiziellen Terminplan kennen? Dass wir über diese Hürde nicht drüberkommen!«

»Meine Herren, wenn wir schon nicht wirklich feiern oder eine Feier besprechen, sollten wir zumindest zum Schein einmal die Gläser füllen und ein bissel auch leeren, sonst ist da alles ungetrunken, wenn wir gehen, dann sind wir verraten, und ich muss gleich gehen, Prosit!«

Still wurden die Gläser erhoben, die hohe heisere Stimme gab den Trinkspruch aus: »Auf unser Ziel!«

Obizzi setzte wieder an. »Bevor wir gehen – wir wollen uns genau, ganz genau merken, wer heute da ist und wer nicht, und mit welcher Begründung wer nicht da ist, meine Herren. Davon kann vieles abhängen.«

»Denkst du an wen bestimmten, Franz?«

»Ich darf erinnern: Wir hatten vereinbart, dass es in dieser Runde kein Du geben darf, und dass wir bei unseren Namen bleiben, Herr Bandiera. Morgen Mittag im Sacher sind wir wieder per Du. Ja, ich denke an wen Bestimmten. Oder genauer – an wenigstens drei bestimmte Mitglieder unserer Runde, die mir, vielleicht aber wirklich nur mir, verändert scheinen.«

»Und wer?« Gleich mehrere der Herren fragten in unterschiedlichen Lautstärken. »Wer bitte?«

»Lassen Sie uns noch darüber nachdenken, und wenn uns jemand beobachtet, dann können wir das auch und wahrscheinlich besser. Wozu haben wir es gelernt, ich zumindest. Über die Frage – wer? – können wir übermorgen Mittag in der Meierei im Stadtpark sicher leichter reden. Ich empfehle mich, meine Herren. Nicht alle auf einmal, Zeit lassen, und – es gibt drei Ausgänge! Gute Nacht.«

Einige Minuten später übersiedelten drei Herren in das Parterre, der buchführende Platzanweiser war immer noch im Einsatz.

»Kein Problem, drei Personen, drüben links, ganz vorne! Das war aber a kurze Geburtstagsfeier! Viel Vergnügen für den weiteren Verlauf des Abends! Bitte am Nebentisch die Damen zu beachten!«

Die drei Männer gingen zu dem freien Tisch, vorbei an einer Runde von sieben jungen Frauen, die ohne einen einzigen Herren, und offensichtlich schon seit einiger Zeit, über dem angegeben Tisch auf der Empore saßen.

»Na bitte, da haben wir's, das hatte ich gemeint. Keine gute Idee, diese Geburtstagsfeier und die dumme Tafel an der Tür. Gut, dass wir gegangen sind, das war ja heute ganz kurz.«

Ein rothaariges Mädchen, dessen Dekolleté sogar in diesem ungezwungenen Rahmen ins Auge fiel, beugte sich über die Empore, sie hob ihr Glas und rief den drei Männern zu: »Prost, die Herren, schauts net so traurig!«

»Prost!«, riefen alle drei und hoben ihre noch leeren Weingläser dem Dekolleté entgegen. Jeder von ihnen hatte das Gefühl, das Dekolleté habe ihm zugelächelt, und nicht den beiden anderen Herren.

»Federico, da kannst lang suchen in Venedig!«

»Was, wegen der Rothaarigen? An jedem Eck bei uns und schöner! Paul, du musst mich einmal besuchen, dann beweise ich dir das.«

»Jaja, ich glaub es dir, Federico«, fiel der dritte Herr seinen Freunden ins Wort, »aber jetzt geht es um jetzt, was machen wir?«

Die fröhliche Damenrunde einen Meter höher hatte ihr Interesse an dem Trio entdeckt und lächelte zu siebent.

»Gut, denken wir an jetzt«, flüsterte Federico, »ein Herr, zwei Damen – wer packt drei? Es geht sich sonst nicht aus.«

Er hatte nicht leise genug geflüstert. Die älteste in der Runde, schwarzes Haar, kein Dekolleté, mit der Ausstrahlung einer Oberschwester, rief dem Herrentisch zu: »Hallo, Spaghetti, gib nicht an, was machst denn mit drei? Neulich bist mit zweien nicht fertig geworden!!« Die beiden anderen sahen Federico erstaunt an. »Die kennt dich?«

Verlegen antwortete der Venezianer, noch eine Spur leiser: »Nicht möglich, verwechselt mich.«

»Wieso sagt sie ›Spaghetti‹, wenn sie dich verwechselt?«

»Man sieht mir eben mein Heimatland an, meine Herren! Das macht neidig, wenn man wie Ihr zwei aus einem Dorf in Niederösterreich stammt!« Federico hatte wieder Oberwasser.

»Und jetzt sag, wieso kennt die dich?«

»Es gibt ein Lokal, also eigentlich ein Haus, ja ein ganzes Haus, von dort kennen wir uns.«

»Was für ein Haus? Hotel, Gasthaus?«

Die Schwarzhaarige griff abermals ein. »Sag schon, Federico, und bring nächstes Mal die Herren mit, wenn's ein Geld haben!«

»Jetzt wisst ihr es. Also Puff.«

Die beiden anderen grinsten. »Zwei Fragen. Erstens: hast du das notwendig? Zweitens: wo?«

»Freunde, zwei Antworten. Erstens: Ja. Zweitens: Wien, Bezirk Wieden, Heumühlgasse 10.

Warum Ja? Weil ich in Venedig verheiratet bin, und da in Wien wollen sie unentwegt gleich heiraten, komisch, das war vor zehn Jahren in Prag anders. Was haben wir drei für einen Spaß gehabt, bis wir flüchten mussten.«

*

Als ich um einiges später von allen diesen Ereignissen, denn das soeben beschriebene war nur das erste einer

Reihe, erfuhr, konnte ich mich natürlich sehr genau erinnern, was ich in eben dieser Stunde getan haben dürfte, als die drei Herren im Begriffe standen, sich den sieben Damen zu nähern. Mir war noch das Haus in Erinnerung, das ich für ein Theater gehalten hatte, auch sein Name, »Waldschnepfe«.

Wir waren bald wieder in flotten Trab gefallen, die Gassen wurden ruhiger, die Häuser höher. Eine lange schnurgerade Straße führte an einem Gebäude vorbei, das eine Kaserne sein konnte – »Heinrich, was ist dieser langgestreckte Bau?«

»Das Allgemeine Krankenhaus.«

»Danke, da ist ja noch so etwas, auch Krankenhaus?«

»Nein, Gefängnis.«

An einer großen Kirche, einem Dom mit zwei Türmen fuhren wir vorbei. Der Vollmond war gerade nicht von den Wolken verdeckt, wie bei der ganzen Fahrt bis jetzt. Er leuchtete auf die schlanken gotischen Türme, einige Sekunden nur, dann war es wieder finster. Aber hier lagen die Straßen, vor allem der breite Boulevard, den wir querten, in grellem künstlichem Licht, wie wir es in London nirgendwo haben.

Wir fuhren durch ein breites Tor in einen Hof, viele Fenster, alle unbeleuchtet, unsere Koffer standen in der Mitte des kleinen Platzes und neben ihnen zwei der jungen Männer, die uns abgeholt hatten und vorausgefahren waren. Ich versuchte, trotz der Dunkelheit, zu erkennen, wo wir hier angekommen waren, Holmes und ich standen und warteten. Heinrich sorgte mit den beiden Jünglingen für den Weitertransport unseres Gepäcks, der Fiaker bewegte sein Fuhrwerk im Rückwärtsgang und machte sich bereit, den Hof wieder zu verlassen.

»Ich muss jetzt noch weiterfahren, meine Herren«, sagte Heinrich »ich habe eine Verabredung. Meine jungen Freunde werden sich um Sie kümmern. Bis morgen früh!«

Er stieg in den Wagen und winkte uns noch einmal zu, die Männer begleiteten uns in die für uns vorbereiteten Räume, ohne ein Wort zu sprechen. Schließlich kam ein leises »Gute Nacht, meine Herren!« von ihnen, und sie waren fort. Wir waren alleine.

Was für ein Haus ist das? Ich sah Holmes an. Er gähnte. »Ich werde jetzt nicht darüber nachdenken. Hier ist ein großes Bett, das mich einlädt. Ihres im Nebenraum sieht nicht anders aus. Sollten Sie etwas zum Lesen suchen, beachten Sie diesen kolossalen Bücherschrank. Gute Nacht, Watson. Morgen werden wir zu tun haben.«

Holmes hängte seinen Mantel auf einen Kleiderständer aus Holz, auch seinen Rock, und ich ging in den für mich vorgesehenen Nebenraum. Das Wort »Raum« erfasste nur in seiner allgemeinen Bedeutung, worin wir wohnten. Holmes und ich hatten nicht in irgendwelchen Räumen oder Zimmern Quartier bezogen. Man hatte uns in Sälen untergebracht, die so weitläufig waren, dass die Funsel neben meinem Kopfpolster nicht erkennen ließ, wie groß, ja was überhaupt das war. Ich schlich zum Fenster, die Türe zu Holmes' Raum war offen, ich wollte ihn in seinem ohnehin immer kurzen Schlaf nicht stören.

Eine Statue, der Mond ließ mich leider im Stich. Nein, das sind mehrere Figuren, Statuen ... was ist das Merkwürdiges? Die Wolkendecke erlaubte mir keine wirkliche Sicht. Ich war neugierig, nun aber auch schon müde. Der Raum hatte zwei weitere Türen. Leise drückte ich die Schnalle herunter, die Türe war verschlossen. Ich versuchte es bei der anderen, sie war nicht abgesperrt. Langsam drückte ich den hohen Türflügel auf und konnte nur erkennen, dass da ein vollgeräumtes Zimmer vor mir lag. Ich machte noch einen Schritt und stieß gegen einen harten großen Gegenstand. Der Mond hatte sich von den Wolken befreit, warf sein Licht durch die beiden hohen Fenster, und ich stand, starr vor Schreck, unter dem kleinen Kopf eines riesigen Dinosauriers. Ich machte einen Schritt rückwärts, stieß gegen die Türe.

»Wer ist da?«

Ich drückte den Türflügel leise zu – der Mond hatte sich wieder verhüllt – und ging außerordentlich unruhig zu Bett. Da gab es also neben Holmes und mir noch jemanden in diesem eigenartigen Bau. Er lebte mit einem Dinosaurierskelett, die Türen zwischen uns dreien waren nicht abgesperrt. Über diesen letzten Gedanken schlief ich ein.

Groß war mein Staunen am nächsten Morgen, bei Tageslicht.

*

Der Fiaker Karl Mayerhofer war den langen Weg bis zur »Waldschnepfe« zurückgefahren.

»Nein, Herr Doktor«, sagte er zu Heinrich Schellenberg. »Ich warte schon auf Sie! Jetzt ist es fast elf Uhr, da kriagen'S ja niemanden mehr. Wie kommen'S denn heim? Nana, ich warte schon.«

Sein Fahrgast ging schnellen Schritts auf das Tor zu.

»Wo ist denn die Geburtstagfeier?«

»Jessas, die ist doch schon lange zu Ende! Ich hab mich eh gewundert, so eine kurze Feier, was ist denn des schon. Aber a paar von den Herren dürften noch im Saal sein, wir haben ja Musik bis Mitternacht, ich hab ihnen den einzigen freien Tisch geben, ist noch keine Stunde her.«

Schellenberg ging hinter dem Kellner auf den Saal zu, aus dem man jetzt nicht nur die Schrammeln hörte, sondern auch das mitsingende Publikum, das sich gerade selbst besang und erklärte, »was Öst'reich is'«.

»Na, tut mir leid, nix is, die Herren sind schon weg. Geh, Pepi, die drei Herren, vom Elfertisch, sind die schon lang fort? Der Herr brauchat sie.«

»Nein, erst seit ein paar Minuten, Herr Jean. Sie sind mit den Damen fortgegangen, die da auf der Empore gesessen sind, zwei Fiaker habe ich für sie bestellt.«

»Also, Sie haben es gehört, mein Herr.« Jean erinnerte sich seiner Würde und verfiel in sein Berufshochdeutsch, auch angesichts der näher kommenden Trinkgeldmöglichkeit. Er wurde nicht enttäuscht. Heinrich Schellenberg verließ die ›Waldschnepfe‹ und ging auf den wartenden Fiaker zu.

»Recht haben Sie gehabt, Herr Mayerhofer, danke fürs Warten! Meine Freunde waren schon fort, fahren wir nach Hause.«

Es war kurz vor sieben Uhr und noch dunkel. Die Türe zu Holmes' Raum war weit geöffnet, ich sah undeutlich sein Bett. Als ich bald danach aufgestanden war, stellte ich fest, dass der Saal zwar voll von allem Möglichen war, doch der Freund war ausgegangen. Das Bett wirkte wie unbenützt, aber ich war sicher, dass mein Freund darin geschlafen hatte. Wer hatte ihm das wieder in Ordnung gebracht? Ich, mit meiner Vergangenheit beim Militär und in Internaten, sorge in der Bakerstreet für Ordnung, unterstützt von unserer Haushälterin, aber Holmes?

»Guten Morgen, Watson«, sagte er. »Das war schon ich, wundern Sie sich nicht.«

Ich wunderte mich nicht, auch nicht, dass der große Denker genau wusste, was ich gerade gedacht hatte. Dass er aber angekleidet und pfeiferauchend um diese Zeit schon unterwegs war, darüber wunderte ich mich.

»Ich habe einen aufregenden Morgenspaziergang hinter mir, Watson. Sie wissen, wo wir hier sind?«

»Wie kann ich das wissen, fragen konnten wir noch nicht, und ich habe keinerlei Spaziergang hinter mir, ich bin erst vor fünf Minuten aufgewacht. Wo also sind wir?«

»Im Museum of Nature, oder wie immer das hier heißen mag. Kommen Sie mit mir, ich zeige Ihnen einiges.«

Er hatte sogar schon entdeckt, wo man sich wenigstens die Hände waschen und seine Frisur in Ordnung bringen konnte. Noch nicht entdeckt hatte er hingegen, dass wir nicht alleine waren in diesen Räumen. Ich würde darüber sprechen, wenn Heinrich uns abholte, beruhigte ich mich. Was er mit »früh« gemeint hatte, wusste ich nicht, musste aber auch nicht lange nachdenken. Holmes und ich schlichen über eine breite Stiege, Marmor, elegante Kandelaber, ins Parterre und schauten in den Hof, in dem wir gestern angekommen waren. Den Wagen, der da stand, erkannte ich wieder, der Fiaker aber war nicht der mir wohlbekannte Herr Mayerhofer-Hungerl.

»Ihr Freund, nehme ich an? Gehen wir lieber wieder zurück.«

Und so war es auch. Vor dem großen Bücherkasten stand auf einer Bibliotheksleiter Heinrich Schellenberg, die Brille hielt er mit einer Hand vor seine Augen, die andere brauchte er für das Geländer.

»Guten Morgen!« Langsam und vorsichtig kletterte er abwärts.

»Willkommen im Naturhistorischen Museum!«

Ich erzählte, dass Holmes das Geheimnis unserer Aufenthaltsräume schon gelöst hatte.

»Aber es gibt noch vieles andere, worüber wir dringend sprechen müssen. Zuerst aber – Tee? Oder Kaffee?« Wie auf ein Stichwort wurde an die schwere Türe geklopft, ein junger Mann kam herein und bat leise, ihm zu folgen. Wir gingen in den Nebenraum, wo der Dinosaurier bei Tageslicht weit harmloser aussah als zuvor im Mondschein, ein Tisch war für vier Personen gedeckt.

»Darf ich die Herren miteinander bekannt machen – Herr Holmes und Herr Dr. Watson, Herr Professor Siebenrock.«

Der junge Mann mit seiner dicken Brille lächelte und zeigte dabei, dass er keinen guten Zahnarzt hatte. »Friedrich Siebenrock, sehr erfreut.«

»Damit ich das gleich los bin und mir da keine Sorgen mache – waren Sie etwa heute Nacht in diesem Raum, Professor Siebenrock?«

Erstaunt kam die Antwort: »Nein, keineswegs, ich bin eben vorhin mit Dr. Schellenberg hergekommen. Warum?«

»Ich kann mir das doch nicht eingebildet haben, ich war ja noch hellwach. Ich wollte wissen, wo wir hier sind, da habe ich diesen Raum betreten, bin gegen den Sockel gerannt, auf dem der Saurier steht, ja, eben der hier über uns, und als ich nun auch noch gegen die Türe gestoßen bin, hat jemand gerufen ›Wer da!‹ oder etwas Ähnliches.«

»Und weiter?«

»Nichts, ich bin zu Bett gegangen.«

»Ach, ich habe es gehofft, Gott sei Dank, sonst habe ich Ärger. Unser Intendant hört nicht gut, er hat die Gewohnheit, jetzt in diesen Wochen vor der eigentlichen Eröffnung, manchmal von seiner Dienstwohnung in der Nacht herzukommen, selten, aber doch, wenn ihm plötzlich irgendwas einfällt. Da wird er sich dann gedacht haben, er hat sich halt geirrt. Er ist nur noch heute in Wien, dann geht er auf eine Vortragsreise, er ist sehr gefragt.«

Heinrich nickte und ergänzte: »Er ist in Wien außerordentlich bekannt, als Gelehrter und als Original. Er hat dieses Museum eingerichtet, zum guten Teil mit seinen eigenen Sammlungen, hat sein familiäres Vermögen dafür geopfert. So ist das Museum nun also sein Kind und seine Familie, er ist unverheiratet und wohnt im obersten Stock, Fenster auf die andere Seite, also weit weg. Und ab morgen ist er auf Reisen.«

Professor Siebenrock war so erleichtert, dass er gleich weitererzählte.

»Professor Steindachner ist vor wenigen Tagen zum Hofrat ernannt worden, da haben wir ihn einmal wieder in seiner Hofuniform erlebt. Er war ja beim Kaiser in

Audienz. Dort ist er gern gesehen, wissen Sie, kein Kunst-stück – was hat er dem Haus nicht schon für Geschenke gemacht! Und der Kronprinz ist ja ein geradezu gerühm-ter Ornithologe! Stammgast da herinnen.«

»Das ist der Augenblick, bitte da weiter zu sprechen. Noch Kaffee? Meine Herren, wir müssen Ihnen doch end-lich sagen, was wir auf dem Herzen haben… Apropos Kronprinz Rudolf.«

Heinrich Schellenberg stand auf, überzeugte sich, dass die Saaltüren geschlossen waren und setzte sich wieder zu uns.

»Nur mit Professor Siebenrocks Hilfe konnten wir Sie hier unterbringen. Es gibt mehrere Eingänge, Sie können als Museumsbesucher gelten, wir haben ja bis zur großen Eröffnungsfeier so einen Probebetrieb, ein luxuriös aus-gestattetes Labor steht zur Verfügung im Haus, alles wei-tere Vorteile und Gründe, die anderen habe ich schon bei der Ankunft in Penzing genannt.«

»Dazu kommt«, sagte Siebenrock, »dass wir hier sehr gut bewacht werden! Die Sammlung ist von hohem Wert, wissen Sie. Und in der Nacht sind Sie ab morgen allein, wir müssen nur noch heute vorsichtig sein.«

»In dieser einen Hinsicht, sonst müssen wir sehr, sehr vorsichtig sein! Ich habe gestern noch diese Versammlung in der ›Waldschnepfe‹ besuchen wollen, Siebenrock, aber sie war schon zu Ende. Weshalb so früh, das weiß ich nicht, möglicherweise, damit ich zu spät komme und den aktuellen Stand nicht erfahre.«

»Aber ich war dabei, und ich kenne den aktuellen Stand. Nein, das war nicht wegen Ihnen, da ging es nur darum, dass Puchhaim wieder einmal nicht gut vorbereitet hatte. Das sollte doch gestern offiziell eine Geburtstagsfeier sein, aber es gab keine Geschenke und kein Souper, es gab nur eine Tafel an der Türe, Obizzi war wütend, wir sind bald gegangen.«

»Ah ja, danke. Da habe ich nicht viel versäumt. Sehr geehrter Herr Holmes, lieber John, jetzt ohne Umschweife: unser Problem. Du hast bemerkt, John, in Feldkirch und am Mittagstisch in meiner Familie, dass es in Österreich-Ungarn sehr große Probleme gibt. Sicher hast du Herrn Holmes von deinen Eindrücken berichtet. Ich habe dir geschrieben, was X hier aufführt. Das ist alles nur ein Widerschein, ein Schatten, die Spitze des Eisbergs.«

Ich beobachtete Freund Holmes, bereit, mit Erklärungen einzugreifen, doch er hatte offenbar alles verstanden. Heinrich war bleich. Das Thema war wichtig, er musste sich zwingen, nicht verklausuliert, sondern ganz offen zu sprechen. Er zog ein weißes Taschentuch aus der Innentasche seines Rocks, wischte sich über die Stirne und setzte fort.

»Professor Siebenrock und ich und andere sind seit Jahren in einer Freundesrunde, die diskutiert und Bücher austauscht, manchmal wurde auch nur gelacht, in unregelmäßigen Abständen. Vor etwas über einem Jahr hat sich das geändert. Ich weiß nicht, wer es war, aber einer aus der Runde hat erklärt, man müsse den Staat beobachten. Er sei in Gefahr. Auch mein Vater hat solche Sätze geäußert, eben auf seine Weise, immer wieder hat er die altrömische Formel gebraucht ›videant consules …‹ Die Konsule mögen achten, dass der Staat – «

Sherlock Holmes ergänzte: »›Ne res publica quid detrimenti capiat.‹ Keinen Schaden nehme – was für eine Art Schaden war gemeint?« Übersetzen war nicht nötig, so viel Englisch verstanden auch die beiden Wiener.

»Der Kronprinz.«

Holmes warf mir einen ganz kurzen Blick zu.

»Der Kronprinz?«

»Ja. Der Kronprinz, das detrimentum. Der Schaden. Und deshalb haben wir uns in äußerste Gefahr begeben, bis wir nicht mehr wussten, was noch zu tun sei. Und haben uns an Sie gewandt.« Professor Siebenrock hatte dem vor Aufregung stummen Schellenberg das Wort abgenommen.

»Und jetzt geht es um Leben und Tod.«

»Des Kronprinzen Rudolf?«

»Auch. Und um Leben und Tod von Österreich.«

*

Die Herren sprachen nur italienisch miteinander, untereinander, auch mit dem dritten Bruder, der heute nicht dabei war. Gianni und Beppe konnten zwar ebenso gut Deutsch wie Federico, mit starkem Akzent freilich, aber sie unterhielten sich lieber im heimatlichen Venexian. Das kann ich aber nicht, wie ich ja überhaupt nicht Italienisch spreche, schon gar nicht einen Dialekt, oder wie Holmes mir neulich klarlegte, eine Art Subsprache, Teilsprache. Ich gebe ihre Dialoge auf Deutsch wieder, auch wenn sie sich tatsächlich an diesem Abend des Venezianischen bedient haben.

»Das ist ein origineller Name für ein Treffen zwischen uns.«

»Was?«

»Der Name des Gasthauses, hast du es nicht bemerkt, ein neues Schild beim Eingang, riecht noch nach Farbe. Zum Kronprinzen.«

»Ich rieche weder Farbe noch sonst etwas, ich habe mir in diesem verfluchten nördlichen Winter eine Erkältung geholt und bin auch froh, dass ich diesen Namen nicht gekannt habe. Diese Weinstube hat ja immer ganz anders geheißen, ›Zur Heimat‹ oder irgendsowas Patriotisches.«

»Weinstube? Haha, ich wollte, du hast recht. Niente Weinstube, sie haben hier nur Wein aus der Umgebung, nichts Ernsthaftes, also trinke ich Bier, du ja auch.«

»Gianni, ja, aber sehr ungern. Überhaupt hat mich der

Teufel geritten, als ich ›Ja‹ gesagt habe zu dieser Unternehmung. Das ist schon einmal danebengegangen, damals in Prag, und ich habe auch für dieses Mal kein gutes Gefühl. Mein Gefühl betrügt mich aber nie. Das beginnt schon mit diesem merkwürdigen Namen – wie heißen wir?«

»Leise, Beppe, leise. Wir heißen Bandiera.«

»Ah ja. Bandiera. Hat sich Federico ausgedacht?«

»Wie alles das. Wird er besser wissen. Seit wir beide weg sind von Venedig, hat er alleine den Kontakt gehalten. Ich trinke noch ein Bier – Kellner!«

Beppe zog sein kariertes Taschentuch aus der Hose.

»Kellner, zwei Gläser Bier. Wieso heißt dieses Gasthaus jetzt anders als noch vor einigen Tagen?«

»Ich bin den ersten Tag hier im Dienst, das müssen die Herren den Wirt fragen.«

Für ihre Bierbestellung hatten die beiden Venezianer sich der deutschen Sprache bedient, dabei blieben sie kurz, denn der Wirt trat an den Tisch, die beiden Daumen in den Armlöchern der Weste, die sich über einem gewaltigen Bauch wölbte. Vor Selbstbewusstsein platzend fragte er: »Haben Sie nach dem Namen von meinen Etablissement gefragt, die Herren?«

»Ja, Herr Wirt, es hat doch noch neulich anders geheißen?«

»Sehr richtig, ›Zum Ruhm der Stadt Brünn‹ hat es geheißen, wie ich es gekauft habe.«

»Und wieso jetzt – ›Zum Kronprinzen‹?«

Der Geblähte wurde noch um einige Zentimeter größer und selbstbewusster.

»Weil es, zweitens, auch in der Josefstadt ein ›Stadt Brünn‹ gibt, das hat mich schon lange geärgert, und weil wir, erstens, den Herrn Kronprinzen sein Stammlokal sind. Zum Wohl, die Herren.«

Als der Wirt weit genug entfernt war, sagte Beppe, immer noch mit seinem Taschentuch und der verschnupften Nase beschäftigt: »Seltsam. Dieses Lokal? Glaube ich ihm nicht.«

Gianni wurde nachdenklich.

»Dann wäre es ja einfach. Ich lasse mich als Kellner anstellen, Gift, basta. Am nächsten Tag bin ich schon wieder in meinem eigenen Stammlokal in Vicenza.«

Beppe legte sein großes Taschentuch sorgfältig zusammen und brachte es wieder in der Hosentasche unter. »Ich glaube ihm nicht. Der kann doch nicht einfach in irgendein Gasthaus gehen wie wir. Den erkennen sie doch überall. Und er hat es auch nicht notwendig. Der sitzt sicher jeden Abend im Sacher oder in einem seiner Schlösser, aber doch nicht in sowas.«

Gianni hatte nicht zugehört. Die beiden Mädchen am Nebentisch lenkten ihn schon seit dem Moment ab, als die Brüder das Gasthaus »Zum Kronprinzen« betreten hatten. Und nun lächelte ihm die hübschere der beiden zu, eindeutig ihm, nicht seinem erkälteten Bruder.

»Es ist ja auch egal. Wir sollen nachdenken, Befehl von Federico. Also, was tun wir? Gianni?«

Der gab zur Antwort, immer noch mit den Augen bei den beiden Mädchen: »Was ist egal?« Und er lächelte zurück.

»Der Name hier, auch egal, lass die Weiber in Ruhe, denk nach mit mir.«

»Die sprechen tschechisch, erinnerst du dich an die Weiber in Prag? Viele schöne Erinnerungen ...«

»Ja, da waren wir zehn Jahre jünger und ich habe keinen Schnupfen gehabt, nie. Komm jetzt.«

»Ja. Also, die Versammlung, der Revolver und der alte Plan, von damals.«

»Ja, bis daher ist es klar. Diese Enthüllung findet ja doch statt, nichts ist abgesagt.«

»Enthüllung?«

»Denkmalenthüllung. Ach so, nein, Gedenktafelenthüllung.«

»Auch gleichgültig, Hauptsache, der Kerl ist dort. Aber die Hauptfrage: Wer macht es? Damals hatten wir diesen Kretin.«

»Wir suchen hier einen, die Stadt ist voll von ihnen.«

»Mach keine patriotischen Witze, mach ernsthafte Vorschläge. Wir müssen morgen Federico einen Plan vorlegen, sonst gibt es auch kein Geld.«

»Günstig wäre einer, der leicht dorthin kommt, so ein Universitätsprofessor, irgend so jemand.«

»Wunderbare Idee. Woher nehmen wir den? Der müsste ja tatsächlich verrückt sein, wie damals der in Prag. Wie sollen wir innerhalb weniger Tage einen Universitätsprofessor finden, der den Kronprinzen erschießt und sich dann verhaften lässt, damit wir wieder in unseren Gemüseladen nach Vicenza kommen, du Genie?«

Minutenlang schwiegen die Brüder.

Giannis Augen suchten die Augen des Mädchens am Nebentisch. Die andere gefiel ihm überhaupt nicht, aber diese rundliche mit dem schwarzen Haar umso mehr. Er beschloss, sich weniger Gedanken um die Gedenktafelenthüllung zu machen, und eher die Enthüllung dieser Schönheit zu planen.

»Lieber Bruder, wenn du mir schon nicht beim Nachdenken hilfst, mach wenigstens nicht so sehr auf uns aufmerksam. Was willst du denn mit den beiden? Wir haben ja gar keine Zeit für so etwas. Wer also macht es?«

»Das soll Federico beantworten. Der kennt sich hier besser aus. Wir besorgen den Revolver, organisieren das Ganze, aber diesen Schützen, den sollen Federico und seine Freunde finden. Ich setzte mich jetzt an diesen Tisch mit den beiden Damen. Komm mit, wenn deine rinnende Nase es zulässt.«

Und Giovanni Molinari, der in diesen Tagen Bandiera gerufen wurde, erhob sich und machte einige Schritte auf den Tisch mit den beiden Mädchen zu.

»Dobry vecer, die Damen«, sagte er.

»Jö, Sie sprechen Tschechisch!« Die ihm besser gefiel, klatschte fröhlich in die Hände.

»Aber eigentlich sprechen Sie Italienisch«, sagte ihre magere Freundin.

»Natürlich, wir sind Italiener, mein Bruder, bitte sehr! Wir dürfen uns zum Abschluss des Abends zu Ihnen setzen?« Und schon hatten sie an dem anderen Tisch Platz genommen, ohne die Antwort abzuwarten.

»Und wir können uns alle miteinander auf Deutsch unterhalten, oder? Seid's ihr überhaupt richtige Italiener?« Die schlanke Blonde wurde durch Beppes rinnende Nase nicht irritiert.

»Was heißt, richtige Italiener? Sieht man das nicht?«

»Habt's ihr auch Namen?«

»Ja, Pardon, wir haben uns nicht vorgestellt. Bitte, mein kleiner Bruder Beppe, genannt Il Cazzone, zurzeit mehr Il Nasone.« Und Gianni lachte über seine witzige Art, den Bruder zu präsentieren. Beppe zog wieder sein buntes Taschentuch aus der Hose.

Die Blonde sagte: »Ich heiße Agnes, meine Freundin heißt Božena – und wie heißt jetzt du? Den Bruder wissen wir ja nun.«

»Giovanni, aber bitte – Gianni.« Und er lachte wieder. Im nächsten Augenblick hörte er auf zu lachen.

»Also, reden wir deutsch. Dass wir Tschechisch können, habt ihr ja gehört, und ich kann auch Italienisch.«

»Jaja, die Agnes kann Italienisch!« Božena war stolz auf ihre mehrsprachige Freundin.

»Sie hat ja auch einen italienischen Freund, in Triest, bei der Handelsmarine.«

Agnes sah die Brüder an und sagte im Dialekt von Triest: »Und deshalb verstehe ich auch das Venezianische. Und so was Ordinäres ohnehin, wie deinen Spitznamen, bei der Marine sind sie auch nicht zimperlich.«

Beppe und Gianni starrten sie an. Der Jüngere fasste sich schneller. »Dürfen wir die Damen noch auf ein Bier einladen?«

»Nein, leider, die Agnes muss ja schon ganz früh raus, sie arbeitet in der Bäckerei, und ich muss auch schon heimgehen. Aber morgen vielleicht?« Božena schaute fragend zu ihrer Freundin.

»Ja, gerne morgen. Wann denn, und wo denn?«

»Dürfen wir Sie vielleicht abholen, meine Damen?«

»Holt's die Agnes ab, sie wohnt ja fast im Haus, und kommt's daher, ich muss am Nachmittag mit meinem Fräulein irgendwohin fahren, dann komm' ich nach, einverstanden? Wartet's auf die Agnes da ums Eck, Traungasse 7, sagen wir, halb vier Uhr, geht das?«

»Einverstanden«, sagten die Brüder unisono. Und die Mädchen legten ihre Wolltücher um den Hals und gingen.

»Hat sie verstanden? He, Beppe, schlaf nicht, hat sie verstanden?«

»Lass mich nachdenken. Waren sie schon da, wie wir gekommen sind?«

»Ja, sicher, ich bin wegen der beiden ja gerade zu diesem Tisch, unserem Tisch gegangen.«

»Bleib da sitzen, ich gehe hinüber und sage was, warte.«

Er wechselte zurück auf seinen ursprünglichen Sessel, leise sprach er, wie zuvor mit seinem Bruder: »Gianni, wenn ich so rede, hört man das bei dir?«

»Jedes Wort.«

»Ich fürchte, wir werden uns etwas ausdenken müssen. Und um Gottes Willen, kein Wort zu Federico! Der verprügelt mich wieder. Sowas geht immer auf mir aus. Bei dir traut er sich nicht.«

*

»Herr Holmes, man könnte Sie erkennen. Wenn auch nur ein Dutzend Menschen in Wien Watsons ‚Study in Scarlett‹ gelesen haben, ist das schon genug. Und wer als Diplomat oder aus anderen Gründen öfter in London war, hat wohl auch schon ein Bild von Ihnen gesehen.«

Heinrich Schellenberg hatte nicht unrecht.

»Kein Problem, Heinrich, besprechen wir beide dann gleich. Aber wie geht es weiter?«

»Ich muss in die Klinik, ich habe dort bis Mittag zu tun. Wir haben zwar seit einigen Wochen ein Telefon im Spital, aber ich möchte es nicht benützen, in diesem Fall. Immer wieder habe ich fremde Gespräche in unserem Gerät, oder wie das heißt. Ich ziehe vor, wir treffen uns wieder hier. Ich komme um, sagen wir, halb drei her, bis dahin weiß ich, wann die Runde sich wieder trifft, ob es eine weitere Séance gibt. Meine Herren!«

»Bei mir ist es ähnlich, aber ich bin ja im Haus, das ist mein einziger Arbeitsplatz, und während der Abwesenheit des Direktors übernehme ich seine Verantwortung hier. Mich können Sie also leicht finden, ich stehe zur Verfügung, bitte einfach dem Portier beim Haupteingang zu sagen, er möge mich suchen. Guten Morgen, meine Herren«, sagte Professor Siebenrock und verließ den Saurier-Saal.

»Was können wir Sinnvolles tun, Holmes? Haben Sie eine Idee?«

»Ja, ich habe eine. Ich verschwinde in meinem Riesenraum, für eine halbe Stunde, dann wollen wir uns beim Haupteingang des Museums wieder treffen, Watson.«

Und ich war alleine. Ich nahm meinen Mantel und meinen Hut und ging etwas unsicher die Stiege hinunter in den Hof. Sollte ich doch noch den Direktor vor seiner Abreise zufällig treffen, würde ich sagen, ich hätte mich verlaufen, oder ich sei ein Journalist, ja, das würde ich sagen.

Doch ich traf ihn nicht und kam problemlos aus dem Gebäude, um das ich herumging, bis ich den Haupteingang gefunden hatte.

Bei dieser Gelegenheit sah ich diese Figuren wieder, die mir in der Nacht aufgefallen waren, die Statuen, ein monumentales Denkmal, in der Mitte zwischen zwei ganz gleichen Bauten. Ich habe lange genug eine Schule in Vorarlberg besucht, so konnte ich leicht erkennen, wer da als Monument vor mir stand. Mehrmals ging ich um das Maria-Theresien-Denkmal, dann zog ich wieder meine Uhr und schlenderte auf das Naturhistorische Museum zu. Ich stand auf die Minute pünktlich da, aber alleine. Holmes war offenbar noch nicht soweit. So promenierte ich auf und ab, studierte die Figurengruppen an der Fassade, sie stellten verschiedene Erdteile und Völkerschaften dar, Indianer, Araber.

Eine Gruppe älterer Herren ließ sich das Museum zeigen, wahrscheinlich eine Delegation aus dem Ausland. Nun waren schon fast vierzig Minuten vergangen, Holmes war immer noch nicht da. Die Herren schritten die Stiegen hinauf in das Museum, bedächtig, und einer von ihnen blieb zurück, er suchte etwas in seinem Mantel, ein sehr alter Mann. Er begann mir leidzutun, denn er stand gebückt und zitterte vor Aufregung. Er musste etwas verloren haben, ich ging auf ihn zu. »Kann ich Ihnen helfen, mein Herr?« Er war Franzose, ich konnte seine Antwort nicht verstehen. »Sie werden Ihre Gruppe nicht mehr finden!« Aber das verstand wiederum er gewiss nicht. Holmes musste ja gleich da sein, er konnte mit dem Greis sprechen. Ich blickte in die Richtung, aus der ich gekommen war, dort würde wohl auch mein Freund gleich zu sehen sein.

»Ach, mein lieber Watson, dass mir das immer wieder gelingt!«, sagte der alte »Franzose« überraschenderweise, »Sie kennen mich doch schon in wenigstens zwanzig Gestalten und fallen mir noch immer herein.«

Die Generalprobe war geglückt, so konnte jemand anderer Sherlock Holmes schon gar nicht erkennen.

»Ich werde mich aber nun tatsächlich dieser Gruppe anschließen, und Sie? Wir können ja wirklich nur warten, bis Ihr Freund mit Neuigkeiten zurückkehrt.«

Wir trennten uns, der »alte Herr« schritt die Stufen hinauf, ich überquerte die Ringstraße und freute mich auf das Wiedersehen mit Wien.

Ich ging durch die Hofburg, an der Wachkompanie vorbei, und musste mich auf meinem Weg nicht mühevoll entscheiden, denn es gab nur eine einzige Möglichkeit, durch die Höfe des Komplexes zu kommen. Hier wurde wieder einmal gebaut, und so fand ich über den Schweizer Hof zum Josefsplatz, machte Station in der Hofkirche in der Augustinergasse und ging weiter, auf die Hofoper zu. Ich hatte kein Ziel, wollte nur schauen und das Zentrum der Stadt besser kennen lernen. Gegenüber der Oper, an der Rückseite aber, sah ich das berühmte Hotel Sacher; das zu besuchen war jetzt kein guter Zeitpunkt. Und neben dem Sacher fand ich ein Geschäft, das ich ohnehin hatte finden wollen. »Wilhelm Jungmann & Neffe. Feinste Stoffe«. Ein Messingwappen an der Eingangstüre zeigte, dass man sich hier einem Hoflieferanten näherte.

»Guten Tag, ich suche für meine Frau einen sehr schönen Stoff, etwas wie Tweed.«

»Sofort, mein Herr.« Der Verkäufer hätte auch in London unter seinesgleichen eine Chance gehabt, so distinguiert war er. Sein Mittelscheitel glänzte wie sein Schuhwerk, der Schnurrbart, gestutzt à la mode, also französisch, zeugte von permanenter Betreuung.

»Hier bitte, mein Herr. Tweed. Das ist feinstes Material, direkt aus Schottland importiert, unser Lieferant in Edinburgh arbeitet auch für den königlichen Hof.«

Das waren tatsächlich schöne Stoffe, die von manikürten Händen da vor mir ausgebreitet wurden. Voll Freude an der eigenen Bewegung ließ der Verkäufer Lage um Lage der Stoffballen sanft vor mir auf den langen Tisch rollen. Aber ich hatte an etwas anderes gedacht.

»Tatsächlich, sehr schön. Ich wollte aber nicht genau Tweed, lieber etwas in dieser Art, aber aus Ihrem Land. Ich möchte ihn meiner Frau mitbringen. Stoff aus London kaufe ich lieber in London, ich wohne in London.«

»So haben Sie ja in Ihrer Heimatstadt alles, was das Herz begehrt ... Stoff aus unserem Land ... Nicht einfach ...« Die Goldrandbrille wurde zwecks Intensivierung des Nachdenkens abgenommen, wieder auf die Nase gesetzt, der Blick durchwanderte die hohen Regale – »Hier bitte!«

Ein grüner, dicker Wollstoff lag vor mir, wie ich ihn mir vorgestellt hatte. »Ja, aber, sehen Sie doch, auch dieser – hier steht doch, eingewebt: ›Schottland‹!«

»Mein Herr, es ist so, nun, man erzeugt diesen Stoff, erstklassige Ware, in einer mährischen Fabrik, und weil, also das ist doch bekannt, Schottland als das Mekka gilt, lässt man, als eine Art Verbeugung, als Hommage ... Verzeihen Sie bitte! Einen Moment nur!«

Ich wollte wissen, was zu der deutlichen Aufregung geführt hatte, die meinen Verkäufer erfasst hatte, und konnte es gleich danach verstehen. Zwei Damen hatten das Verkaufslokal des Wilhelm Jungmann und seines Neffen betreten, die auf der Stelle zum Mittelpunkt des Interesses sowohl des Personals als auch der potentiellen Stoffkäufer wurden, auch ich blickte fasziniert auf die beiden. Mein Betreuer zog blitzschnell einen Taschenspiegel, er überprüfte seine Werbeabteilung, Schnurrbart, Frisur, Lächeln, und wollte über die Verkaufstische enteilen, aber geistesgegenwärtig konnte ich ihn noch am Ärmel festhalten – »Wer ist die junge Dame?«

»Mein Herr, wir geben keinerlei Auskunft über unsere Klienten. Eine unserer besten Kundinnen, Fräulein Maria Caspar, an ihrer Seite ihre Vermögensverwalterin, Frau Wolf.«

Eine größere Frau von kräftiger Statur, sie mochte vierzig Jahre alt sein, begleitete, ja betreute eine weit jüngere, die aber ganz gewiss weder Tochter noch Freundin, sondern eher ihre Herrin war. Die Ältere ergänzte die Fülle an Höflichkeitsbezeugungen seitens Jungmann & Neffe, vom Schließen der Entreetüre bis zur Hilfe beim Ablegen eines Capes; sie schien befehlsgewohnt, nickte nur, wo andere winken mussten.

Die Jüngere aber war all das auch wert. Ich bin nicht Holmes, doch ich war mir sicher – da sah ich einen Bühnenstern erster Güte vor mir. Das volle dunkle Haar, das unter dem modischen Hütchen ein rundes, lebensvolles Antlitz umrahmte, schlanke Figur, von mittlerer Größe und schwarze Augen, die wach und intelligent alles beobachteten, was rund um ihre Besitzerin sich abspielte. Es spielte sich einiges ab. Außer meinem treulosen Verkäufer umtanzten auch die beiden anderen Angestellten des Stoffhauses die beiden Damen, und nicht nur ich war vom Stoffkäufer zum Beobachter geworden, gezwungenermaßen.

Ich sah zu, wartete zwei oder drei Minuten. Als nichts auf die Rückkehr des Pfauenradschlagenden hindeutete, gab ich auf und ging. Selbst davon nahm man keinerlei Notiz. Und ich hatte sogar fast Verständnis dafür.

So ging ich noch ziemlich lang – Zeit hatte ich – durch die Stadt, nahm eine Tasse Kaffee zu mir, schaute in viele Auslagen, betrat den Dom von St. Stephan, bis leichter Schneefall begann, und da ich nicht entsprechend gekleidet war, stieg ich in die Pferdetramway und fuhr zu meinem seltsamen Quartier.

Um halb drei Uhr waren wir wieder zusammen, Holmes, Schellenberg, Siebenrock, ich. Kriegsrat, das Wort traf diesmal fast in seiner wörtlichen Bedeutung zu. Heinrich hatte einiges in Erfahrung bringen können und war sehr ernst und besorgt. Aber bevor er mit seinem Vortrag begann, wollte ich meine Frage anbringen. Einer der beiden Herren aus Wien würde doch vielleicht wissen, wen ich da bei Jungmann gesehen, erlebt, beim Auftritt beobachtet hatte.

Ich erzählte in knappen Worten, auch mein Problem mit Stoff aus Österreich erwähnte ich.

»Das kann ich Ihnen erklären, Dr. Watson«, sagte Professor Siebenrock, »das ist bekannt. Der Stoff wird in Böhmen und Mähren hergestellt, in Olmütz, Neutitschein. Dort haben sie die besten Maschinen, das Können, dort machen sie die besten Stoffe Europas. Aber weil eben Schottland diesen guten Ruf hat, wird dann der Stoff dorthin geschickt, die Leiste mit der angeblichen Herkunft angewebt und so schließlich verkauft, aber er stammt aus Troppau oder Fulnek oder woher auch immer, mein Vetter Anton ist selbst Fabrikant, ich kenne das.«

Das war nun eine ausführliche Antwort, die mir nicht so wichtig war, wie das andere Thema. Heinrich, sehr nervös, hatte unruhig gewartet, bis Siebenrock mit seiner Erklärung am Ende war und wollte zu referieren beginnen, aber ich hielt ihn noch zurück.

»Und dort in diesem Geschäft habe ich zwei Damen gesehen, die eine war sicher eine Sängerin oder Schauspielerin oder ...« Und ich konnte mich nicht an den Namen erinnern und so beschränkte ich mich darauf, die beiden zu beschreiben, und auch den Eindruck, den sie dort gemacht hatten.

Schellenberg war bei der Schilderung, wie schön und graziös die Jüngere war, unruhig geworden. Ich hatte ihn als einen stillen, aber nicht erfolglosen Verehrer der Damenwelt noch aus Feldkirch in Erinnerung, wiewohl er in gehobenem Knabenalter über wenige Möglichkeiten verfügte, die diesbezügliche Freude auszuleben. An der Art, wie er Frauen ansah, ihnen nachsah, im Kaffeehaus, auf der Straße, bemerkte ich, dass ihm die Thematik ungemein wichtig war. Aber meine Schöne kannte er nicht.

»Schau, die Stadt ist voll von schönen Frauen! Bei uns gibt es Unmengen von Liedern, die der weiblichen Schönheit gewidmet sind, zum Beispiel ›O Wien, mein liebes Wien‹, da heißt es: ›wo wunderschöne Frauen aus allen Fenstern schauen‹, nicht einfach schöne Frauen und aus manchen oder vielen Fenstern, nein, aus allen Fenstern, und nicht irgendwelche, halt schöne, nein – wunderschöne Frauen. Da haben wir viele, ich weiß nicht, wen du gesehen haben kannst. Ach, jetzt habe ich eine Idee, kann sie Caspar geheißen haben?«

»Herr Dr. Schellenberg, bitte, wir haben einen Auftrag von Ihnen bekommen!« Holmes war den beiden Wienern in seiner neuen Gestalt als greiser vornehmer Franzose gegenübergetreten und hatte grenzenloses Erstaunen erzielt.

»Mein Wortschatz ist ... empty. Watson, bitte. Ich habe versucht, von der hiesigen Situation mehr zu erfahren, heute Vormittag. Wir müssen über Ihre politischen Fragen sprechen.« Holmes hatte recht, ich nahm die Schuld für die Verzögerung auf mich und übersetzte.

Schellenberg war zuerst an seinem Arbeitsplatz, der Universitätsklinik, gewesen, dann hatte er einen der Herren aufgesucht, den schon von ihm genannten Puchhaim. Er hatte tatsächlich neue Informationen, und sie waren der Grund für Schellenbergs wiedererwachte Nervosität.

»Heute Abend findet wieder eine Séance statt, anderer Art, ich kenne diese Fachausdrücke zu wenig. X will in die Zukunft sehen, er kann ein bestimmtes Ereignis voraussagen. Morgen Mittag trifft die Runde sich wieder und will, auch und vor allem mit den Voraussagen des X als Basis, den nächsten Schritt besprechen.«

Sherlock Holmes meldete sich gleich wieder zu Wort, behielt es während des gesamten Gesprächs. Ich beschränkte mich daher weitgehend auf meine Übersetzungen und Erklärungen, wo es eben notwendig schien.

»Meine Herren«, begann er, »Sie wissen einiges, das wir nicht wissen. Sie geben uns Andeutungen, wo wir Klarheit brauchen. Was sollen wir in Wien überhaupt? Bitte um eine deutliche Antwort.«

Schellenberg setzte zu dieser Antwort an, Professor Siebenrock fiel ihm auf der Stelle ins Wort.

»Heinrich, lass mich sprechen, ich habe es leichter. Sie haben gehört – es geht um Leben und Tod. Unsere ursprünglich unpolitische Freundesrunde hat sich, wir haben berichtet, in den letzten Jahren immer mehr mit sozialen, mit gefährlichen Fragen befasst. Das hat zu Diskussionen geführt, zu Meinungsverschiedenheiten, ja zu Duellen. Einige sind nie wieder zu unseren Abenden gekommen. Vor allem die Richtung des Georg von Schönerer hat auf diese Weise unter uns plötzlich großes Gewicht gehabt, die Alldeutschen. Man hat die liberale Politik kritisiert, wurde zunehmend antisemitisch, schließlich bewunderte man die Hohenzollern mehr als die Habsburger, auf Bismarcks Wohl wurde bei unseren Zusammenkünften stets das erste Glas gehoben.«

»Ja, sicher, aber nicht von allen! Ich habe da zuerst auch mitgemacht, du ja auch, bald haben wir aber zu denken begonnen. Schließlich ist ein hoher Polizeibeamter zu uns gestoßen, der sich schon als Polizeipräsident von Wien gefühlt hat, es nicht geworden ist, vielmehr in den Ruhestand versetzt wurde. Es hatte irgendeine Unregelmäßigkeit gegeben, an der er beteiligt war.«

»Heinrich, du bist zu vornehm, sag es doch.« Professor Siebenrock ergriff wieder das Wort.

»Man war dahinter gekommen, dass er jahrelang von Bismarcks Leuten bestochen worden war, Informationen nach Berlin weitergegeben hat, die nur jemand in seiner Position haben konnte. Er hat von der homosexuellen Veranlagung des Erzherzogs Ludwig Viktor bis zu bevorstehenden Veränderungen im Kabinett vieles gewusst, ja, er hat dem Handel geschadet, hat auch daran verdient, von ausländischen Firmen bestochen. Und schließlich haben sie ihn rausgeworfen, irgendwie ist er auf uns gekommen, jetzt ist er eine Art Vorsitzender.«

Ich übersetzte.»Bitte weiter!«, sprach Holmes.

Der Bann war gebrochen, nun versuchten beide Herren zu erklären, sprachen oft gleichzeitig, aufgeregt, aber ohne die anfänglichen Hemmungen.

»Dieser Beinahepolizeipräsident hat uns erklärt, an allem sei der Kronprinz Rudolf schuld und mit ihm seine jüdischen Freunde.«

»Journalisten, Wissenschaftler, dann vor allem ein sehr reicher Mann ...«

»Baron Hirsch heißt er, will ständig Gutes tun, aber es lässt ihn ja hier keiner, hat nur Schwierigkeiten. Dann der Moriz Szeps, der ist für die Konservativen und die Alldeutschen der ärgste Übeltäter, Herausgeber vom »Neuen Wiener Tagblatt«, no, und dann noch der ...«

»Da sind noch viele, die ihnen nicht passen, sind gar nicht alle Juden, Wissenschaftler, der Menger, oder, ganz wichtig bei uns im Museum der Alfred Brehm. Und alle, heißt es bei uns, haben einen schlechten Einfluss auf Kronprinz Rudolf.«

»Und sind an allem schuld.«

»Woran denn schuld? Holmes und ich können das noch nicht ganz verstehen, woran schuld?«

»Dass die Monarchie wackelt. Dass der Kronprinz den jungen deutschen Kaiser so sehr ablehnt. Sie sagen, wir Deutschen müssen zusammenhalten.«

Schellenberg ergänzte:»Aber ich will mit Italienern aus Triest, Polen aus Krakau, Ungarn aus Mohács zusammenhalten, mit Ruthenen aus Lemberg und Juden aus Brody und was weiß ich noch, mit Österreich eben. Aber sicher nicht will ich mit dem Schönerer und dem Bismarck zu tun haben.«

Ich übertrug das Gesagte ins Englische. Sherlock Holmes sagte:»Gut, ich habe begriffen. Und wo ist nun die Frage auf ›Leben und Tod‹?«

»Obizzi, so nennt sich der ehemalige hohe Polizist, hat die Parole ausgegeben, man könne mit einer Zukunft, einem Überleben der Monarchie nur rechnen, wenn Kronprinz Rudolf weg ist. Tot ist.«

»So, jetzt haben wir ausgesprochen, was wir sogar untereinander so offen nicht sagen wollen, so furchtbar ist der Gedanke.« Heinrich Schellenberg hatte diesen Satz nur ganz leise von sich gegeben, fast nur zu sich selbst, dann schwiegen die Herren.

Holmes fasste sich als Erster von uns.

»Und wie wollen die Herren Ihrer Runde – Ihre Freunde kann man sie wohl nicht nennen – das bewerkstelligen?«

»Es hat schon einmal solch einen Plan gegeben, vor Jahren, in Prag. Bei einem öffentlichen Auftritt des Thronfolgers – er hat eine Ansprache gehalten – planten drei Italiener, ihn zu erschießen. Aber weil sie ihr eigenes Leben retten wollten, haben sie einen Menschen gesucht, der ihnen die Durchführung abnimmt, die Vorbereitung war schon getan. Sie haben einen gefunden, mit dem sie sich scheinbar angefreundet haben, er war geistig stark behindert. Mit ihm sind sie in Gasthäuser und zum Tanz gegangen, er hat sich einladen lassen, und er sollte mit ihnen zu dieser Kronprinzenrede gehen. Einer der drei würde schießen, dem armen Kerl den Revolver in die Hand drücken, selbst flüchten, die anderen zwei sollten dann den angeblichen Mörder festhalten, der Polizei übergeben ...«

»Verstanden. Danke für die Übersetzung, Watson. Und? Was weiter?«

»Das hat alles nicht stattgefunden, weil es irgendwie ans Licht gekommen ist. Die drei Italiener sind geflüchtet. Und jetzt haben sie bei uns den alten Plan wieder vorgeschlagen.«

»Wer hat ihn vorgeschlagen?«

»Die drei von damals, sie sind zu uns gekommen und wurden mit Begeisterung in die Runde aufgenommen. Irgendjemand, ich weiß nicht wer, finanziert sie. Am 22. dieses Monats soll an der Akademie der Wissenschaften eine Gedenktafel für Gottfried Wilhelm Leibniz enthüllt werden, da wollen sie den alten Plan durchführen. Kronprinz Rudolf hält die Festrede.«

»Und sogar das regt sie noch auf!« Professor Siebenrock ergänzte den Freund: »Leibniz, der große preußische Wissenschaftler, soll von Rudolf geehrt werden. ›Jetzt will der Judenknecht auch noch die Preußen täuschen!‹, hat Obizzi gebrüllt. ›Aber er selber wird sich täuschen.‹«

»Wer soll diesmal schießen? Hat man wieder jemanden aus einem Irrenhaus geholt?«

»Da beginnen jetzt unsere Probleme, da brauchen wir Hilfe, mehr wissen wir nicht, und wir wissen nicht weiter. Wie Obizzi diese Bemerkungen herausgebrüllt hat, habe ich ihm die Meinung gesagt, einige andere haben sich mir angeschlossen, jetzt sind wir verdächtig und werden nicht mehr richtig informiert. Es ist etwas im Gange und ich kann es nicht durchschauen. Deshalb habe ich dir, John, geschrieben. In Wien traue ich niemandem mehr, und die Zeit drängt. Wir brauchen Ihre Erfahrung, Ihren Mut, Ihr klares Denken, meine Herren.«

»Sie beziehen mich ein, am ehesten trifft noch ›Mut‹ auf mich zu. Holmes können wir nicht dorthin schicken – was können wir tun?«

»Wir können dich dorthin schicken, wie du es nennst. Du sprichst gut Deutsch, hast in der Runde einen guten Ruf, denkst kriminalistisch und kannst Holmes berichten, er wird uns dann sagen, was wir tun sollen.«

»Wie kann ich in dieser Runde einen guten Ruf haben? Ich? Keiner kennt mich.«

»Sie kennen dich aus Erzählungen. Die Bauerzwillinge waren früher bei uns, kommen jetzt sehr selten. Sie haben nach unserer Rückkehr nach Wien von dir geschwärmt, deiner Intelligenz, deinen Abenteuern als Soldat, deiner Absicht, nach Wien zu ziehen, dich als Arzt hier zu etablieren. Dich würde man dort akzeptieren. Siebenrock müsste dich einführen, ich bin schon zu sehr in Verdacht geraten.«

»Ich kann heute Abend zu dieser Séance mit X gehen, am liebsten mit Ihnen, Professor Siebenrock. Heinrich, du weißt, was da geschieht, wie heißt das?«

Holmes gab die Antwort. »Sie haben von einem Blick in die Zukunft gesprochen, den X vorhat. Ist es nicht so? Das nennen wir Präkognition.«

»Gut, Holmes, danke. Also, dahin gehen wir. Wann soll ich wo sein?«

»Dr. Watson, ich erwarte Sie im Hof um sieben Uhr.«

»Bitte, Herr Professor, ich bin pünktlich.«

*

Vor der Traungasse Nr. 7 standen wenige Minuten vor halb vier Uhr nachmittags die beiden Kavaliere, wie vereinbart. Agnes war ebenfalls schon einige Minuten zu früh da, stark geschminkt, die Wangen gerötet, offenbar bereit, bei günstiger Entwicklung ihren fernen Marineur zu betrügen.

Gianni küsste ihr die Hand, er hatte das mehrmals beobachtet, und Beppe machte es ihm nach. Er hatte zudem, als der ins Auge gefasste Partner für den Seitensprung, nicht nur mit Erfolg seinen Schnupfen zu bekämpfen gewusst, er stand mit einem Strauß Blumen da, den er Agnes überreichte. Dass der andere Bruder offenbar für die Freundin kein Angebinde besorgt hatte, machte Agnes zusätzliche Freude. Sie war es gewöhnt, dass Božena zumeist den größeren Erfolg zu erzielen wusste.

Zu dritt bogen sie ums Eck, wenige Schritte und der »Kronprinz« war erreicht. Man wählte in dem noch fast leeren Gasthaus den Tisch, an dem die beiden Mädchen auch gestern gesessen waren. Diesmal wurde Wein bestellt, auch wenn er den Italienern nicht ganz so zusagte wie der gewohnte aus Friaul. Ein fröhliches Gespräch kam sofort zustande, und als auch noch Božena ihren Platz neben Gianni eingenommen hatte, wäre niemand auf die Idee gekommen, dass diese beiden verliebten Paare sich erst seit wenigen Stunden kannten.

Fröhlich erzählte Božena von ihrer Arbeit. Die Bäckereigehilfin Agnes geriet dabei freilich ins Hintertreffen, in ihrer heißen Backstube ging es nicht so aufregend zu wie in dem Palais, dem Arbeitsplatz und auch Wohnort ihrer Freundin. Dass es manchmal im Backofendunst der frühen Morgenstunde, war man am Ziel und die Bäckerbuben trugen ihre Körbe zu den Haushalten der Umgebung, zu einem zärtlichen Abschied zwischen den Mehlsäcken kommen konnte, verschwieg Agnes wohlweißlich, auch heute.

Božena hingegen fand kein Ende und sprach ohne Unterlass. Während Beppe seinen Unterschenkel gegen die dünnen Beine seiner für heute Auserwählten drückte, hielt Gianni Boženas Hand und trachtete, Einblick in die nur teilweise verschlossene Bluse des Mädchens zu bekommen, dennoch angesichts ihrer Erzählung Aufmerksamkeit vortäuschend.

»Also, heute wär's fast nichts geworden! Ich hab schon geglaubt, ich muss mit dem Fräulein weggehen, nein, wegfahren, im Fiaker. Die Gnädigste lasst sie nämlich nicht alleine auf die Straßen gehen, sie ist mit irgendeinem Prinzen verlobt, ich kenn seinen Name nicht, hab ihn nur einmal gesehen, er ist nicht mehr jung. Ich trau mich nicht fragen, wie er heißt, Spanier ist er glaub' ich.«

Und sie plapperte weiter vor sich hin, überzeugt, großen Eindruck auf die Tischgesellschaft zu machen, vor allem auf Gianni, die beiden anderen waren ihr nicht so wichtig. Die waren zudem ohnehin mehr und mehr miteinander beschäftigt, hin und wieder gelang es Božena, die Aufmerksamkeit wieder auf sich zu ziehen.

»Da hab ich dem Fräulein g'sagt: ›Also, gnädiges Fräulein, hoffentlich kommt die Dame, wo Sie abholt, pünktlich, ich habe nämlich ebenfalls eine Verabredung, mit einem Herrn.‹ Sagt sie drauf: ›Hoffentlich mit einem feschen Herrn, Božena!‹ Hab i g'sagt: ›Da brauchen'S ka Angst hab'n!‹« Und sie kicherte, wie sie gekichert haben mochte, als sie ihrem Fräulein von dem heimlichen Rendezvous erzählte.

Beppe und Agnes hatten nur mehr Augen füreinander, ab und zu sagte die Freundin, wenn Božena eine Pause machte, »Na geh!« oder dergleichen. Und auf der Stelle ging es weiter.

»›No, gnädiges Fräulein‹, sage ich zu ihr, auf die Frage nach deinem Aussehen, Gianni« – Božena verfiel unwillkürlich und angesichts der Bedeutung des zu Berichtenden in eine Art von Hochdeutsch oder was sie eben dafür hielt, »›da brauchen Sie keine Angst nicht haben, der ist wirklich ein Feschak. Wir treffen sich dann, wann ich Ihre Haare gemacht habe, im Etablissement Zum Kronprinzen.‹ Da hat sie lachen müssen und hat gesagt, ehrlich wahr, ›Božena, dort war ich auch schon.‹ No, hab i mir denkt, wie gibt's denn das, die darf ja gar net aus dem Haus, wie kommt die in ein Wirtshaus am Grund, so was!«

»So, hast du so schön von mir erzählt!« Gianni sah seinen Bruder bedeutungsvoll an. »Und was hast du noch erzählt, deinem Fräulein?«

Božena ging nicht auf die Frage ein und blieb bei ihrem Thema.

»Wie kommt denn a Baroness da her? Gut, es sind nur zweihundert Meter von der Salesianergasse, trotzdem. Hab ich ihr auch gesagt – ›Fräulein Baroness‹, habe ich gesagt, ›das kann ich mir eigentlich gar nicht vorstellen, Sie in so einen Wirthaus! Vielleicht verwechseln Sie es.‹ Sagt sie: ›Nein, Božena, ich kenne das Lokal mit dem schönen Namen gut.‹ Und dabei hat sie gelächelt, da ist irgendwas, vielleicht war sie einmal mit einem Herrn da, sie hat so einen schönen Hauslehrer! Ja, das wird es sein.«

Befriedigt über die Logik ihrer Überlegungen verfiel Božena für einige Minuten in erschöpftes Schweigen.

Beppe flüsterte Agnes immer wieder etwas ins Ohr. »Wir machen einen kleinen Spaziergang, ihr braucht's uns eh net, ihr zwei. Wir kommen bald wieder.« Und zum Beweis für die sicher geplante Wiederkehr ließ Agnes ihren kleinen Blumenstrauß auf dem Tisch stehen.

»Aber wirklich! Beppe, wir müssen noch miteinander reden!« Gianni sah dem Paar, das schnellen Schritts das Gasthaus verließ, stirnrunzelnd nach. Und da sie nun ganz alleine waren und auch kein Kellner in Sicht war, beugte er sich zu Božena und schob ihr, nach längerer Planung, seine erfahrene Hand tief in die Bluse.

*

Ich hatte mich nach dem Ende unserer aufschlussreichen Besprechung noch weiter mit Holmes über geheimes Wissen, Erfahrungen mit dem einen oder anderen Medium, über Geisterscheinungen besprochen. Er wusste, wie so oft, viel mehr als ich über diesen ganzen Bereich. Wir saßen auch jetzt wieder in dem Saal mit dem Dinosaurierskelett, von dem ich mittlerweile wusste, dass es nur zum kleinsten Teil echt, der große Rest jedoch rekonstruiert war. Doch rund um uns standen in Regalen, auf Tischen, auf dem Fußboden viele größere und kleinere Gläser mit Präparaten, darinnen hauptsächlich Vertreter des Tierreichs, manche waren leer. Hofrat Steindachner war der

Intendant des noch nicht einmal eröffneten Hofmuseums der Naturgeschichte, so sein offizieller Titel. Neben seinen weiter entfernten Wohnräumen hatte er im Hochparterre auch zwei Säle für seine eigene Sammlung inne, die nach und nach in jene des Museums überging, im Gegensatz zu anderen Sammlungen, die auf geheimnisvolle Weise den Weg in die Gegenrichtung gegangen waren. Auch auf diesem Gebiet hatten Holmes und ich schon einige Erfahrung gesammelt, bei uns in England.

Manches, das ich bisher für wenig wichtig gehalten hätte, war hier verwahrt, gesichert, behütet, Blätter seltener Pflanzen, winzige Knochen und daneben ein präpariertes Känguru. Eine geheimnisvolle Welt bot sich uns dar, und ich bemerkte, wie Holmes' Blick immer wieder in diese oder jene Richtung, zu einem alten Buch, einem Kupferstich glitt, zu Reptilien in Gläsern, einer Riesenschildkröte ... Von ihr begann er zu erzählen.

»Ich bin heute mit den alten Herren mitgegangen, zum Glück waren es ja tatsächlich Franzosen, und so hörte ich der französischen Erklärung zu. Man hat hier einen Kustos, er stammt aus Linz, wo immer das ist – also einen Kustos, der perfekt Französisch spricht. Er hat in Lyon studiert, Watson, er hat mich sehr beeindruckt. Er befasst sich mit dem Alltag von Schildkröten, ihrem Familienleben. Sie sollten sich in diesen Tagen die Gelegenheit nicht entgehen lassen! So einfach kommen wir nie wieder so bequem in solch ein Museum of Natural History! Im August wird es eröffnet, das sind alles sozusagen Generalproben, seien wir also dankbar.«

Ich hatte ihm zugehört, selbstverständlich, aber in Gedanken war ich woanders. Ich dachte an die bestürzenden Erzählungen von Schellenberg und Siebenrock, mir fiel Caligula ein, mir kamen unsere Rosenkriege in den Sinn. Nach außen wirkte diese Stadt so wohl geordnet, mit Prachtbauten, Gardereitern, Volkstrachten, den Plakaten von Walzerkonzerten, Billardspielern, Ärzteorchester. Die Wirklichkeit sah also ganz anders aus. Es war schon fünf Uhr und finster, bald sollte ich mehr von ihr wissen.

*

Beppe und Agnes bogen vom Gasthaus »Zum Kronprinzen« nach links um die Ecke, durch die schmale Gasse gingen, nein, liefen sie fast abwärts, das Mädchen blieb stehen, sah zu dem wesentlich größeren Mann hinauf und lächelte. Zum ersten Mal verspürte Beppe, dass dieses ihn zuerst nur wenig anziehende Geschöpf vielleicht übermüdet war, nicht so unbefangen wie ihre Freundin zu erzählen wusste, dass das Mädchen Charme hatte.

Er sah sie an und nahm sich vor, vernünftig zu sein. Den Satz, den ihm der Bruder nachgerufen hatte, wusste er wohl zu deuten. Sollte er sie fragen, in ein Gespräch verwickeln, auf diese Weise erkunden, wie viel sie von ihm, von Gianni, von ihren Absichten wusste? Aber sie begann von selbst davon zu sprechen.

»Komm, gehen wir, du kennst ja den Weg, jetzt wirst ihn vielleicht öfter brauchen ...«

Und wieder sah sie ihn so an, während sie beide weitergingen, dass es Beppe heiß wurde.

»Wenn wir bei mir sind, muss ich dich was fragen, was ich vor der Božena nicht hab fragen wollen. Aber es ist nicht deswegen, dass wir zu mir gehen, weißt schon.«

Das Tor von Nr. 7 stand weit offen, was ungewöhnlich war, denn bei Einbruch der Dunkelheit wurde es geschlossen. Beppe und Agnes liefen über den Hof, da standen mehrere Fuhrwerke, Pferde wurden ausgespannt, und das war auch der Grund, weshalb noch offen war. Ein Wagen war gerade erst angekommen, hoch beladen mit weißen Säcken. »Komm, g'schwind, dass mich der Meister nicht sieht. Der is' so arg, komm. Ich mag ihn nicht, aber allerweil ist er hinter mir her.«

Sie schlüpften durch ein Türchen in einen schmalen Turm, sie liefen die Wendeltreppe hinauf, ohne anzuhalten, Hand in Hand. Beppe bemerkte, dass er in den Tagen in Wien zu viel Bier getrunken hatte, er war träge geworden. Ganz oben angekommen, drehte Agnes den Schlüssel einmal im Schloss, riss die Wohnungstüre auf, warf sie zu und nahm Beppes Kopf mit beiden Händen. Die Wucht ihrer Liebesbezeugung überraschte ihn. Er küsste sie, hielt ihre Hände, spürte die aufsteigende Verliebtheit.

Der Vorraum war auch Küche, da standen Stühle, sie setzten sich.

»Was musst du mich fragen, was hast du gemeint, Agnes?«

Aber nun mochte sie nichts mehr davon wissen, er war bei ihr, sie setzte sich ihm auf die Knie, Beppe zog ihren Kopf an seine Schulter.

»Sag mir, carissima, komm, was willst du fragen?«

»Wenn du das so gern wissen willst, mir ist es inzwischen egal. Was habt's ihr geredet, dein Bruder und du, vielleicht hab ich's falsch verstanden?«

»Ich weiß nicht, was du verstanden hast, wir haben so von früher geredet, wie wir noch in Prag gearbeitet haben, so alles Mögliche.«

Sie streichelte ihm die Wangen, mit beiden Händen, in der Dunkelheit, keine Öllampe, keine Kerze.

»Beppe, das stimmt doch nicht, ich bin so erschrocken, da hab ich ja noch nicht gewusst, dass ich dich gleich lieb haben werd', ihr habt's so böse Sachen gesprochen! Sag's mir, komm doch!«

Er wäre unter anderen Umständen auf andere Ideen gekommen, jetzt war es ihm sogar egal, dass sie auf seinen Knien saß, ihm das Hemd öffnete. Böse Sachen! Was sind wir für Trotteln, Gianni und ich, das haben wir doch alles schon einmal erlebt, jemand hört zu, versteht unseren Dialekt, der Teufel soll mich holen für meine Dummheit!«

»Agnes, nein, ich weiß gar nicht, was du meinst, was für böse Sachen? Wir sind sehr gut miteinander, Gianni und ich, wir reden nicht böse miteinander …«

»Nicht miteinander, über den Kronprinzen, da habt's böse geredet! Und wie! Die Božena versteht's nicht, aber ich bin furchtbar erschrocken. Sag, dass das alles nicht stimmt, die Geschichte mit dem Revolver, was brauchst denn den, und wieso soll ein Professor den Kronprinzen erschießen, was soll denn das?«

Beppe stand der Schweiß auf der Stirne.

»Agnes, Agnes, hör mir zu. Mein Bruder und ich erklären dir alles, lass uns eine Viertelstunde hier froh sein miteinander, bitte, dann gehen wir zurück, und Gianni und ich sagen dir, was wir wirklich gesagt haben. Niemand soll irgendwen umbringen, Unsinn, du kannst unsere Sprache nicht genug. Gleich gehen wir zurück, dann erklären wir dir das, ja?«

Und weil sie es glauben wollte, küsste sie Beppe und er küsste sie, und sie öffnete endlich doch die Knöpfe seines Hemds und er stellte fest, dass Agnes' Beine nicht dünn, sondern schlank und schön waren, und so fragte er: »Agnes, sag, die Leute im Hof, sind die jetzt weg? Kann uns dein Meister sehen? Oder wer anderer?«

»Warte, Liebster«, sagte Agnes, »schauen wir runter, da müssen wir das Fenster öffnen, dass dir nur nicht kalt wird, Mitte Jänner, geh weg vom Fenster, warst eh grad verkühlt.«

»Nein, hab ich gern, frische Luft, ist auch gesund, komm. Schauen wir zusammen runter – alle weg, ich irre mich doch nicht?«

Und er schob seine rechte Hand unter ihren Rock, drehte Agnes zum Fenster, riss ihr die Bluse vom Körper – »Du bekommst morgen eine neue! Sehr schöne!« – und drängte ihren Oberkörper zum Fensterbrett. Dann war Agnes noch einmal sehr glücklich, flüsterte mehrmals den Namen des neuen Geliebten, und mit einem letzten »Beppe!« wurde sie ohnmächtig, von einem harten Gegenstand an die Stirne geschlagen. Sie fiel aus dem Fenster, fünf Stockwerke tief, und ihr Körper prallte auf dem Granitpflaster des Hofes neben einem Pferdewagen auf.

*

»Herr Dr. Watson, wir müssen gleich gehen.« Professor Siebenrock kam, ein Kuvert in der Hand.

»Hier habe ich die Adresse für heute Abend, Dr. Schellenberg hat sie mir gegeben, wie er vorhin da war. Wir fahren also, oder gehen, vielleicht ist es nicht weit … Was soll das heißen, was ist denn das für eine … das ist wahrscheinlich ein Irrtum, das kann keine Adresse sein.« Er reichte mir das Blatt, das er aus dem Kuvert genommen hatte. Es zeigte nur eine einzige Zeile, aber die war unerklärbar.

»In London wäre das keinesfalls eine Adresse … In Wien gibt es doch selbstverständlich eine Form der polizeilichen oder militärischen Chiffrierung; dieser Herr, der ehemalige Polizist, vielleicht verwendet er irgendeinen Code?«

»Ja, das gibt es, wie überall, aber das sieht glaube ich ganz anders aus, ich war nicht beim Militär, kurzsichtig, die machen so was mehr mit Zahlen, das sieht ja hier beinahe nach Naturwissenschaften aus.«

»Stimmt, Professor, habe ich auch gerade überlegt. Aber wäre das etwas aus dem Bereich der Medizin oder der Pharmazie – ich würde es sicher kennen, wir haben ja auch die absurdesten Abkürzungen, die für nicht Eingeweihte Rätsel bedeuten: herb.adonid., fung.secalis, fruct. colocynth., und so weiter.«

»Interessantes Thema haben Sie gefunden, meine Herren. Sind Sie auf dem Weg in eine Apotheke?« Sherlock Holmes kam in den Sauriersaal.

»Holmes, Sie kommen wie gerufen. Wir müssen uns beeilen! X wartet, aber wo? Das soll die Adresse sein.«

Er nahm das Blatt, betrachtete es, ging zu der Petroleumlampe auf dem großen Tisch. Siebenrock und ich zogen die Mäntel an, er nahm seinen Spazierstock, ich wartete, den Hut in der Hand, unruhig werdend.

»›Cap. Osm. Via T.R. olim DCXLVII‹ … mhm … das ist in der Tat merkwürdig. Ich bin gleich zurück!« Und Holmes ging in sein Zimmer.

Ich legte den Hut auf den Tisch, Siebenrock legte den Mantel wieder ab.

»Wir wissen ja nicht einmal, ob wir für irgendeine weite Strecke einen Fiaker nehmen müssen oder zu Fuß schnell dort sind.«

»Mit einem Plan von Wien oder mit Ihrer Ortskenntnis, Herr Siebenrock, wird das kein Problem sein. Ihr Ziel ist das Haus Rothenturmstraße 31. Glückliche Reise!«

Und schon war er wieder bei der Türe und auf dem Rückweg in sein Zimmer, von wo der intensive Tabakduft kommen musste, der sich bei seinem Eintritt auch zwischen Dinosauriern und Echsen verbreitet hatte.

»Dr. Watson, das machen wir zu Fuß, gehen wir. Wie hat Ihr Freund das geschafft? Ich als Wiener habe nichts begriffen.«

»Professor Siebenrock, ich wundere mich schon lange nicht mehr über die kleinen Wunder, die er vollbringt. Jetzt ist leider nicht mehr die Zeit, ihn um Erklärungen zu bitten, aber wenn ich zurück bin, frage ich ihn, morgen wissen es dann auch Sie.« Und wir standen schon an der Ringstraße.

*

»Božena, cuore, wo mögen die zwei sein? Jetzt sind sie seit fast zwei Stunden fort. Ich kann mir ja denken, warum, aber zwei Stunden, es gibt ja auch morgen und übermorgen, und mein Bruder hat heute noch einiges zu tun, ich auch, die Zeit wird knapp.«

Boženas Kopf lag an Giannis linker Schulter, sie hielt seine Hand fest, studierte seine kräftigen Finger und dachte daran, dass sie auch bald würde gehen müssen. Das Fräulein durfte nur bis spätestens halb sieben Uhr, begleitet oder bewacht von der schönen Dame, seine Einkäufe machen, dann steht eine gute Stunde für eine neue Frisur auf dem Programm, für die Abendgarderobe war nicht sie, Božena, zuständig, aber für das Haar. Und jetzt war es schon sechs Uhr vorbei –

»Du, Gianni, ehrlich wahr, hörst, die Zeit ist schnell vergangen. Na, die Agnes, weißt du, die schaut nur so aus, aber die kann Sachen, na bumm, da braucht sie länger als zwei Stunden. Und wenn ich jetzt nicht geh, lassen sie mich am Sonntag nicht weg.« Und sie stand auf und nahm ihr großes Tuch um die runden Schultern.

»Du musst wirklich schon weg? Zahlen bitte! Ich muss ja auch in einer Stunde mit Beppe arbeiten, wir haben ja noch … egal, danke, Kellner, der Rest ist für Sie. Ich begleite dich, komm!«

»Nein, Jessas, begleiten, was glaubst, was los ist, wenn die Baronin des bemerkt! Die hat eh so viel Angst um ihre Tochter, da müssen auch wir alle uns aufführen wie die Barmherzigen Schwestern von der Landstraßer Hauptstraße, nein, nix is mit begleiten.«

Doch er ließ sich nicht gleich heimschicken. Gianni stand auf, ging mit Božena auf die Straße, bog nach links, da war es dunkel. Dort konnte er sich auf eine Weise verabschieden, die bei den vielen Gästen, die den »Kronprinzen« inzwischen bis zum letzten Platz gefüllt hatten, auf zu großes Interesse gestoßen wäre.

»Na, also jetzt aber, Gianni, bist narrisch, morgen, lass mich aus. Du, morgen – wo? Zu mir können wir nicht gehen, bei dir?«

»Auch nicht. Ich finde was. Wann?«

»Zur Agnes gehen wir, ja, das machen wir. Heute haben wir lange genug gewartet, da kann sie uns ruhig eine Stunde alleine in ihrer Wohnung lassen, sollen die zwei morgen am Nachmittag im Wirtshaus sitzen. Lass meine Hand aus, da vorne ist der Agnes ihr Haus, da kannst deinen Bruder abholen, oberster Stock, wenn du nicht im Gasthaus auf ihn warten willst. Ah, du kennst es ja, warst ja heute schon da ... was ist denn da los?«

Vor dem Haus Traungasse 7 standen eine Menge Leute, Hausbewohner, zufällige Passanten, zwei Bäcker, die über ihre weiße Kleidung dunkle Mäntel gegen die Winterkälte geworfen hatten. Vor dem geschlossenen Haustor hatten zwei Polizisten Posten bezogen, die den Neugierigen nicht die Freude der kürzesten Antwort machten. Schweigend standen sie in ihren schwarzen Mänteln, die Hände am Gürtel, am Säbel, manchmal strichen sie mit einer Hand über ihre Schnurrbärte, die Feuchtigkeit abwischend, die sich beim langen Stehen im Freien, in der beginnenden Winternacht gebildet hatte.

»Der Bäcker wird wieder Schwierigkeiten haben! Hat er schon ein paar Mal g'habt! Zu kleine Semmeln, einmal war ein ganzer Waggon mit Mehl am Franz Josefs-Bahnhof verschwunden, die Säcke hat er alle da im Hof g'habt, der ist ein rechtes Gfrast, die Agnes will er auch immer verzah'n.«

Boẑena verfiel vor Aufregung in einen Dialekt, wie sie ihn im Palais ihrer Herrschaft niemals hätte verwenden dürfen. Gianni war unruhig, aber er wollte wenigstens verstehen, was man ihm da erklärte.

»Verzah'n?«

»Noja, halt mit ihr, na ja, was wir morgen vorhaben, was die zwei grad machen!«

Eine Frau von dreißig Jahren, zwei kleine Kinder an den Händen und ein drittes in einem Wagen vor sich herschiebend, kam aus der Dunkelheit näher. Sie ging an Gianni und Božena vorüber und geradewegs auf die beiden Polizisten zu.

»Meine Herren, ich –«

»Ruhe. Wir geben keine Auskunft.«

»Gengan's, Herr Inspektor, ich will ja nur eine amtliche Mitteilung machen, bitte sehr.«

»Na, was woll'n'S denn? So amtlich wird's schon nicht sein.« Der offenbar Ranghöhere ließ sich zu einem schiefen Lächeln herab.

Die Frau näherte sich, soweit es ihr mit den Kindern und in der dicken Winterkleidung möglich war, dem Polizistenohr. »Ich weiß eh, was da los ist. Ich möcht' Ihnen nur sagen, die kleine Dicke mit die schwarzen Haar da hinten, sie steht bei so einem Burschen, a Kroate oder was, das ist die Freundin von der gewissen, um die was es da jetzt geht.«

Die beiden Polizisten suchten die »kleine Dicke«, sie blickten forschend über die Köpfe der immer noch wachsenden Menge, der kleinere stellte sich auf die Zehen, doch sie konnten niemanden finden, auf den die Beschreibung passte. Auch dieser Bursche war nicht zu erblicken.

»Sagen Sie's ihr, sie soll herkommen, ich seh' niemanden, Frau.«

Sie ging mit ihren drei Kindern durch die Reihen der Schaulustigen und schaute scharf nach rechts und links und war ebenso ohne Erfolg wie die Polizisten.

»Wen suchen'S denn, Frau Vertacek?«

»Geben'S a Ruh', san'S net so neugierig.«

»Na, ich wird' jawohl neugierig sein dürfen, als Hausmeisterin vom Siebenerhaus, und ich könnt' Ihnen ja auch was sagen, aber ich muss ja net.«

»Was wern'S mir schon sagen, was i net eh schon weiß? A Nackerte ham's im Hof g'funden, als a Toter. So. Und?«

»Jaja«, mischte sich eine gut angezogene ältere Dame ein. »Wer mit dem Teufel umgaht, dem wird ein böser Lohn beschart. Mich wundert das nicht, das hat ja einmal passieren müssen.«

»So ist es, Frau Amtsrat, recht haben'S, aber i erzähl nix, wann'S mi net fragen. I bin froh, dass i meine Ruh' hab, und jetzt geh ich nach Haus.«

»Aber wie wollen'S ins Haus kommen, ist ja nicht möglich, solange die Beamten den Eingang absperren?«

»Na, des mecht i sehen, Frau Amtsrat, mir als Vertreterin vom Hausherrn, i hab ja a mein' Dienst, i bin ja a halbete Amtsperson, wenigstens da herinnen, ich werde jetzt –«

Bevor noch die Hausmeisterin angesichts des bevorstehenden amtlichen Diskurses endgültig ins Hochdeutsche geraten konnte, wurde sie abgelenkt. Drei Männer stiegen aus dem von einem Pferd gezogenen kleinen Wagen, der aus der anderen Richtung angefahren war. Sie trugen eine Bahre ins Haus, und durch das jetzt geöffnete Haustor schlüpften die Hausmeisterin, die Amtsratswitwe und andere Neugierige, die nichts in diesem Hof zu suchen gehabt hätten.

Schwer atmend wegen der ungewohnten Anstrengung des Laufens kam Božena in der Salesianergasse an, sie nahm zwei Stiegen zugleich, erreichte das Ankleidezimmer im ersten Stock gerade noch rechtzeitig und begann mit ihren Vorbereitungen.

Keine halbe Minute später kam die Baronesse, setzte sich in den Stuhl vor dem Spiegel und fragte: »Božena, weißt du, was da unten los ist? Du warst doch in dem Gasthaus mit dem schönen Namen, gleich daneben, da stehen jetzt so viele Menschen auf der Straße, ich habe es nur im Vorbeifahren gesehen, und der Wagen von der Wiener Rettungsgesellschaft hat unseren Fiaker überholt, was gibt es denn da zu sehen?«

»Ich weiß es nicht, gnädiges Fräulein, ich bin ja schon lange da, ich habe nichts bemerkt.«

»Dann hol mir doch den Franz, der soll rüberlaufen und fragen, geh' hol ihn her!«

Sie beugte sich zu dem Spiegel und sah sich in die Augen. »Da werden wir nicht viel zu machen haben, das lassen wir alles so, wenn ich ihm doch so am besten gefall'«, dachte sie.

Božena kam mit Franz zurück, sie stellte sich wieder an ihren Arbeitsplatz und begann, das lange schwarze Haar der Baronesse zu bürsten.

»Franz, laufen Sie hinüber in die Traungasse und fragen Sie, was da los ist! Brennt es oder was ist denn sonst?«

»Fräulein Mary, da muss ich nicht mehr extra hingehen, ich war ja schon dort. Ich habe meinen Vetter besucht, der da vorne in der Heumarktkaserne wohnt, er ist ja nicht mehr bei der Infanterie, war zuletzt Korporal, ist jetzt Rayonsinspektor. Die Wohnung hat er behalten dürfen, hat es geschafft, da haben wir ein bisserl geplaudert, er ist wie ich aus Waidhofen, also an der Ybbs, nicht an der Thaya, und –«

»Was ist das in der Traungasse?«

»Ah ja, Verzeihung, bin abgekommen, Fräulein Mary, eine junge Frau hat sich umgebracht, aus dem Fenster gestürzt, ich hab sie vom Sehen gekannt, den Namen weiß ich nicht, mit Vornamen heißt sie Agnes, also, hat sie geheißen, und –«

Wieder konnte Franz nicht weiter erzählen. Božena war in Ohnmacht gefallen und lag am Boden.

»Na, helfen Sie ihr doch, nein so etwas, ein Glas Wasser, ich brauch meine Frisur, machen Sie was, Franz!«

*

Beppe rannte ohne Unterbrechung von der Traungasse durch Straßen und über kleine Plätze, bis er nach einer

Viertelstunde das Quartier erreicht hatte, das er mit Gianni vom ältesten Bruder zugewiesen bekommen hatte. Nur einmal hatte er in den langsamen Spaziergängerschritt gewechselt, denn diesem Trauerzug, der ihm von der Paulanerkirche entgegen kam, wollte er nicht durch sein Laufen auffallen, zumal auch einige Polizisten in Paradeuniform in der würdevoll dahinschreitenden Gruppe mitgingen. Trotz der Dunkelheit fürchtete er, man werde ihn für einen flüchtenden Dieb oder sonst eine Art Gauner halten, den Ausweis verlangen, jedenfalls auf ihn aufmerksam werden. So hielt er am Straßenrand inne, als der Holzsarg an ihm vorbeigetragen wurde. Er zog vor dem Toten und dem Priester seine Mütze und blieb gesenkten Hauptes stehen, da konnte man sein Gesicht nun überhaupt nicht mehr erkennen.

Dann schaute er in die Richtung, aus der er gekommen war, sah, dass ihm niemand folgte, und lief weiter, bis er das leere Geschäftslokal erreicht hatte, das ihm seit einigen Wochen Wohnung war. Federico hatte seine Brüder dort einquartiert, er hatte es gemietet gehabt, war aber dann von der Idee abgekommen, mit Wein aus Italien zu handeln. Es gab Verdienstmöglichkeiten, die lukrativer schienen.

Beppe machte nicht Licht, er setzte sich, schwer atmend von dem langen Lauf, auf die Tischplatte und starrte den Eingang an. Aber es klopfte niemand, man hatte ihn nicht verfolgt. Warum denn auch? Ohne bemerkt zu werden, hatte er die Wohnung des Mädchens verlassen, nichts dort vergessen, nicht einmal die Mütze hatte er irrtümlich liegen lassen. Und ebenso unbemerkt war er aus dem Haustor geschlendert, sich zwingend, nicht zu dem Pritschenwagen zu schauen, neben dem etwas lag, das er sich nicht vorstellen, das er schon gar nicht sehen wollte.

Der lange und fast nicht unterbrochene Lauf hatte ihn

auch abgelenkt von den Gedanken, die aber jetzt in der finsteren Stille alle wiederkehrten und ihn zu belästigen begannen.

»Es ist mir ja nichts übrig geblieben, ich habe das so machen müssen. Sie hätte sich wahrscheinlich nach einigen Tagen an ihren Freund in Triest erinnert und uns dann sicherlich verraten.«

So würde er es Federico erklären, und Gianni musste er ja nichts erklären, der war ja ohnehin seiner Meinung. Der hatte es mit der Rundlichen lustig gehabt, während er wieder einmal für alle die Suppe auslöffelte.

Von der Eingangstüre, die zwei Stufen unter dem Straßenniveau lag, kam ein leises Geräusch. Ihm folgte eine Stimme, Giannis Stimme, flüsternd.

»Der Schlüssel steckt, Idiot, mach auf!«

Beppe rutschte von seiner Tischkante und zog den Schlüssel aus dem Schloss. Die Tür sprang auf, Gianni kam ebenso keuchend herein wie wenige Minuten vorher sein Bruder. Er setzte sich, völlig außer Atem, schwieg für einige Sekunden und brach schließlich in eine nicht endende Kette von Flüchen und Verfluchungen des Bruders aus. »Und was werden wir jetzt tun? Verdammt, warum hast du denn das nicht zuerst mit mir besprochen, Kretin!«

»Sie hat uns doch zugehört, sie hat alles gewusst, es hat ja sein müssen, sie hätte ja alles verraten können.«

»Sooo? Verliebt wie sie war? Nichts hätte sie verraten, solange wie sie deiner sicher war, du verfluchter Trottel! Drei Tage hättest du doch durchgehalten, dann ist diese Feier, dann hätten wir kassiert und wären heimgefahren, und jetzt? Da hätte sie ja erzählen können, was sie nur wollte, wir wären längst daheim gewesen. Und den Spaß hast du uns auch verdorben.«

Beppe wagte nicht, noch etwas zu sagen. Gianni dachte an den weiteren Verlauf des Abends.

»Wir sollten jetzt losgehen, zu diesem geheimnisvollen

Treffen mit dem Zirkusmann oder was er ist, aber was werden wir Federico sagen?«

Da war es nun also ausgesprochen, was bleischwer auf Beppe und Gianni lastete. Beide schwiegen.

»Er sollte mit uns zufrieden sein, wir haben verhindert, dass sie uns verrät!«

»Und weshalb hast du nicht von Anfang an dein dummes Maul gehalten, imbecile, wir hätten doch alles, alles hier besprechen können, hört uns keiner, he?« Und Gianni verschwieg sogar vor sich selbst, dass er ebenso wie sein jüngerer Bruder nicht daran gedacht hatte, dass man sie verstehen könnte.

»Wenn die dich jetzt schon suchen«, begann Gianni wieder, »dann können wir ja gar nicht auf die Straße gehen, wenigstens für einige Tage, bleiben wir in diesem Loch – bravo!«

»Niemand sucht mich, hat mich ja niemand gesehen, nicht im Haus, nicht in dem Hof –«

Weiter kam er nicht. Wieder begann die Reihe der Flüche. »Und das weißt du so genau. Niemand? Wie viele Fenster hat der Hof? Die Wohnungstüren haben hier in Wien Gucklöcher, und wenn dich wer in der Nähe beim Laufen beobachtet hat, der macht sich jetzt seinen Reim! Nein, uns bleibt nur eine Möglichkeit. Geh weg da von dem Tisch, ich schreibe eine Nachricht für Federico, du bist ja sogar dafür zu blöd.«

*

»Božena, geben Sie doch acht! Das tut doch weh, wenn Sie so an meinen Haaren herumreißen. Sie sind ja ganz durcheinander! Fällt sie mir in Ohnmacht. Sind Sie schwanger?«

»Oh bitte, gnädiges Fräulein, machen Sie keine solchen Späße! Verschreien wir's nicht.«

»Sie hat doch so einen Feschak, denke ich, also?«

»Ja, aber, mit dem – ich habe noch nie –, er hat mich nicht, wie sagt man so was in so einem Haus, also, schwanger kann ich sicher nicht sein. Ich kenne ihn nicht lange genug und ich bin nicht sicher, ob ich ihn wiederseh'!«

»Ja, Božena, was denn? Jetzt hat das gerade begonnen und soll schon wieder aus sein? Deshalb haben Sie sich also so aufgeregt, dass Sie ohnmächtig werden! Geh, Mädel, was fällt dir denn ein! Und wenn es dir wirklich so leidtut, dann sei vernünftig und geh nicht gleich ins Wasser oder hüpf nicht in den Hof, wie diese, ich weiß jetzt nicht mehr, wie sie heißt, na die von heute.«

Und Božena wäre beinahe wieder in Ohnmacht gefallen. Doch die Frisur war fertig, Mary betrachtete sich zufrieden im Spiegel und wurde noch einmal nachdenklich, bevor sie sich die abendliche Toilette anlegen ließ.

»Dabei, wer weiß, das muss doch auch schön sein, wenn man jemanden so lieb hat, dass man für ihn stirbt, oder noch besser, mit ihm stirbt ...«

»Gnädiges Fräulein, bitte sagen Sie nicht so furchtbare Sachen, das ist nichts für mich, ehrlich wahr. Ich bin zwanzig Jahre alt, möcht' heiraten und ein Schüppel Kinder haben und ans Sterben denk ich noch lange nicht, außer halt heute, wenn man so was hört.«

*

Das Haus Rothenturmstraße Nr. 31 hatte einen zweiten Eingang, den wir aber erst im Laufe dieses Abends kennen lernen sollten. Einige Minuten vor sieben verließen wir die helle Straße mit den vielen Menschen und betraten das Haus. Das Tor war halb geöffnet, ein Herr in schwarzem Mantel, der Siebenrock kannte, grüßte knapp und ging uns voraus. Wir stiegen in den ersten Stock, gaben einem Diener unsere Überkleider, wurden in eine Art Theatersaal gewiesen. Der Raum war nur von einem einzigen, großen Kerzenleuchter erhellt, von wenigstens vierzig Kerzen, wie in einer Kirche. Andere – es gab drei insgesamt – hatte man nicht entzündet. Eine kurze Treppe, drei hölzerne Stufen, führte zu einer sehr kleinen Bühne, die bei sich sonst bietenden Gelegenheiten einem Stutzflügel, einem Streichquartett genügt hätte.

In Reihen wie im Theater saßen viele Herren und einige Damen, man wies uns Plätze in der letzten Reihe an. Niemand sprach. Niemand begrüßte uns, wohl weil wir sehr spät, sicher zuletzt, angekommen waren. Deshalb wurde ich auch nicht vorgestellt, was mir aber gar nicht unangenehm war. Eine Tapetentüre, eine schmale Seitentüre neben der winzigen Bühne, wurde geöffnet, ein junger schlanker Herr in dunkler Kleidung kam herein, mit ihm eine fast verhüllte, den Bewegungen nach zu schließen sehr junge Dame, und hinter ihnen ein weiterer Herr, der sich sehr bemühte, dem Paar angenehm zu sein, und sich immer wieder verneigte. Unser Begleiter im schwarzen Mantel geleitete die beiden Neuankömmlinge zu zwei Stühlen ganz in unserer Nähe, ebenso weit hinten.

Einige Minuten lang regte sich niemand, sprach niemand. Der schwarze Mantel ließ den Kerzenluster um einen Meter sinken, löschte den Großteil der brennenden Kerzen, zog ihn wieder in die Höhe. Nun war es beinahe ganz finster.

Die kleine Bühne wurde von einem dunklen Vorhang gegen den Hintergrund abgeschlossen, dieser Vorhang teilte sich, und ein Mensch – man konnte ihn beinahe nicht kommen sehen – erschien und nahm Platz, auf einem dreibeinigen Hocker, der von dem Träger des schwarzen Mantels dahin gestellt worden war. Stumm und ohne eine Bewegung saß der Magier, oder wie immer man den offensichtlichen X nennen wollte, auf seiner Pythia-Sitzgelegenheit.

Immer noch war es still. Ein süßlicher Duft umfing uns. Der Mann auf dem Hocker regte sich.

Trotz der tiefen Dunkelheit, nur drei Kerzen brannten, sah man das Weiße seiner weit aufgerissenen Augen. Dann begann der Mensch auf der kleinen Bühne zu sprechen, mit einem zwar verständlichen, aber mir ganz unbekannten Akzent, hinein in die große Stille.

Er hatte eine angenehme, gut ausgebildete Stimme, weich, volltönend. Er blickte nicht in irgendeine Richtung, vermittelte den Eindruck, er sei gar nicht anwesend.

»Ich weiß nicht – ich weiß nicht, wo ich bin ... was ich bin ... Ich liege auf einem weißen Bett und kann mich nicht bewegen. Ich bin eine nackte Frau. Ich bin sehr verändert. Mit mir ist etwas geschehen ... etwas geschehen. Man hat mich verändert. Was hat mich verändert ... was hat mich verändert ...«

Alles blieb still. Zwei, drei Minuten lang blieb das Medium ruhig sitzen, ohne Ton, ohne Bewegung. Die Menschen sahen zur Bühne, beobachteten, blieben ebenfalls unbewegt.

»Ein junger Mann ... ich sehe einen jungen Mann, gar nicht so jung, einen noch jungen Mann, ich sehe einen noch jungen Mann, dunkles Gesicht, ein einfacher Anzug, ein sehr einfacher Anzug. Er hat Kummer, ja, er läuft, jetzt läuft er, billige Kleidung. Da ist ein zweiter, er sieht ähnlich aus wie der andere, auch er hat ein – dunkles Gesicht ... Er läuft, wie der andere, der erste junge Mann ... nicht wirklich jung ...«

Wieder sank das Medium in sich zusammen, wieder saß X minutenlang regungslos auf seinem Dreibein. Dann schnellte er in die Höhe und schrie, unartikuliert, begann zu weinen, kreischte, gab Laute von sich, keine Worte. Ich schauderte, und den anderen Menschen in diesem Saal ging es ebenso.

X sackte zusammen, saß schluchzend auf seinem

Hocker und sagte immer wieder: »Oh mein geliebtes Kind, ich habe dich gewarnt, du darfst nicht auf diesen Platz, in dieses Haus, nicht heute, nicht heute, Dienstag, da liegst du, und ich, deine Mutter, werde nie wieder froh sein, mein liebes, süßes Kind ...«

Er saß da, als Teil einer Pietà, und hielt in den Armen eine imaginäre Leiche, wer immer das sein konnte. Wieder blieb es für sicher zehn Minuten still, X bewegte sich nicht. Er war erschöpft, unvermittelt begann er wieder die Zukunft zu sehen und sprach nun ruhig und deutlich verständlich: »Zwei Männer besteigen einen Zug nach Venedig. Sie wollen nie wieder nach Wien kommen, das planen sie. Eine sehr hohe Persönlichkeit wird den 22. Jänner nicht überleben, wenn sie aus ihrem Haus geht.«

Ein Mann, den man in dem dunklen Saal nicht gut genug sehen konnte, als dass ich ihn später hätte beschreiben können, schnellte hoch von seinem Sitz und lief, ja, rannte zum Ausgang. Siebenrock sprang ebenso auf wie einige andere Männer. Jemand rief: »Federico, lass die Türe zu, bleib hier!« Aber der Mann riss die Eingangstüre auf, schloss sie nicht, eilte davon. Nun wurde die Unruhe allgemein, alles erhob sich, man sprach und rief durcheinander.

Das Paar, das zuletzt gekommen war, stand auf wie alle anderen, Siebenrock und mir ganz nahe, und ging ruhig und offenbar wenig beeindruckt zu der kleinen Tapetentüre, durch die es im Saal erschienen war. Niemand außer mir nahm von den beiden Notiz, einige Männer liefen dem nach, der offenbar Federico hieß, andere hockten stumm da. Das berühmte Medium war nicht mehr zu sehen.

Siebenrock und ich holten unsere Mäntel und gingen zum Haupteingang des Hauses, wo wir zwei Stunden zuvor eingetreten waren. Ich hätte gerne eine Erklärung bekommen, aber bevor ich noch fragen konnte, sagte mein Begleiter: »Ich weiß auch nichts, was ich Ihnen jetzt dazu sagen könnte. Ich werde sehen, vielleicht treffe ich noch jemanden aus meiner Runde. In jedem Fall komme ich ja morgen früh ins Museum, zu meiner Arbeit, und da wollen wir versuchen, ob wir etwas Klarheit in diesen außerordentlich merkwürdigen Abend bringen können. Zur Sicherheit – lassen Sie uns nicht gemeinsam auf die Straße treten. Gute Nacht, Herr Dr. Watson.«

Ich wartete kurz, folgte ihm bald und wollte nach rechts über den Graben in mein seltsames naturhistorisches Hotel gehen, war aber durch zwei kuriose Erscheinungen abgelenkt, denen ich einige Minuten lang bei ihrer Tätigkeit zusah. Ein Knabe, er war etwa zwölf Jahre alt, verkaufte einen Stoß von Zeitungen, die er in einem Arm hielt. Die freie Hand reichte den Käufern die Zeitung, kassierte und ergriff blitzschnell ein weiteres Exemplar. Unentwegt rief das Kind: »Das Fremdenblatt! Das Fremdenblatt!« Und dazu rief der gewiegte Verkäufer auch Schlagzeilen aus, unglaubliche Neuigkeiten, wir standen offenbar am Ende eines besonders ereignisreichen Tages – »Ausbruch des Vesuv! Das Fremdenblatt!« – »Das Fremdenblatt! Großes Zugunglück bei Meran! Das Fremdenblatt!« – »Revolution in Prag! Das Fremdenblatt!«

Die Menschen kauften ohne Unterlass, aus Kutschen wurden ihm die Blätter aus der Hand genommen, Passanten wechselten zum Kauf die Straßenseite, man lief dem Knaben nach. Das war nicht einfach, denn er war ungemein behend und lief zwischen den Wagen und den einzelnen, wenigen Reitern, dem Fahrweg und dem Trottoir ohne irgendein Zögern, ohne Angst dahin, und als ich ihn endlich vor mir hatte und das »Fremdenblatt« erwarb, bekam ich sein letztes Exemplar. Der kleine Zeitungshändler verschwand in einem Durchhaus, einer Passage.

Da und dort sah man nun einen Käufer, der wie ich jedenfalls neugierig, aber auch in offensichtlicher Sorge, die Seiten absuchte. Vesuv, Zugunglück, Revolution, das musste alles im Inneren zu finden sein, der Titel brachte eine Erklärung des Ministerpräsidenten Graf Taaffe zu einer Debatte im Reichsrat. Aber die weiteren Seiten des Blattes brachten ebenso wenig Aufklärung zu den angekündigten Ereignissen, und langsam begriff nicht nur ich, dass alle ausgerufenen Katastrophen der Umsatzsteigerung gedient hatten. Ein schimpfender Mann schwenkte seine Zeitung und rief mir etwas Empörtes zu, das ich nicht verstehen konnte. Ich war nicht empört, ich musste lächeln.

Dabei fiel mein Blick auf eine weitere Bereicherung des Straßenbilds, auf der gegenüberliegenden Seite der Rothenturmstraße. Im Portal eines Palais stand ein schlanker Mann in schäbiger blauer Uniform, graues Haar, grauer Vollbart, eine dunkle Brille. Er hatte eine Drehorgel vor sich, auf der ein Schild stand »78/79. Danke«, daneben eine Blechbüchse, sie enthielt einige Münzen. Der wahrscheinlich von einem Unfall oder einem Krieg beschädigte Soldat drehte die Kurbel seiner Orgel und hatte trotz der fröhlichen Melodien bei weitem nicht den Erfolg, wie ihn der Knabe und Zeitungshändler hatte verbuchen können. Ich sah und hörte ihm einige Minuten lang zu, wechselte auf seine Straßenseite und holte Kleingeld aus meiner Rocktasche. Ich ließ einige Münzen in die Blechbüchse gleiten, das metallene Geräusch dürfte der Invalide gehört haben, er lächelte jedenfalls.

Vorbei am Dom und über den Graben ging ich, auf schon vertrauten Wegen, zurück. Das ereignislose »Fremdenblatt« steckte in meiner Manteltasche. Ich wollte die Zeitung nicht in einen der vielen Papierkörbe werfen, sondern Holmes nach meiner Rückkehr von diesem schlauen Burschen berichten, der sie mir verkauft hatte. »Seltsam«, dachte ich, »vor einigen Wochen noch hätten mich solche Meldungen nicht interessiert; was in Prag oder Meran geschah, wäre für mich nicht von Interesse gewesen. Und heute stecke ich mittendrin, dafür weiß ich nicht, ob irgendwelche Aufständische in Karatschi oder Kandahar oder wieder in Khartum meinen früheren Kameraden Probleme bereiten.« Und so dachte ich natürlich an London und an Mary und beschloss, ihr noch heute Abend einen längeren Brief zu schreiben und zu erzählen, was die letzten Tage gebracht hatten.

Ich sperrte auf, ging in meinen Schlafsaal, rief nach Holmes. Seit heute Morgen hatte ich ja nicht mehr zu befürchten, dass der legendäre Hausherr Hofrat Steindachner mir unvermittelt gegenüberstehen könnte. Keine Antwort, Finsternis, Stille. Holmes war im Konzert, auf einer Recherche, in Konzentration versunken, was immer, jedenfalls war er nicht da.

Ich legte meine Abendkleidung ab und schlüpfte in den Dressing-Gown, gleich darauf begann ich meinen Brief an meine Frau. Ich hatte noch nicht »Mary« zu Ende schreiben können, da stand Holmes vor mir, er lächelte, und indem er sich auf meine erste Briefzeile bezog, rezitierte er etwas, das ich nicht kannte – »›Die Liebe, die Liebe ist eine Himmelsmacht.‹ Johann Strauß, ›Zigeunerbaron‹. Großer Erfolg in London vor sieben Jahren, das kennen Sie nicht? Watson, schade. Egal. Wie war es?«

Ich schilderte den Abend in allen Details, den Weg durch die Stadt zu dem Saal, die Ankunft, die Séance, die Anwesenden, soweit mir das möglich war, den jähen Abbruch des Abends, alles.

»Haben Sie jemanden erkannt? Hat man Sie jemandem vorgestellt, sind Ihnen Namen im Gedächtnis geblieben?«

Das war eben gar nicht der Fall, war nicht möglich gewesen, wir kamen so spät an und durch den abrupten Abbruch des Abends war ja keinerlei Konversation mehr möglich gewesen.

»Was Sie erzählen, Watson, lässt mich zweifeln, ob unser einstiger X und das Medium von heute Abend ein- und dieselbe Person sind. Sie haben offensichtlich

den seltenen Auftritt eines ehrlichen Mediums miterlebt.«

Freund Holmes wollte noch vieles wissen, ließ schließlich ab von seinen Fragen und verabschiedete sich.

»Oh nein, mein Lieber, nicht so! Was war mit der
Adresse? Der geheimnisvolle Zettel?«

»Ach ja, das kleine Einmaleins. Habe ich Sie nicht gleich
bei unserer Ankunft auf diesen umfangreichen Biblio-
thekskasten aufmerksam gemacht?«

»Ja, das haben Sie, aber was haben Naturwissenschaften mit diesem Code zu tun?«

»Watson, Sie haben sich den Kasten nicht angesehen.
Unter diesen gewiss dreitausend Büchern gibt es sehr viele
zur lokalen Geschichte, auch eine zweibändige Erklärung:
Straßennamen gestern-heute, Hausnamen und derglei-
chen mehr. Mit diesem Buch war es leicht – Latein, das
Haus zum Türkenkopf, früher Haus Nr. 647, ergibt heute
Nummer 31 et cetera, gute Nacht.«

Das kleine Stück Papier lag noch wie vorhin unter der
Petroleumlampe, die ich nun wieder entzündete. Jetzt
konnte ich diese Zeile auch entziffern, das war ja ganz klar,
lächerlich einfach, gute Nacht, Holmes. Und ich nahm mir
zu Herzen, was man mir soeben gesagt hatte, und las bis
in die ersten Morgenstunden.

*

Vor der Heumühlgasse Nr. 10 standen private Kutschen
und Fiaker, sogenannte Unnummerierte und ein Einspänner, aber man hielt auch vor den Nebenhäusern, so viele
waren es heute Abend. Das schöne mehrgeschossige
Gebäude hatte, als ein Eckhaus, eine dementsprechend
lange eigene Fassade, im gerade noch modernen späten
Stil des Biedermeier.

Der Vollmond war zwar im Abnehmen, aber er war, zusammen mit der kürzlich pompös präsentierten neuen elektrischen Straßenbeleuchtung, stark genug, dass die Besucher ihre Zylinder und Hüte in die Stirne drückten, die wenigen Damen ihre Schals in einer schnellen Bewegung bis zu den Augen zogen, wenn sie das Gebäude betraten oder verließen. Denn wenn auch jede Wienerin und jeder Wiener vermeinte, sicher zu wissen, was in diesem Hause vor sich ging, so war es dennoch von einem Geheimnis umgeben, dass die Bewohner der umliegenden Häuser nächtens hinter halb zugezogenen Vorhängen die Mühlgasse und die Heumühlgasse zu beobachten trieb. Für manche der Gäste, die Nr. 10 regelmäßig besuchten, wurde das Aufrechterhalten dieser lieben Gewohnheit nicht einfacher durch den Umstand, dass das Haus Heumühlgasse 3 im Besitz des Erzbistums, Nr. 5 im Besitz des Fürsterzbistums war.

Die fünf Herren, die jetzt gerade angekommen waren, hatten keine Bedenken zu zeigen, dass sie dieses Haus betraten, dessen Bestimmung allgemein bekannt war. Sie hatten diesbezügliche allfällige Hemmungen im Rahmen des Soupers mit Hilfe einer imponierenden Menge an Jahrgangschampagner zu besiegen gewusst.

Nur das erste Stockwerk war in seiner vollen Länge beleuchtet, die drei anderen Etagen machten auf ahnungslose nächtliche Spaziergänger den Eindruck, hier werde friedlich geschlafen. Dieser Eindruck stimmte sogar in einem gewissen Maße. Hier wurde tatsächlich geschlafen, aber miteinander und freilich nicht immer friedlich. Dabei wurde sehr darauf geachtet, dass im Gegensatz zu anderen Instituten von vergleichbarer Zielsetzung dieser Eindruck von Frieden im Inneren wie im Äußeren gewahrt bleibe, ähnlich wie in der Struktur des Staates. Dessen Organe verkehrten übrigens gerne an dieser Adresse, wenigstens einige von ihnen.

So war es nicht verwunderlich, dass man auch hier nach vertrautem Schema organisiert war. Es gab eine für den reibungslosen Ablauf zuständige Exekutive, auf mehreren Ebenen. Da war der Portier, er öffnete in diesem Augenblick den fünf Herren die Haustüre, salutierte und dankte für das großzügige Gastgeschenk, das der Anführer der fröhlichen Gruppe ihm in die geöffnete vorgestreckte Hand gelegt hatte.

Ihm zur Seite stand ein kräftiger Hausdiener, der nur selten seine Kraft gegenüber den Besuchern einsetzen musste – sie diente eher der Beförderung von Weinfässern, neuen Möbeln, von großen Körben voll frischer Austern. Manchmal aber musste diese unterste Instanz der Exekutive allerdings auch jene Dienste verrichten, die in einem Staatswesen von Gendarmerie und Grenzbehörden versehen werden – das Abschieben nicht mehr geduldeter Gäste.

Die oberste Instanz der Exekutive kommandierte einige weitere Assistenten, zuständig für Rechnungswesen, Mahnung gestundeter Summen, Wäschewechsel, et cetera. Diese oberste Instanz hatte einen in ganz Wien bekannten Namen, Johanna Wolf. Mit ihr auf gutem Fuß zu stehen, war für eine eindrucksvolle Reihe von Herren aus ersten Familien, mit bedeutender Stellung, nicht unwichtig. Das waren Namen aus der Haupt- und Residenzstadt, aus anderen großen Städten der Monarchie, ja aus Residenzen benachbarter Staaten, Namen, die die Allgemeinheit für gewöhnlich nur bei Geburt und Tod, Hochzeitsfeier oder Kriegserklärung zu hören oder zu lesen bekam.

Und wie auch im Staatswesen verfügte die Exekutive nur über eine Macht, die ihr die Legislative zubilligte. Ohne das Wohlwollen der Legislative war die Macht der Exekutive in Gefahr, konnte anderweitig verliehen werden. Darüber war Frau Wolf sich im Klaren, deshalb herrschte im Haus Heumühlgasse Nr. 10 große Loyalität zur obersten Instanz.

Ihr hätte man die Macht und den Willen, diese auch einzusetzen, auf den ersten Blick nicht zugetraut. Zur obersten Instanz war vom Schicksal ein Wesen berufen worden, das auch ohne die Macht der Legislative seinen Willen leicht und ohne Anstrengung durchsetzen konnte. Ein Mädchen, schön, liebenswürdig, anmutig, selbstbewusst, verehrt, unerreichbar.

Zu den zahlreichen Herren, die diesem Mädchen bildlich und rein theoretisch zu Füßen lagen, zählten etliche, die bei Tag tatsächlich Teil der Legislative oder auch der Exekutive waren, allerdings nur ihre höchsten Vertreter. Den unteren Rängen war das Betreten des Hauses Heumühlgasse 10 entweder aus pekuniären Gründen nicht möglich, und selbst wenn, infolge einer Erbschaft oder eines Lottogewinns, der kurzzeitige Besuch dennoch einmal erwogen werden konnte, so unterblieb er, weil die oberen Ränge unter sich bleiben wollten. Es war ja auch wirklich undenkbar, dass zum Beispiel ein k.k. Innenminister leicht bekleidet, in merkwürdiger Haltung, von seinen eigenen Exekutivorganen im Rahmen einer Razzia beim Ehebruch angetroffen worden wäre. Um dieser Undenkbarkeit willen hatten also die Vertreter der exterritorialen Exekutive Hausverbot.

Das hinderte sie freilich nicht daran, aus der Distanz, ohne das verräterische Uniformgrün, in Zivil, zu Fuß oder aus dem Fond eines Wagens, zu beobachten, wer hier aus- und vor allem einging. Diesbezügliche Notizen und Aktenvermerke gab es in großer Zahl, sie wurden von Instanz zu Instanz weitergereicht, bis sie auf jenem obersten Schreibtisch ankamen, auf dem sie als Information völlig wertlos waren, weil der Besitzer des Schreibtisches all das ja aus persönlicher Anschauung wusste, da er sich pflichtbewusst an Ort und Stelle informiert hatte, in Theorie und auch Praxis.

Die Legislative bestand also aus einer einzigen wunderschönen weiblichen Person, sie hieß Mizzi Caspar. Als Beruf trug sie in amtliche Dokumente »Hausbesitzerin« ein. Der gemeine Besucher bekam sie nicht zu Gesicht, so blieb sie für einen Großteil der Frequentanten des Etablissements eine Legende, und wenn sie ihr dennoch, bei Sacher oder in einem eleganten Schneidersalon, unvermutet gegenüberstanden, wussten sie's nicht. Man kannte die Wolf, die nicht mehr ganz jung war, dennoch apart wirkte, die durch ihre Macht und die Nähe zur obersten Instanz ihre erotische, durchaus noch vorhandene Ausstrahlung zu steigern wusste.

Über der letzten Instanz gab es eine allerletzte, oder im allgemeinen Sprachgebrauch, allerhöchste Instanz. Kronprinz Rudolf hatte die Mittel beschafft, die für die Macht und den gewaltigen Umsatz die Grundlage waren, er hatte das Haus erworben und der Caspar geschenkt. Denn er liebte sie.

Die fünf Herren saßen an einem runden Tisch, eine neue Batterie ihres Lieblingsgetränks vor sich. Solche runden Tische haben den Vorteil, dass immer wieder noch ein weiterer Platz gefunden werden kann, und wirklich wuchs die Runde von Minute zu Minute.

»Wie schön, dass du so schnell wieder gekommen bist!« Das rothaarige Mädchen mit dem eindrucksvollen Dekolleté hatte erst vor zwei Tagen im Rahmen eines Betriebsausflugs zur »Güldenen Waldschnepfe« die Bekanntschaft des so angesprochenen Herrn gemacht.

Vorgestern waren sie zu dritt hergekommen, heute schon zu fünft, aber wo war der niedliche Italiener?

Frau Wolf setzte sich dem einzigen Stammgast aufs Knie, der die anderen vier zum Besuch überredet hatte, was keine große Prozedur bedeutet hatte.

»Wo habt's den Federico gelassen?«

»Johanna, das fragen wir uns auch, der war auf einmal fort! Wir haben vorher noch etwas zu tun gehabt, macht einer eine Bemerkung, springt der Federico auf und rennt weg! Gelt, so war's.«

Die Herren bestätigten den Bericht, soweit sie ihn überhaupt gehört hatten, schon mit anderen Aufgaben befasst.

Zudem war ihnen dieser Federico im Augenblick auch absolut egal, zumal man ja immer wieder dafür spenden musste, dass er mit seinen Brüdern seine offenen Rechnungen begleichen konnte. Hier und jetzt wurde an anderes gedacht, jedenfalls bis zu dem Augenblick, da sie mit einem überraschten Ausruf einen weiteren Herrn ihrer Runde begrüßten, den sie in diesem Haus nicht vermutet hatten.

»Ja, sag einmal, servus, Francopane, was machst denn du da? Na so was!«

Der Angesprochene hatte knapp vor diesem Ausruf noch versucht, die Tapetentüre wieder zu schließen, bei deren Öffnen er vom Anblick seiner Freunde überrascht worden war. Doch dafür war es nun zu spät.

»Grüß euch, freue mich, servus, Louis, servus, Albert, na so was ...« Er trachtete, den halbdunklen Raum möglichst unauffällig wieder zu verlassen, was sich dank der vielen Spiegel an allen vier Wänden aus jedem Blickwinkel verfolgen ließ. Und so hörte man aus einem dunklen Eck mit einer geschwungenen Bank für zwei Menschen, einer sogenannten Causeuse, einen begeisterten Ausruf.

»Joj, wer ist denn das, ich träume ja nur, meine liebe Lovro!«

Francopane zuckte zusammen. Diese Stimme und den unverwechselbaren Akzent kannte er seit seiner Zeit als aktiver Offizier, das lag nun schon Jahre zurück.

»Seit Fünfkirchen hab ich dich nicht mehr gesehen, Lovro, komm, lauf nicht weg, trink mit alter Freund Gellert noch ein Glasel! Auf Wohl von Fünferhusaren! Oder von die Weiber, kannst dir aussuchen!«

Francopanes erfolgloser Versuch, unbemerkt fortzukommen, war der mit der Planung einer Orgie befassten Tischrunde dennoch nicht entgangen.

Johanna Wolf beugte sich zur Tischmitte und sagte leise: »Jetzt kenn' ich mich nicht aus, der Baron Gáldy sagt Lovro zu dem Herrn, den ihr ganz anders ruft's!«

»Na, Francopane, sein Familienname?«

»Aber geh, das muss ich doch wissen, der heißt ganz anders. Er heißt, wart ich sag's dir, fragen wir ihn, wenn er vielleicht doch da bleibt –«

Aber er blieb nicht da, er drückte seinem wiedergefundenen Regimentskameraden die Hand, murmelte einen Abschiedsgruß mit kurzer Entschuldigung und war verschwunden, diesmal auf den Gang und nicht durch die Tapete.

»Bitteschön, wenn der Fahnenflucht begeht, alte Lovro, setz ich mich zu euch, vielleicht ist noch ein Mädel frei, Pardon, ein Sessel frei, ich bin auch so frei!« Und Gellert von Gáldy saß neben der Rothaarigen, die zwar ihre Abendplanung schon abgeschlossen hatte, aber zu einer Dispositionsänderung bereit war, wenn der Gruß aus der Puszta mehr versprach als jener des Gastwirts Bauer aus Neunkirchen. Ihre diesbezüglichen Überlegungen wurden freilich im nächsten Augenblick bedeutungslos. Sie hieß übrigens Isabella, hatte aber von Frau Wolf aus Rücksicht auf die gleichnamige Gattin des Erzherzogs Friedrich einen neuen Namen bekommen, Ilona.

Herr Bauer hatte den Neuankömmling gar nicht unerfreut angesehen, wiewohl er sich inzwischen komplett auf das rothaarige Dekolleté eingestellt hatte. Das aber musste jetzt einen kurzen Aufschub ertragen –

»Gellert, servas, was machst denn du in Wien?« Und die beiden Herren fielen einander um den Hals, obwohl sie eigentlich ganz anderer Hälse wegen hierher gekommen waren.

»Was mach ich in Wien? Bin ich oft hier, mein Lieber,

kann ich auch fragen – wieso bist du nicht in Wiener Neudorf?«

»Jetzt verwechselst Wiener Neudorf mit Wiener Neustadt, und meinen Zwillingsbruder mit mir, ich komme aus Neunkirchen!«

»Auch wurscht, bitte, und du, schönes Mädel, sag mir, wie heißt du denn?«

»Ich bin die Ilona!«

»Ein Ungarmädel also! Und wem gehörst du? Ist das schon geklärt?«

»Ist geklärt. Ich gehör' nur mir. Aber das ändere ich von Zeit zu Zeit, zum Beispiel für die nächsten zwei Stunden.«

»Dann, bitte, ist einfach! Machen der alte Freund aus Fünfkirchen, Pardon, woher ist er jetzt, Fünfhaus, nein, aus Neunkirchen und ich ein kleines Wettsaufen um die schöne Ilona – eine Flasche Barack bitte!«

Und während die Detailplanung der Orgie voranschritt, gingen vor dem Haus vermummte Kutscher auf und ab, im Kampf gegen die Winterkälte. In einem Fiaker saßen zwei von ihnen, die zwar auch im Haus Nr. 10 hätten warten können, aber diesen Aufenthalt vorzogen.

»Ja, ich bleib auch lieber da heraußen, hast recht, Karl. Der Portier ist ja so eine Tratschen, der erzählt ununterbrochen irgendeinen Blödsinn, den ich gar nicht wissen mag.«

»Ich kenn' den nit, ich komm' ja nie daher.«

»Ja, jetzt fallt's mir erst auf, warum bist denn überhaupt da? Fahrst selber? Musst mir's nit sagen, wenn du nicht willst, Karl.«

»Ich kann's dir ruhig sagen, Josef. Ich hab einen Herrn aus Ungarn vom Nordbahnhof abgeholt, Freund von der Familie vom alten Doktor Schellenberg. Er ist schon ein bissel beschwipst aus dem Bahnhof gekommen, hat von weitem gerufen – Herr Mayerhofer, fahren wir im Puff! Eigentlich hätt' ich ihn zum Grand Hotel bringen sollen.«

»Magst a Virginier, Karl?«

»Danke, Josef, nein, heut wird nichts getrunken, wird nicht geraucht. Morgen wieder. Ich wart' noch ein paar Minuten, wenn er nicht bald kommt, lass ich wen anderen zum Grand Hotel fahren. Ich brauch' mein' Schlaf, ich will nicht krank werden, das kann ich mir nicht leisten. Wenn alle so wären wie du, dann ja, aber kannst dich ja auf die Hälfte nicht verlassen, überhaupt jetzt, im Fasching. Jeden Tag sind zwei, drei ang'soffen und kommen nit pünktlich zum Dienst, na, ich werd' bald fahren.«

»Ja, ich hoff' auch, dass heute nicht gar so lang wird. Die Toni hat Geburtstag, mei' Tochter, da wollen wir ihr eine Freud' machen. Und dann werde ich ja wieder stundenlang unterwegs sein, jeder Abend, letzte Wochen, jeder Abend, ich kann dir sagen! Wenn er mit der Caspar unterwegs ist, dann geht's ja, wie heut. Wenn er mit mir alleine ist, dann wird's hart! Gestern sind wir zu einem Heurigen gefahren, wo er sich mit ein paar Freunden getroffen hat, die haben ihm eine Musik mitgebracht, hams mich gleich geholt, no, hamma g'sungen und pfiffen bis um zwei in der Früh, die waren gar net schlecht, Knöpferlharmonika, zwei Geigen, dabei hab ich sie gar nicht gekannt. Karl, geh schlafen, fallen dir ja die Augen zu.«

»Ja, aber dir auch, überhaupt machst mir Sorgen, bist anders wie sonst, hast was?«

»Na, na, müd bin ich halt. Kumm, fahr heim, sei g'scheit!«

»Ich schick' den Swoboda, so g'schwind wird der Herr aus Ungarn ja nicht zurückkommen. Pfiat di, gute Nacht.«

Herr Mayerhofer ging fort, eine Viertelstunde später saß ein anderer im dicken Winterpelz auf seinem Kutschbock. Aber bis man seinen Fahrgast in sein Zeugl tragen würde, sollten noch zwei Stunden vergehen.

»Bring ihn ins Grand Hotel, dort warten's auf ihn, servus, Swoboda.« Der Portier musste auf sein Trinkgeld verzichten, Herr von Gáldy war längst eingeschlafen und nur mit Hilfe zweier Klienten des Instituts und des Hausdieners in seinen Wagen gekommen. Die beiden Herren nutzten die Gelegenheit und brachen ebenfalls auf, allerdings nicht in dem deplorablen Zustand Gáldys.

»Gute Nacht, Konrad. Na, das war ein Abend! Erst Federico, dann der Francopane, der mit dem Vornamen auf einmal Lovro heißt, und jetzt diese ungarische Plaudertasche, da werden wir morgen Mittag viel zu reden haben, gute Nacht!«

Zu dieser späten, tatsächlich eher frühen Stunde, lag der Fiaker Josef Bratfisch längst in seinem Bett und schlief. Für seine Tochter hatte er auf dem Küchentisch eine Überraschung vorbereitet, zum Geburtstag. Und auch er selbst hatte noch eine Freude erlebt, bevor er zu Bett gegangen war.

»Bratfisch, vorfahren!« Der Portier hatte ihn aufwecken müssen.

An der Türe nahm eine schöne junge Dame Abschied, kurzen Abschied, von einem Herrn mit Vollbart. Schnell wurde das Haustor geschlossen, der Portier bezog ausnahmsweise seinen Posten auf der Straße und salutierte dem abfahrenden Unnummerierten hinterher.

»Wir fahren nach Hause, Bratfisch, für heute ist es genug. Wirst auch froh sein.«

Der Wagen rollte über die Ringstraße, bog beim Heldentor ein, hielt beim Schweizertor.

»Soll ich mit raufgehen, Kaiserliche Hoheit?«

»Danke, nein, und übrigens – am 22., nächster Donnerstag, hast frei, Bratfisch! Schlaf gut!«

»Gute Nacht, Kaiserliche Hoheit!«, rief der Fiaker und lenkte seine Rösser nach Hause, in die Laudongasse in der Josefstadt.

*

Heftiges Klopfen an meiner Türe weckte mich. Ich hatte den Schlüssel umgedreht, alte Gewohnheit, aber hier nicht sinnvoll. Es war aber nicht Holmes, der mich unbedingt sprechen wollte, es war Heinrich Schellenberg.

»Guten Morgen! Ach, Gott sei Dank find ich dich hier! Dein Freund ist nicht in seinem Zimmer, ich habe gedacht, du bist vielleicht auch unterwegs, weil ja abgesperrt war.«

»Ja, Heinrich, guten Morgen, es tut mir leid, ich hatte vergessen, dass wir ausgemacht haben, die Türen bleiben offen. Muss ich im Schlafrock mit dir sprechen, ist es so dringend?«

»Nur kurz. Heute haben sie mich in der Klinik angerufen, du warst gestern doch bei diesem Abend mit dem Medium, da hat dich niemand begrüßen können, es muss ja sehr turbulent gewesen sein. Ob du heute Mittag zu dem Treffen, Mittagessen, in die Meierei im Stadtpark kommst, kommst mit mir?«

»Wegen so was sind wir ja hier, ich komme mit. Wann denn, gleich?«

»Es ist ja erst halb zehn, nein, aber ich war in Sorge, du könntest schon unterwegs sein, und ich glaube, da wird es heute sehr zugehen, und du wirst vielleicht manches beobachten oder verstehen können, besser als ich. Jetzt bist du ja schon eingeweiht, in manches immerhin. Was war denn gestern so Unglaubliches los, da muss irgendwas geschehen sein, dass mich der Puchhaim in der Klinik anruft?«

Jetzt war ich ratlos. Ich wartete schließlich selbst auf eine Erklärung, die mir Professor Siebenrock geben könnte.

»Das weiß dein Freund Siebenrock, ich kann mir ja alleine nichts erklären. Es wurde plötzlich alles sehr aufgeregt, alle sind aufgesprungen, einer ist davongerannt, andere wollten ihn aufhalten, aber warum, das weiß ich ja nicht.«

Ich kleidete mich an, währenddem ging Schellenberg auf die Suche nach Professor Siebenrock, jedoch ohne Erfolg.

Wir beschlossen, uns um Punkt zwölf Uhr beim Fußgängerübergang über den Wienfluss zu treffen, Heinrich kehrte zurück an seinen Arbeitsplatz, ich wandte mich wieder der Lektüre der Bücher aus dem großen Kasten zu, fand vieles, das mich interessierte, und hörte, kurz bevor ich zu unserem Treffen weggehen wollte, dass Holmes zurückkehrte. Er kam wenige Minuten später zu mir.

»Sie haben tief geschlafen, Watson, ich habe Sie nicht dabei gestört. Einige Sätze zu gestern, bevor Sie gehen?«

Man musste nicht Sherlock Holmes sein, um meine Absicht zu erkennen, mein Mantel und mein Hut lagen bereit. Ich wiederholte, was ich schon gestern berichtet hatte, nichts Neues also.

»Ich hatte gehofft, es sei Ihnen vielleicht noch irgendwas in den Sinn gekommen. Und jetzt, wohin des Wegs? Soll ich mitkommen? Oder halten wir meine Anwesenheit in Wien weiterhin geheim?«

»Ja, ich meine, das sollten wir, bis wir von Schellenberg oder Siebenrock etwas anderes hören. Jedenfalls hat man mich eingeladen, heute in diese Meierei im Stadtpark zu kommen, um zwölf bin ich dort verabredet, deshalb gehe ich jetzt. Ich habe nur mehr vierzig Minuten, und ich kenne diese Strecke noch nicht so gut.«

»Ich bin neugierig auf Ihren Bericht, Watson, Sie werden mich hier finden.«

So machte ich mich auf den Weg. Diesmal ging ich die Ringstraße entlang, der starke Schneefall zwang mich zu langsamem Tempo. Der mittägliche Korso neben der Hofoper war offensichtlich ebenfalls dem Wetter zum Opfer gefallen, ich sah nur eine Handvoll Menschen, die mir zudem wenig mondän schienen. Eines der Bücher, eine Beschreibung des modernen Wien, hatte mir diesen Korso empfohlen.

Von weitem schon sah ich Heinrich Schellenberg, ich beschleunigte mein Tempo, wir gingen über den Steg auf eine Art überdimensionaler Jagdhütte zu. Es schneite nun noch stärker, man sah nur wenige Passanten. Wer nicht auf die Straße musste, vermied es. Doch rund um die Jagdhütte wurde es lebhafter. Lauter dunkle Mäntel, keine Uniformen, lauter Männer.

Das Treffen fand in einem Saal mit einer Unzahl von Jagdtrophäen statt, bis an die Decke sah man sie, Böcke, Hirschen, Eberzähne, dazwischen Rehköpfe mit irgendwelchem Gemüse im Maul, alles aus Holz. Ich bin auf diesem Gebiet nicht zuhause, schon gar nicht in Österreich. Neugierig betrachtete ich die Trophäen, die Bilder, einen ausgestopften Bären. Ich verlangte einen Aschenbecher, und auch er bestand aus Glas, Metall, einem Wildschweinhauer.

»Schön, dass Sie das interessiert! Das sind zum Großteil Erinnerungen an Einladungen bei Freunden! Wird bald alles weg sein, der ganze Park wird neugestaltet, dieses Haus auch. Servus, Schellenberg!«

»Darf ich vorstellen – mein Schulfreund Herr Dr. John H. Watson, Herr Puchhaim! Ich bemerke gerade, ich kenne deinen Vornamen nicht, entschuldige!«

Puchhaim, von dem ich ja nun schon öfter gehört hatte, lachte. »Das ist ja auch nicht so wichtig, und in unserer Runde, na, da müssen wir auch auf diesem Gebiet einmal Ordnung schaffen!«

Die Bemerkung war sichtlich nicht für mich gedacht, ich konnte sie auch nicht verstehen. Aber ich merkte sie mir, ich würde ja Holmes alles bis ins kleinste Detail erzählen, was sich heute Mittag hier beobachten ließ.

Heinrich ging mit mir von einem Herrn zum nächsten, Namen wurden genannt oder nur gemurmelt, ich hatte noch nicht alle verfügbaren Hände geschüttelt, als man zu Tisch bat. Professor Siebenrock hatte ich gesehen, aber ich begrüßte ihn nicht, er hatte ja zur Vorsicht gemahnt.

Die Kellner trugen Tracht, wie man mir bald erklärte, Jagdkleidung. Es gab mehrere Gänge, mit dem Dessert waren es sieben, und auch die Speisen hatten allesamt mit der Jagd zu tun. Selbst die abschließende Torte hatte die Form eines erlegten Wildschweins, was mit großem Beifall und viel Gelächter belohnt wurde.

Doch vor diesem Dessert wurde es still, einer der Herren erhob sich und setzte zu einer Rede an.»Obizzi«, flüsterte Schellenberg.

Er war mittelgroß, komplett kahl, und verfügte dafür über einen dunklen Bart, der bis zum obersten Knopf seines Gilets reichte. Man sah kaum etwas vom Hemdkragen, nichts von einer Krawatte, aber er trug selbstverständlich beides. Dem Mann war seine Erscheinung sehr wichtig, das konnte man deutlich erkennen, am gepflegten Bart, an den gewiss vor einem Spiegel geübten Handbewegungen, ja Fingerbewegungen, an einem etwas zu großen Wappenring am kleinen Finger der Linken. Der schwarze Bart ließ das helle Gesicht fast weiß erscheinen, die linke Hand mit dem überdeutlichen Wappenring strich immer wieder über ihn, was mich an die professionellen Bewegungen des Tuchverkäufers bei Jungmann & Neffe erinnerte, der seine Stoffballen auf ähnliche Art liebkoste wie dieser eitle Mensch seinen Vollbart.

»Meine Herren, und auch Sie, verehrter Gast aus dem stolzen Albion, den ich besonders begrüße, Sie alle sitzen heute hier in diesem Saal, der uns an die schönsten Landschaften unseres Alpenlandes am Rande Deutschlands gemahnt, und erfreuen sich mit mir an einem jagdlichen Diner, an Rheinwein und Mosel, und man könnte, sieht man uns so, vergessen, in welcher Lage sich dieses Land befindet. Sie haben ja gestern Abend miterlebt, wie deutlich uns Warnungen und Hilfen aus einem Reich des Geistes und der Geister sagen: Seid wachsam! Und auch ich rufe Ihnen und dem ganzen Land zu: Seid wachsam!«

»Goldene Worte!«, hörte man aus einer Ecke des Raums, und von dort begann auch ein Applaus, dem sich der gesamte Saal anschloss.

»Wie Sie sehen, ist es unserem Freund Ritter Georg noch immer nicht möglich, diesen meinen Platz, der doch ihm vor jedem anderen zusteht, wieder einzunehmen. Noch ist es nicht soweit, aber bald wird dieses Opfer eines gezielten Justizirrtums seinen Platz wieder innehaben, mit der ganzen Kraft, vor der diese verkommene Stadt erzittert!« Und abermals kam es aus diesem Eck: »Goldene Worte!«, gefolgt von Applaus.

»Zwar ist die Zeit dieser Märtyrerhaft zu Ende, er ist wieder auf seinem geliebten Grund und Boden, aber in welchem Zustand hat er diesen vorgefunden! Und so sorgt er zuerst für die Bestellung seiner eigenen Scholle, bevor er mit frischer Kraft wieder ans Werk gehen wird, ans Werk für eine bessere Zukunft dieses gequälten Landes. Bevor ich nun Sie alle, meine Freunde, zu einem Gruß an unseren abwesenden Helden bitte, darf ich erinnern, dass das Komitee direkt nach dem Abschluss dieses Diners zusammenkommt, hier, im Jahnkeller. Bitte sich von den Sitzen zu erheben – ich leere meinen Humpen auf das Wohl und die Kraft von Ritter Georg!«

Alle tranken mit, und setzten sich wieder, auch der Redner. Mir hatte diese Zeremonie fatal den ersten Abend meines Klassentreffens in Feldkirch in Erinnerung gebracht. Gleich danach begann der Aufbruch der Herren. Wieder wurden Hände geschüttelt, Lakaien brachten Mäntel, die Jäger-Kellner hatten einen Weg durch den hohen Schnee zu den Wagen geschaufelt. Heinrich Schellenberg kam mit meinem Mantel auf mich zu, wir verließen die Meierei.

Inmitten der durch den Schnee stapfenden Herren, zwischen verschneiten Bäumen und von Schneeschaufeln erzeugten weißen Hügeln, stand der Drehorgelmann von gestern Abend. Er hatte wieder seine verschlissene blaue Uniform an, keinen Mantel, seine dunkle Brille, wieder das Schild mit den Zahlen »78/79«. Er stand zwar inmitten des Weges, doch die dahineilenden Herren hatten nach dem Siebengangmenü keine Lust auf weiteren Aufenthalt, und das Drehen seiner Kurbel hatte keinen Effekt im Finanziellen. Ich ging auf ihn zu.

»Heinrich, was ist dieses ›78/79‹? Eine Konzession, er ist von der Polizei registriert, oder was heißt das?«

»Ein Invalide, er bekommt ganz leicht eine Werkelkonzession, und die Zahlen bedeuten, dass er im Krieg von 1878/79 seine Verletzungen erlitten hat, es sind ja offenbar mehrere, er kann auch nicht sprechen, und die dunkle Brille ...« Ich legte eine Münze in die Blechbüchse, mein Freund tat das gleiche, der Invalide lächelte, wie gestern Abend.

»Das war der Kampf gegen die Türken, um Bosnien und die Herzegowina, vor zehn Jahren, hat lang gedauert. Dorthin sollten wir uns wenden, südwärts, aus Deutschland haben sie uns doch schon 1866 rausgeworfen. Aber die Herren vom Komitee wissen das sicher besser.«

Wir fuhren in einer übervollen Tramway zum Naturhistorischen Museum.

*

»Božena, heut brauch' ich dich aber wirklich dringend! Sonst muss ich mir den Richard Wagner antun, bitte, bitte sei ganz pünktlich zurück! Ich soll mit der Mutter und der Schwester in die Hofoper gehen, aber du weißt ja inzwischen, wohin ich wirklich gehen werd'. Und da brauch' ich dich, gelt!«

»Fräulein Mary, wenn nur die Frau Baronin nichts bemerkt! Wenn sie es doch merkt, red' ich mich aus auf die Dame, die Sie immer abholt, ich hab nichts zu tun mit der Geschichte. Mein Vater darf es ja erst recht nicht wissen, der schlagt mich tot, wenn er's erfahrt!«

»Ist ja gut, Božena, ich helf' dir auch, wenn du einmal verliebt bist. Was macht denn übrigens dein Feschak, mit dem du neulich in dem Gasthaus warst?«

»Nicht den Kopf so viel bewegen, bitte zum Spiegel, fragen'S mich nicht nach dem ...«

»So sag schon, was ist denn mit ihm?«

»Fort ist er, ohne irgendwas, einfach fort. Dabei hat es gerade erst angefangen g'habt. Ich sag' Ihnen, Fräulein Mary, na, ich sag' Ihnen nichts, Sie sind ja verliebt, mit Ihnen kann man nicht reden über so was, den Kopf ruhig halten, bitte!«

*

»Oj, das war ein langer Abend. No servus, da schaut es aus, so ein schönes Hotelzimmer, dann schaut es so aus. Grand Hotel – war ich nie, ist jetzt auch egal, wenn nur der Kopf nicht so ... auweh! ... ich brauche jemanden, der mir hilft. Ich werde läuten. Wo ist denn – oje, mein Kopf – schnell wieder hinlegen, was macht man da? Daheim kein Problem, aber da, in der Fremde, was bin ich auch alleine losgezogen diesmal, kein Diener, kein Jancsi, kein gar nichts, so was Blödes, wer hilft mir jetzt? Da brauch' ich ja Stunden, bis ich in meinem komplizierten G'wand bin, vaterländisches, oje, mein Kopf. So, immerhin, jetzt hab ich geläutet. Wird bald wer kommen, dann wird es besser werden. Sitzen bleiben da, hab ich keinen Schlafrock? Ah da. Und was war überhaupt? Im Zug schönes Souper, gut, aber dann ... Ja, bitte hereinkommen. Nein, nicht Frühstück, bitte, irgendwas gegen Kopfweh, ich warte, ich bleib' da sitzen, aber nicht zu viel Zeit lassen, ich muss zum König, also, hier, bitte, zum Kaiser, na, halt, zu seinem Sohn, auch wurscht, ist eh schon draußen, was geht es ihn denn auch an, gar nichts. Und was war denn noch gestern Abend … Bahnhof, Fiaker, Hotel …? Nein, fehlt was, was fehlt? Ah, mein Kopf, verdammt! Na, hoffentlich hab ich nicht viel Blödsinn geredet, wo ist eigentlich mein Gepäck? Herein bitte! Haben Sie was – ja, gib her, bissel Wasser, nicht so viel, danke. Bitte, wo ist mein Gepäck?«

»Das Gepäck, Herr von Gáldy, hat der Fiaker, der Sie heraufgetragen hat, ins Depot gebracht, bitte sehr.«

*

»Meine Herren, bitte Platz zu nehmen. Es wird ernst. Die letzten Tage haben einiges verändert, wir müssen reagieren. Vor allem – wer weiß etwas über den Verbleib von Federico Bandiera und seinen Brüdern?«

»Ich habe, Herr Obizzi, ihn gestern Abend davonlaufen gesehen, als das Medium von zwei Männern gesprochen hat, die er möglicherweise als seine Brüder erkannt hat, ich kenne die beiden nicht.«

»Wie er davongelaufen ist, das haben wir alle gesehen, Herr Ramperstorffer, aber nicht, wohin, und wo ist er jetzt? Hat jemand von Ihnen an dieser Adresse Nachschau gehalten, dieses frühere Geschäft im vierten Bezirk?«

»Habe ich! Es ist leer, ich habe geklopft, habe versucht, hineinzusehen, es ist leer.«

»Wenn unser Medium gestern Abend recht gehabt hat, können wir den 22.Jänner aus unserem Kalender streichen, der abergläubische Kronprinz hat das ja ebenso gehört wie wir, und die Brüder Bandiera sind nicht zu finden. Was machen wir dann? Herr Vorlauf, bitte?«

»Meine Herren, es muss auf jeden Fall schnell gehen. Ich habe sichere Nachricht, dass Rudolf mit seiner Familie zuerst für einige Wochen nach Abbazia und dann nach

Lacroma reisen will. Dort erwischen wir ihn auf gar keinen Fall, auf einer Insel, und dann will er auf eine weite Reise gehen, irgendwas mit Naturwissenschaften wieder.«

»Wann soll das sein? Sie haben eine sichere Quelle?«

»Die habe ich, und es soll sehr bald sein.«

»Aber es ist doch sein Besuch in der deutschen Botschaft angekündigt, immerhin das erste Mal, dass sie den Geburtstag von unserem Kaiser Wilhelm feiern, am 27. Jänner.«

»Also, wenn Rudolf dorthin geht, das sollte mich wundern. Der Kaiser feiert in Berlin, trotzdem, wenn der österreichische Kronprinz an diesem Tag in der Botschaft erscheint, ist das eine Ehrenbezeugung. Und das macht er nicht für Wilhelm II. Vielleicht reist er schon vorher ab, in den Süden.«

»Also heißt es, sich zu beeilen. Die Brüder Bandiera wollen, nein, müssen wir fürs Erste vergessen. Weiter, was war das mit dem Ungarn gestern Abend, war jemand von Ihnen dabei?«

»Ja, Herr Obizzi, ich war dabei. Herr von Gáldy war sehr nett und gut aufgelegt – und sehr betrunken. Es waren ja noch einige von uns dabei, aber niemand aus dem Komitee, außer mir. Aber Zeugen gibt es also mehrere, nicht nur mich. Und ich war ja, im Gegensatz zu dem Herrn aus Ungarn, absolut nüchtern.«

»Ja, sehr interessant, Herr Ramperstorffer, aber was genau hat er denn gesagt? Immer kommen nur solche Andeutungen.«

»Er hat gesagt, was wir ja von anderer Seite schon gehört haben: Eine Gruppe von ungarischen Grundbesitzern, Adeligen, alle möglichen, wollen Rudolf die Krone von Ungarn aufsetzen und sich endgültig selbständig machen. Das hat er gesagt, nicht so wörtlich, aber so ähnlich, er war sehr betrunken. Dann war er bei Ilona, das ist die mit –«

»Danke, wir wissen, also Ilona?«

»Ja, bei Ilona, und er hat ihr alles noch einmal erzählt, wie wichtig er ist und so weiter. Und heute soll er verhandeln, ich weiß aber nicht, mit wem, oder wo und wann, man hat am Schluss nichts mehr aus ihm herausbringen können, er war zu betrunken. Wenn nicht sein Fiaker auf ihn gewartet hätte, schliefe er jetzt noch in der Heumühlgasse, im Notfallkammerl.«

»Gut, scheint nicht so wichtig. Jetzt das Dringendste: Wohin sind die Tempelbriefe gekommen?«

Es blieb still. Niemand gab eine Antwort.

»Wir haben den Weg rekonstruiert, Heumühlgasse, Vorlauf, ich, Bandiera, und dann? Wenn er sie mitgenommen hat, schauen wir gut aus! Die brauchen wir mehr als alles andere.«

»Ob nicht Herr Pinzenauer die Tempelbriefe hat? Federico war öfter bei ihm, ist ständig in Geldnot, vielleicht ... Aber wer weiß, sie könnten ja auch irgendwo versteckt sein, Bandiera hat sie seinen Brüdern zur Aufbewahrung gegeben, möglicherweise.«

»Herr Ramperstorffer, können Sie in dem leeren Geschäft der Brüder Bandiera nachsehen? Sie, als Schlossermeister?«

»Herr Obizzi, wird erledigt. Morgen Nacht, ich werde berichten.«

»Und wer fragt Herrn Pinzenauer? Ist er denn überhaupt in Wien?«

»Das ist nicht anzunehmen. Er kommt doch vor allem, wenn es warm ist, so ab April vielleicht, und geheiratet hat er auch erst vor kurzer Zeit, da müsst Ihr den Schellenberg fragen.«

»Ich werde mich hüten, Herr Vorlauf, der weiß jetzt schon zu viel!«

»Und Sie, Professor, Sie sind doch oft mit Schellenberg zusammen, wann kommt sein Schwager wieder?«

»Herr Obizzi, ich weiß von all dem überhaupt nichts, ich kenne auch den Herrn Pinzenauer nicht, weder von hier noch aus dem Hause Schellenberg, ich bin ja nie zu irgendwas eingeladen, ich weiß davon wirklich gar nichts.«

»Herr Professor, was halten Sie von dem Gedanken, diesen Arzt aus England, diesen Watson, mehr einzubeziehen? Er würde gerne in Wien bleiben, man könnte ihm helfen, er kann aber genauso ganz plausibel jederzeit verschwinden. Einen Arzt können wir immer brauchen, Morphium, Heroin, Kokain? Bitte darüber nachzudenken! So, meine Herren, also in Erfahrung bringen, wann Pinzenauer wieder hier ist, die Tempelbriefe finden, den Termin von Rudolfs Reise in den Süden herausbringen, wir müssen sehr bald wieder zusammenkommen, nur das Komitee, nicht alle! Danke, meine Herren!«

*

Als ich wieder in meinem Zimmer war, Holmes in dem seinen nicht gefunden hatte und auch zu Füßen des Dinosauriers alleine saß, zog ich Bilanz. Vieles war mir unverständlich. Holmes würde sicher ebenso wie ich ratlos sein. Er hatte ja, schon durch die Barriere der Sprache, noch weniger Zugangsmöglichkeiten als ich. Eigentlich eine seltsame Idee, ausgerechnet uns beide nach Wien zu bitten! Es zeigte sich doch ganz klar, dass wir kaum etwas tun konnten.

Da sollte der Tag eben auf andere Weise genutzt werden. Ich beschloss, ins Café Sperl auf eine Billardpartie und einige Zeitungen zu gehen.

Vom Nebenraum war ein Geräusch zu hören, der Freund kam zurück.

»Darf ich Sie stören, Holmes? Ich bin gerade intensiv dabei, nachzudenken, was ich hier in Wien Sinnvolles tun könnte. Ist Ihnen nicht schon langweilig? Sie können ja, ebenso wie ich, kaum etwas zur Lösung dieses Problems beitragen, das uns hierher gebracht hat.«

»Ja, das stimmt schon, wenn auch ... Zuerst – hier ist
Ihr Geld, Sie waren sehr freundlich, Watson, und haben
ein besseres Herz bewiesen als die meisten Wiener.«
»Welches Geld? Ich habe Ihnen nichts gegeben, was für
Geld?«
»Das wissen Sie nicht mehr? Eigenartig, vor ganz kur-
zer Zeit.« Und Sherlock Holmes zog ein Schild aus seiner
Manteltasche mit der Aufschrift »78/79. Danke!«
Ich staunte, dass ich über Holmes immer noch staunen
konnte, auch heute noch.
»Sie haben wieder einmal meine Bewunderung! Bevor
ich lange nachdenke, wie macht man so etwas? In London
kein Problem, aber hier? Woher das Kostüm, die Drehorgel, das Schild, das Wissen?«
»Watson, Sie werden doch gewiss zumindest schon
gehört haben von jenen Agenturen, die von Glasgow bis
London alles vermieten, damit man als Bettler zu Erfolg
kommt? Warum soll es das nicht auch in Wien geben,
dachte ich, und wenn ich unauffällig beobachten will,
kann der Mitleidseffekt mit dem invaliden Veteranen mir
nur helfen, und ich muss auch nicht sprechen, wenn ich
in dem Feldzug nach Bosnien 1878 eine Kieferverletzung
davongetragen habe. Zudem – es ist Karneval, also Kos-
tümverleih Hofer, Wien V., Margaretenstraße. Hier ist die
Adresse, falls Sie etwas benötigen.«
»Danke. Und warum? Hat es etwas gebracht, außer ein
wenig Geld in einer Blechbüchse?«
»Das übrigens die Spesen bei weitem nicht gedeckt
hat, man hat mir nicht viel gegeben. Ja, es hat, meine ich,
viel gebracht. Gestern stand ich gegenüber dem Haustor
Rothenturmstraße 31, ich habe eine Menge Herren und
einige Damen hineingehen und herauskommen gesehen,
habe mir viele Gesichter gemerkt, und habe heute eine
große Zahl wieder erkannt, heute allerdings nur Männer.«

»Nun kennen Sie zwar Gesichter, aber nicht die Namen, oder?«

»Manche Namen habe ich bereits gehört. Andere werden Sie und Herr Dr. Schellenberg mir nennen, und ich bin ja sehr lange im Schnee gestanden. Mir ist dabei manches aufgefallen, das nur ein absolut Unbeteiligter, Unverdächtiger wie ich bemerken konnte. Wussten Sie, zum Beispiel, dass man Ihnen gefolgt ist? Das hat mir noch wenig Sorgen gemacht. Aber eine Stunde nach Ihnen kam unser Professor Siebenrock aus dem Haus, und auch ihn hat man verfolgt. Ich habe die Verfolger verfolgt, bis hierher ins Museum!«

»In dieser Kostümierung? Und zu Fuß?«

»Siebenrock legte den Weg zu Fuß zurück, seine Verfolger ebenso, und daher auch ich. Es waren drei kräftige Männer, zwei von ihnen in sehr einfacher Kleidung, der dritte offenbar der Capo, und sie wollten ihm noch weiter nachgehen, hier ins Haus. Ich habe sie in meinem hinkenden Gang überholt und habe das Tor zugeworfen. Die Drehorgel habe ich auf dem Weg versteckt, ich muss sie jetzt holen und mit dem Rest meines Kostüms zurückgeben. Ein drittes Mal kann ich in diesem Aufzug ohnehin nicht mehr auftreten.«

»Dann wollen wir jetzt Professor Siebenrock aufsuchen und mit ihm über die Leute sprechen, die heute in diesem sogenannten Komitee waren, wo ich ja nicht mehr dabei war, Schellenberg auch nicht. Ich gehe jetzt in Siebenrocks Amtsräume, er vertritt den abwesenden Hofrat.«

Holmes hatte sich, mit seiner perfekten Begabung für Physiognomien, die Gesichter gemerkt. »Ja, ich kann auch einige beschreiben, ich kenne manche Namen. Was wird das aber bringen?« – »Das überlassen Sie mir, welche Namen?«

»Vor allem Obizzi, der Name des Mannes, der dort das Kommando führt. Puchhaim, immer wieder. Schellenberg weiß da natürlich mehr, ebenso Professor Sieben-rock.«

»Und ich hinter meiner Drehorgel habe gehört, wie jemand ›Vorkauf‹ gerufen wurde, oder ›Vorlauf‹.« – »Holmes, da bin ich ganz sicher, habe ich dort auch einige Male gehört – er heißt Vorlauf. Und wer sind diese Leute? Sie sehen nicht aus wie Gangster, nicht wie hauptberufliche Revolutionäre, sie sehen eigentlich bieder aus, wer sind sie? Wir müssen da endlich einen Schritt nach vorne machen, wir gehen aber mittlerweile im Kreis.«

Ich war bei diesem Fall an sich und besonders an diesem Tag skeptisch, hoffnungslos. Und dass ich jetzt Siebenrock nirgendwo finden konnte, man mir zudem auch sagte, er sei nicht zurückgekommen, steigerte meine Unlust, mich mit dieser aussichtslosen Sache zu befassen. Ich rief Heinrich an, bat ihn um ein Treffen und wartete in der Universitätsklinik, bis er Zeit hatte.

»Heinrich, wir sind auf der Suche nach der Identität dieser Leute. Einige Namen wissen wir, hast du eine komplette Liste?«

»Nein, das ist gar nicht möglich. Lange Zeit, vielleicht ein Jahr, ist dieser Kreis ständig gewachsen. Wenn wir uns getroffen haben, zu Beginn nur zu geselligen Abenden, Musik, Kartenspiel, Billard. Da hat oft der eine diesen, der andere jenen mitgebracht, das hatte keine Form. Erst mit Schönerer und seiner alldeutschen Richtung ist es losgegangen. Manche sind nicht mehr gekommen, andere waren nur da, um zu diskutieren und gegen die neue Linie zu reden. Wieder andere haben sich gefunden, um eine Reise nach Berlin vorzubereiten, da ist es sehr durcheinandergegangen. Dann kam Georg von Schönerer nach dem Skandal ins Gefängnis, du weißt, warum? Er hat in der Redaktion vom »Neuen Wiener Tagblatt« alles kurz und klein gehauen, vor allem die Redakteure, er mit einigen Spießgesellen. Das »Tagblatt« hatte den Tod von Wilhelm I. um drei Stunden zu früh gemeldet, da hat Schönerer den gerächt, den er ›seinen Kaiser‹ nennt. Und jetzt haben wir den Obizzi, die Sache hat mehr Zug. Es sind nicht mehr so viele Teilnehmer bei den Sitzungen, die aber sind entschlossen und radikal. Bis auf die Schwankenden, wie ich einer war, bevor ich gemerkt habe, wohin das geht.«

»Alles verstanden, ab jetzt weniger reden, mehr handeln. Die Namen, soweit du sie kennst, bitte schreib sie auf, für Holmes.«

Schellenberg setzte sich, er schrieb eine kurze Liste und gab sie mir. Ich machte mich damit in Eile auf den Rückweg zu Holmes, der in der Zwischenzeit seine Veteranenverkleidung und die wiedergefundene Drehorgel abgegeben hatte. Ich fand ihn vor dem langen Tisch im Naturhistorischen Museum, der mittlerweile von Büchern übersät war. Da lagen historische Bände, ein Telefonverzeichnis, ein Amtskalender von 1888, ein Militäralmanach.

»Watson, danke, nun noch Photographien, so viel wie nur möglich, wenn es geht, Porträts, aber auch Gesellschaftliches, Kongresse, was immer geht, bitte.« Und wieder rief ich Heinrich an und bat um Hilfe. Dann ging ich auf altvertrautem Weg über die Mariahilfer Straße bis zur Ecke Capistrangasse. Dort hatte ich das Atelier eines Gesellschaftsphotographen in Erinnerung.

»Guten Tag, ich möchte zur Erinnerung an Ihre schöne Stadt einige Bilder nach London mitnehmen, die mich die herrliche Atmosphäre nicht vergessen lassen werden.«

»Mein Herr, Sie denken da an Landschaften und Gebäude?«

»Ja, gewiss, aber auch an Volksfeste, Eindrücke von Pferderennen, Eröffnungen, an alles einfach.«

»Manches darf ich Ihnen nicht anbieten, weil es sich um Aufträge von Familien handelt, die nicht zum Handelsobjekt werden wollen, aber vieles kann ich Ihnen zeigen.«

Wir vereinbarten, dass ich eine Anzahl von Bildern gegen eine Kaution mitnehmen könne und, wenn ich mich entschieden hatte, die übrigen zurückbringen würde. Ich kehrte mit reicher Beute heim. Schellenberg war schon da, mit Photoalben und einer prächtigen Schatulle aus Holz.

»Zu den Namen kann ich inzwischen einiges berichten.« Holmes strahlte vor Jagdlust. »Zuvor lassen Sie uns die vielen Photographien ansehen.«

Der lange Tisch wurde abgeräumt. Gläser, Bücher, alles stellten wir in die umstehenden Regale, und eine lange Reihe von Photographien wurde von Schellenberg und mir auf die Holzplatte gelegt.

»Nun wollen wir sehen, wen wir erkennen ... Wer ist der hier?«

»Obizzi.«

»Mhm. Und diese Männer? Habe ich durch den Schnee gehen gesehen, sehen hier auf der Jagd etwas anders aus, aber sie waren dort, auch in der Rothenturmstraße, der auf dem Wagen und der hier.«

»Sie heißen Ramperstorffer und Siebenbürger.«

»Wir kommen ja weiter. Was ist das für ein Fest?«

»Da waren einige von uns, Polterabend des Bräutigams meiner Schwester.«

»Da sind Sie selbst, Doktor, und wer –«

»Mein Bruder, vor ihm mein Vater. In der Mitte der Bräutigam, Herr von Grohtefenz.«

»Das ist interessant, zu ihm wollen wir gleich zurückkehren. Noch einen erkenne ich, wo ist das Bild jetzt, da, nein, der hier!«

»Er heißt Francopane, kommt aus Istrien.«

»Dann lassen Sie uns einmal über die Namen sprechen. Sie heißen Schellenberg, ebenso wie Ihr Bruder und Ihr Vater?«

Heinrich sah mich beunruhigt an. »Selbstverständlich, wie sonst?«

»Das ist eben gar nicht selbstverständlich. Herr Pinzenauer heißt auch anders, ebenso wie Herr Francopane.«
»Wozu aber, was heißt das?«
»Wir sind dabei, das zu klären, bleiben wir bei den Namen. Ich habe auf meiner Liste: Pinzenauer und Francopane, ist besprochen, Schellenberg, Siebenrock, beides klar. Sodann – Ramperstorffer, Vorlauf, Siebenbürger, Bandiera, Puchhaim, Obizzi, Zrinyi.«
»Das Komitee, Ausnahmen mein Name und der von Siebenrock. Manchmal lässt die Gruppe einen Gast zu, wenn es um Fachliches geht, wenn sie etwas Spezielles brauchen. Aber diese neun Herren sind das Komitee.«
»Und nicht einer von diesen neun trägt seinen wirklichen Namen.«
Wir starrten Holmes an. Er schien den Moment zu genießen.
»Sie alle nennen sich nach Feinden des Hauses Habsburg. Vielleicht gibt es da noch mehr in ihren Reihen, weiß ich nicht. Aber blättern Sie in diesen Geschichtsbüchern und Sie finden sie alle. Zrinyi und Francopane – nach einem Aufstand hingerichtet, Adelige aus dem Süden, die Familien sind ausgestorben. Siebenbürger, Vorlauf, Ramperstorffer, revolutionäre Wiener Gemeindeväter, zwei von ihnen Bürgermeister, hingerichtet alle drei. Puchhaim – hat Kaiser Friedrichs Frau ausgeraubt, Maximilians Mutter, er wurde hingerichtet, und Pinzenauer – Maximilians Gegner beim Kampf um Kufstein. Die Brüder Bandiera waren in der Geschichte nur zwei, ihr dritter Mitverschwörer war ein gewisser Moro, alle aus Venedig, hingerichtet 1819.«
»Einer fehlt: Obizzi! Wie er wirklich heißt, weiß ich. Aber was bedeutet Obizzi?«, fragte Heinrich.
»Ist auch ein Pseudonym, aber anderer Art. Ein Marchese degli Obizzi war um 1700 Kommandant der Stadtguardia, einer Art von früherer Polizei, und damit betont

der Rausgeflogene seine Stellung als ehemaliger hoher Polizeioffizier. In Wirklichkeit heißt er Novak von Neuburg.«

Es klopfte. Schellenberg öffnete die Türe. Ein Amtsdiener in Uniform stand da, ein Kuvert in der Hand. »Bitte, können Sie mir vielleicht sagen, wo ich Herrn Professor Siebenrock finden kann, ich habe schon überall gefragt!«

»Leider nein, wir haben ihn auch schon gesucht.«

»Dann entschuldigen Sie bitte die Störung.«

»Ist die Türe wieder gut geschlossen? Also, wir haben die Identität von einem, und wer steckt hinter den anderen?«

»Weiß ich zum Teil. Der sich Francopane nennt – hier ist das Bild, das ist er doch? – heißt tatsächlich Lovro von Ivicic und war Major in einem Husarenregiment. Er hat sich offenbar nicht wirklich etwas zuschulden kommen lassen, aber er scheint plötzlich im Militärschematismus von 1887 nicht mehr auf. In Prag hat er die Nähe des Kronprinzen gesucht, war mehrfach mit ihm beisammen, auf der Jagd, in Gesellschaft. Da sieht man ihn auf einem Tennisplatz.«

»Und in der Mitte dieser Offiziersgruppe links der junge Kronprinz Rudolf!«

»Neben Ihrem Kronprinzen Edward! Sehen Sie doch!

»Ja, ich sehe es. Dieser Francopane/Ivicic ist sehr stolz auf diese wirkliche oder vorgebliche Nähe. Als er vor mir im Schnee stand, hat er einem anderen, den ich leider auf keinem der Bilder sehe, erklärt, er werde bald alles über Rudolfs Reise in den Süden wissen.«

»Holmes, Sie wissen noch mehr?«

»Ja. Die sogenannten Brüder Bandiera, sie heißen Molinari, wenigstens die Vornamen sind ihre wirklichen: Federico, Giuseppe, Giovanni. Anarchisten seit vielen Jahren, bei allen einschlägigen Kongressen anzutreffen, immer in Geldnot und deshalb für alles zu haben. Vor Jahren hatten sie es in Prag schon einmal auf Kronprinz Rudolf abgesehen, das ist ihnen damals missglückt, das haben Sie mir selbst erzählt, Dr. Schellenberg. Und dieses Mal ja offenbar abermals, sie sind alle drei geflüchtet, sicher nach Italien, bezahlt von Pinzenauer.«

»Und wie heißt Herr Pinzenauer in Wahrheit? Sie wissen es doch?«

»Herr Dr. Schellenberg, bleiben wir noch bei den Photos. Wo ist das Bild mit diesem – wie? Hochzeitsabendgepolter ...?«

»Polterabend. Hier ist es.«

»Ja. Also, ich werde Ihnen jetzt vielleicht wehtun. Der hier ist Pinzenauer.«

Heinrich starrte das Gesicht an. Es blieb still.

»Das ist mein Schwager.«

»Das hatte ich befürchtet.«

»Der Mann meiner Schwester Eva – Roderich von Grohtefenz!«

»Der Hauptfinanzier dieser ganzen Teufelei!«

Es blieb für einige Minuten still. Man konnte geradezu spüren, wie wir alle drei nachdachten.

Dann sagte Heinrich Schellenberg: »Wir müssen unbedingt Siebenrock finden. Er hat vielleicht den Schlüssel für alles Weitere. Er hat an der Komiteesitzung teilgenommen.«

»Und deshalb mache ich mir um ihn Sorgen. Warum haben sie ihn verfolgt, diese beiden Männer mit ihrem Capo? Dessen Namen wir ja nun auch kennen: Pinzenauer-Grohtefenz.«

Schellenberg schloss vor Schreck die Augen. »Niemand von uns weiß, dass er in Wien ist! Warum? O Gott, was machen wir jetzt?«

»Wir durchsuchen das Haus, das ganze Museum.«

»Zu dritt? Das riesengroße Gebäude?«

»Wir machen Gebrauch von der Hilfe der Bediensteten, der Wärter, des Portiers, des wissenschaftlichen Personals.

Siebenrock ist hereingekommen, er muss also hier sein, irgendwo. Gehen wir zum Haupteingang, los, meine Herren, bitte.«

*

Božena versah den Dienst in der Portierloge des Palais in der Salesianergasse. Das war eigentlich die Aufgabe ihres Vaters, aber der hatte sich beim Holzhacken für seinen Ofen verletzt, und war für eine Stunde im Spital. Der Dienst war an diesem Abend nicht schwer, es ging nur darum, zu beobachten, ob jemand vorfuhr, etwas gebracht wurde, Božena konnte jederzeit den Diener holen.

Ihre Freundin Agnes fehlte ihr. Die beiden Mädchen hatten so viel Spaß miteinander gehabt, sie hatten einander alles erzählt, das ließ sich nicht mit den Gesprächen vergleichen, die das gnädige Fräulein seit einiger Zeit so gerne mit Božena führte. Es war ihr auch nicht angenehm, so vieles wollte sie gar nicht wissen, und sie musste ja auch immer sofort versprechen, niemandem etwas zu sagen. Halt irgendein besonders eindrucksvoller Liebhaber, aber das Fräulein Mary sollte doch diesen Prinzen heiraten, wenn das jetzt herauskam! Gut, es war wahrscheinlich die letzte Gelegenheit vor einer langen, vielleicht sehr langweiligen Ehe mit einem doch viel älteren Mann, Prinz hin, Prinz her.

»Hoffentlich kommt der Vater bald«, dachte Božena. »Dann kann ich mich um Fräulein Mary kümmern, dann geht die Baronin mit der älteren Tochter in die Hofoper, und wenn die Mary weg ist, kann ich auch weg. Ich werd' doch auch wieder einen netten Herrn finden, hoffentlich, nach dem windigen Italiener.« So oft hatte sie schon daran gedacht, ob die Agnes sich wirklich wegen des schlechten Gewissens umgebracht haben kann, weil sie den Matrosen betrogen hat. »Kann ich mir nicht vorstellen«, dachte Božena immer wieder. Es war ja noch nicht einmal ein

– 202 –

Ehebruch, waren ja nicht verheiratet, die zwei. Und dann hat die Polizei gefragt, ob sie, die Božena, sich vorstellen kann, dass der Beppe die Agnes nackert aus dem Fenster geworfen hat?

»Aber woher denn«, hat sie immer wieder geantwortet, »auf was hinauf?« Mit der hätt' er doch jetzt wochenlang sein' Spaß g'habt, wenn er wollen hätt'. Der Matrose ist ja irgendwo auf dem Meer, auf der hohen See, wie man sagt. Ach, was weiß denn ich. Wenn nur das Fräulein Mary keinen Blödsinn macht!«

Der Vater kam nach Hause, mit verbundener Hand, er legte seine punkvolle Livree an mit dem langen Mantel, dem Zweispitz, dem großen Stab, und versah seinen Dienst am Tor.

Bald danach sah Božena, dass der unnummerierte Fiaker mit der schönen Dame, dieser Gräfin – »Immer vergess' ich den Namen« – wie heißt sie jetzt, Ladisch, glaub' ich, vor dem Palais hielt, die Baronin und das Fräulein Hanna sind in großer Abendtoilette eingestiegen und abgefahren in die Dunkelheit. Der Vater hat seinen ganzen Stolz wieder vorsichtig aufgehängt in den Kasten in der Portierloge, und währenddem ist das Fräulein davon geschlichen, na, halten wir die Daumen, dass sie vor der Baronin wieder im Haus ist!

Mary lief den vertrauten Weg, wohlweislich nicht vorne an der Lastenstraße, sondern hintenherum bis zur Traungasse, weiter in die Marokkanergasse, und da stand schon, pünktlich wie immer, der Bratfisch. Er wartete vor dem Wagenschlag, half ihr beim Einsteigen, schloss die Türe mit dem heruntergezogenen Vorhang und fuhr los. Er hatte sie nur knapp gegrüßt, nicht, wie sonst die Fiaker oder die Herrschaftskutscher die Baronessen grüßen. Er war nicht gut auf sie zu sprechen. Das hatte er ihr neulich sogar in kurzen Worten auseinandergesetzt. Sie möge sich doch nicht unglücklich machen, hat er ihr gesagt, er, Josef

Bratfisch, habe eine Tochter, die Antonia. Und wenn man einmal Vater einer Tochter ist, dann ist man der Vater aller Töchter, hat Angst um alle, auch um solche, die Baronessen sind. Sie soll g'scheit sein! Mary hat gewartet, bis es vorbei war, und Schluss.

Flott fuhr der Fiaker durch die Stadt, bis zur Albrechtsrampe war es zudem nicht weit, er hielt oben, auf der Höhe des ersten Stockwerks des Palais, und dort wartete schon der treue, zu Marys Beruhigung stets schweigende Loschek, und brachte sie durch einen langen Gang ins Glück.

»Siebenrock! Siebenrock!!« Laut rief Heinrich den Namen des Freundes über das leere Dach des Museums. Es war zwar Winter, aber wenn man Sehnsucht hatte, die Stadt von oben zu sehen, mit all den Lichtern, dann war das auch jetzt ein Erlebnis, freilich ein gefährliches.

»Herr Professor! Herr Professor!« Die Stimme des Portiers, die ihm so viele Jahre als Wachtmeister bei der Artillerie gedient und gute Dienste geleistet hatte, musste doch auch in diesen riesigen Depots ihre Wirkung tun können, gelernt ist gelernt. Aber der Portier des Museums blieb ohne Antwort.

Sherlock Holmes und Doktor Watson spazierten, wie Museumsbesucher das eben tun, von Saal zu Saal, von Vitrine zu Vitrine.

»Was denken Sie, Watson?«

»Dasselbe wie Sie, Holmes. Ich mache mir Sorgen.«

»Er muss ja hier im Haus sein, er wäre ja verrückt, diese Sicherheit zu verlassen, wenn er sich bedroht fühlt. Und wenn er bemerkt hat, dass man ihn verfolgt, fühlt er sich mit Recht bedroht.«

»Alles, was es an Keller und Depots und Büros gibt, hat man durchsucht. Vielleicht, Holmes, ist er ja doch durch irgendeinen anderen Ausgang hinausgekommen. Und vielleicht fühlt er sich ja gar nicht bedroht und weiß nicht einmal, dass man ihn verfolgt hat. Was kann man denn überhaupt von ihm wollen?«

»Watson, also bitte! Da kommt dieser reiche Grohtefenz nach Wien, seine Verwandten wissen nichts davon, der innere Kreis seiner Kumpanei weiß nichts davon, also steckt irgendetwas Massives dahinter. Er muss sich doch sogar seiner Frau gegenüber tarnen, die würde doch sonst gerne in ihre Heimatstadt mitkommen wollen, nicht?«

»Ja. Klar. Logisch.«

Wir gingen durch die Westindische Abteilung. Meine Erinnerungen an Afghanistan, an Indien wurden wach, immer, in solchen Situationen, kein Wunder, das geht uns allen so. Wer dem Zauber dieser Länder nicht rechtzeitig entkommt, bleibt. Meine Beinverletzung hatte das verhindert. Mein Interesse ist geblieben. Ich betrachtete die köstlich gestalteten Schaukästen, ausgestopfte Krokodile, ein Tiger, Gurkhas in ihren bunten Uniformen, ein britischer Gelehrter mit Tropenhelm und dicken Brillen ...!

»Holmes, ganz ruhig, gehen wir weiter bis zu diesem Kaimanpräparat, zu dem wir uns nun beugen. Links steht Siebenrock in der Vitrine. Seine Augen verfolgen uns, er lebt also.«

Wir gingen zurück, vorbei an einer Gruppe mit dem kurzsichtigen Wissenschaftler. Ich lächelte ihm zu, ich nickte, er schien es verstanden zu haben. Und wir verließen das Museum, das in wenigen Minuten geschlossen werden sollte.

Vor dem Denkmal für Maria Theresia hatte sich eine sehr große Menschenmenge versammelt.

Schwarz-rot-goldene Fahnen wurden geschwenkt, ein Lied wurde gesungen, das ich noch nie gehört hatte.

»Das ist doch eine deutsche Fahne, Holmes, was für ein Lied ist das?«

»Weiß ich nicht, unwichtig, kommen Sie. Gleich treffen wir Schellenberg wieder, er weiß das alles. Kommen

Sie, die Zeit drängt: Hinein in unsere Behausung, bevor die Museumsbesucher oder diese Leute am Denkmal uns bemerken.«

Schellenberg hatte diese Versammlung ebenso in Verdacht gehabt wie wir, er kannte das Lied, die »Wacht am Rhein«. Aber wieso gerade hier der Rhein bewacht werden sollte, war uns im Moment nicht so wichtig. Wir hatten alle drei nur den einen Gedanken, wie wir Professor Siebenrock aus seinem Schaukasten wieder herausbringen könnten. Rätselhaft genug, wie er da hineingekommen sein mochte.

Das aber konnte Siebenrock uns bald erklären. Er erschien unerwartet kurz nach uns unter dem Dinosaurier, und er schien Vergnügen an seiner Schlauheit zu finden.

»Die haben mich quer durch die Stadt verfolgt, ich immer schneller, ich nehme andere Wege, ein Durchhaus, noch eines, sie sind immer wieder da, hinter mir, müssen die Stadt sehr gut kennen. Ich komme endlich zu unserem Eingang Ringstraßenseite, sie beginnen mir den Weg abzuschneiden, da springt von links ein Invalide – das müssen Sie sich vorstellen! – ein Invalide in einer uralten Infanterieuniform vor, reißt die Tür auf, ich hinein, er haut zu, sperrt ab, die drei stehen da draußen. No, ich wie vom Teufel gejagt die Stiege hinauf, lauf in mein Direktionszimmer, habe im ersten Stock zu tun, stehen die wieder da! Ich habe mir den Tropenhut genommen, Brille hab ich eh immer, öffne die Vitrine wie schon so oft, und über den Tigerkopf hüpfe ich auf den einzigen Ast, von dem ich weiß, er hält mich, den habe ich ja selbst dort anbringen lassen, war für eine Schlange gedacht, Boa ...«

Er sank auf einen Stuhl. »Hab ich Angst gehabt! Der Pinzenauer!«

»Jetzt bleiben Sie gleich sitzen, Professor, Sie sind in Sicherheit. Der Invalide mit der alten Uniform, das war ich. Ganz ruhig, ganz ruhig. Geht es wieder?«

Siebenrock hielt die Erklärung, wer dieser Invalide gewesen sei, für die witzige Bemerkung eines schrulligen Briten. Er lächelte nur.

Heinrich Schellenberg war bleich, er schien sich für seinen Schwager verantwortlich zu fühlen.

»Was kann denn der Pinzenauer von dir wollen …?«

»Die Tempelbriefe.«

Das war für Holmes und mich ein gänzlich neuer Begriff. Nicht aber für Heinrich.

»Warum denn von dir?«

»Im Komitee haben sie davon gesprochen, die Briefe sind jetzt aus irgendeinem Grund wahnsinnig wichtig. Sie sind nicht mehr zu finden, und sie werden dringend gebraucht.«

»Bevor es so weitergeht, wir beide verstehen gar nichts – was sind das für Briefe, diese Tempelbriefe? Religion, Templerorden, Freimaurer??«

»Nein, ganz etwas anderes. Das wird nicht einfach, setzen wir uns doch, bitte.«

Und Heinrich erzählte. Der Tempel, der diesen Briefen den Namen gab, war der Husarentempel, ein Denkmal in Mödling, südlich von Wien.

Ein Feldmarschall namens Liechtenstein war im Kampf gegen Napoleon gerade noch davongekommen. Als Dank an sein Husarenregiment und für dessen Taten hatte er zwölf seiner Reiter prunkvoll beisetzen lassen und über dem Grab einen runden Tempel erbauen lassen, den Husarentempel.

»Bis jetzt ist es noch einfach zu verstehen, ich mache es kurz. Kronprinz Rudolf hatte einmal die Absicht, sich das Leben zu nehmen. Das wurde vom Komitee in Erfahrung gebracht, wurde zumindest sehr unterstützt, angeblich sogar initiiert. Wir hatten damals die Information, diese Mizzi Caspar, die Schönheit aus der Heumühlgasse, bei der er Stammgast war und noch immer ist, wäre eventuell auf unserer Seite. Ihr Bordell ist gut gegangen, der deutsche Kronprinz war Stammgast –«

»Was, der jetzige Kaiser Wilhelm II.? Stammgast?«

»Ja, er hat sich immer das Geld vom Rudolf geborgt. Also Mizzi Caspar hat das Vertrauen von Wilhelm. Die damals schon sehr alldeutsch gewordene Runde hat gedacht, sie gehört zu uns, kein Problem. Haben die geglaubt.

Mit ihr gemeinsam wollte Rudolf sich das Leben nehmen, im Husarentempel, einem Symbol für ein gutes Österreich. Aber sie war es, die Rudolf von der Idee abgehalten, den Selbstmord verhindert hat, und sie hat in ihrem Schreibtisch seine Abschiedsbriefe eingesperrt.«

»Schreibtisch, Mizzi Caspar, bitte, Heinrich, weder Holmes noch ich wissen, was du da meinst. Was ist die Heumühlgasse?«

Irritiert sah Heinrich mich an.

»John, du hast mir selber erzählt, dass du in diesem vornehmen Stoffgeschäft die Caspar gesehen hast, erinnere dich doch! Und die Heumühlgasse 10, das ist eine der wichtigsten Adressen von Wien. Gerade die kennst du nicht? Das ist nicht die Zeit für Witze.«

»Dr. Schellenberg, wir wissen das nicht, bitte um eine Information. Die Zeit drängt, die Angelegenheit spitzt sich zu.« Und ich bewunderte Holmes, der zum ersten Mal ohne jede Übersetzungshilfe gesprochen hatte.

Heinrich und Siebenrock beantworteten unsere Fragen. Die Heumühlgasse und ihre allnächtliche Funktion hatten wir nun verstanden. Jetzt diese Tempelbriefe – Professor Siebenrock referierte mit wissenschaftlicher Akribie.

»Sie müssten tatsächlich Husarentempelbriefe heißen, da sie nach dort erfolgtem Selbstmord als Abschiedsbriefe an mehrere Personen gedacht waren. Doch zum Selbstmord kam es wie gesagt nicht, die Caspar brachte den Kronprinzen zurück in die Stadt und hat sich um ihn gekümmert, wirklich rührend gekümmert. Die Briefe hat sie fürs Erste in ihren Schreibtisch gesperrt. Sie ist zum Wiener Polizeipräsidenten gelaufen, hat ihn um Hilfe gebeten, hat von der Selbstmordabsicht des Kronprinzen erfahren. Novak, jetzt Obizzi, noch in Amt und Würden, hat das alles natürlich mitverfolgen können, hat die Briefe aus dem Schreibtisch stehlen lassen und hat sie im Komitee jemandem anvertraut. Dem Komitee war also klar, dass mit Caspars Hilfe nicht zu rechnen sei. So hat man auf andere Wege gesonnen, wie man Rudolf weg bringt.«

»Danke, Herr Siebenrock, jetzt sind wir wieder im Bild. Der Plan mit dem Schuss bei Gelegenheit dieser Gedenktafelenthüllung ist gescheitert, weil die drei Italiener geflohen sind. Der Plan, den Kronprinzen zum Selbstmord zu drängen, auch mit Hilfe von Drogen, den gibt es nicht mehr?«

»John, es muss ihn noch geben, denn diese Tempelbriefe erfüllen nur so ihren Sinn. Wozu hätte man sie aufheben und verstecken sollen, wenn nicht dafür?«

»Klar, begriffen. Weil man selbstverständlich einen als Selbstmord getarnten Mord mit diesen Briefen weit besser vortäuschen kann als ohne sie. Wo sind die Briefe jetzt?«

»Ich habe sie«, sagte Professor Siebenrock.

»Wie sind sie zu Ihnen gekommen, woher?«

»Pinzenauer wollte sie in der Hand haben, um bei Gelegenheit Druck auf das Komitee auszuüben. Dieser Gefahr für seine Entscheidungsfreiheit wollte Obizzi sich nicht aussetzen. So hat er die Briefe mir übergeben, informiert davon war nur Federico, der sie ohne Risiko hätte holen können, wenn ich aus irgendeinem Grunde ausfiele. Er selbst, Obizzi, kam dafür ja nicht in Frage. Ganz Wien kennt seine auffallende Erscheinung.«

»Wo aber sind sie denn nun, diese staatsbedrohenden Briefe?«

»An einer Stelle, die auch jemandem zugänglich ist, der

nichts mit der Leitung dieses Haus zu tun hat, nicht hier arbeitet. Da war ich, glaube ich, ausnahmsweise ganz kurz genial. Sie haben mich doch vorhin entdeckt, als ich mich vor Pinzenauer und den zwei Komplizen versteckt habe? Im Kopf des Tigers.«

»Da kommt man aber doch nicht hinein, wenn man nicht den Vitrinenschlüssel hat?«

»Doch, doch, man kommt hinein. Es ist nie abgesperrt, mancher Aufseher stellt dort im Tropengebüsch seine Tasche mit dem Jausenbrot ab. Niemand käme auf den Gedanken, dort könnte etwas Wichtiges versteckt sein.«

»Jetzt möchte ich auch noch etwas sagen, das mir sehr wichtig scheint, bevor wir diese Sitzung beenden.« Mein alter Freund bekam einen geradezu feierlich-offiziellen Ton.

»Unser Herr Mayerhofer hat mich aufmerksam gemacht, dass er den Leibfiaker des Kronprinzen beobachten werde, er bereite ihm Sorgen. Wenn Sie alle einverstanden sind, kümmere ich mich darum.«

»Tu das bitte, Heinrich. Und Sie, Professor Siebenrock, verlassen um Gottes Willen dieses Gebäude vorderhand nicht! Sie sind doch meiner Meinung, Holmes?«

»Jaja, bin ich, Doktor!«, antwortete Holmes, halb in Gedanken versunken, »Kommen Sie Watson, Zigarre, Pfeife, nachdenken.«

Wir setzten uns in Holmes Zimmer und versuchten weiterhin, Klarheit in die aktuelle Lage zu bringen. Was war das Ziel? Den Mord am Thronfolger zu verhindern. Und die potentiellen Täter aufzuspüren, und auf diese Weise künftige ähnliche Ideen unmöglich zu machen.

Konnten wir das erreichen? Für den Augenblick – ja. Nicht für alle Zeiten, da war die Politik zuständig.

Was haben wir bis jetzt erreicht? Drei der Verschwörer sind offenbar auf der Flucht. Ein Plan wurde vereitelt, der 22. Jänner mit der Tafelenthüllung.

Wir kennen ein Ziel, das wir schützen müssen, den

Kronprinzen, und ein zweites – Professor Friedrich Sie-
benrock. Und wir kennen unsere Gegner, wenigstens zu
einem großen Teil. Können wir offensiv werden? Den
Kronprinzen warnen? Mit ihm überhaupt auf irgendeine
Weise Kontakt aufnehmen? Rudolf bereitete eine weite
Reise in den Süden vor, hatte wissenschaftliche Pläne.

»Watson, es ist ungemein befriedigend, ein Schwerver-
brechen aufzuklären. Hier aber haben wir den Fall, dass
wir eines verhindern wollen. Das zwingt mich zu ungewohnten Gedankengängen. Ich werde noch ein bisschen
nachdenken, auf meine Weise, alleine, und morgen wollen wir offensiv werden, gute Nacht.«

Sherlock Holmes und seine von mir nicht geschätzte
Kokainlösung nahmen ihren Denkdienst auf, ich verließ
mich auf meine Zigarre. Vor Mitternacht noch ging ich zu
Bett, im Einschlafen zog sich der immer gleiche Satz durch
meine erwachenden Träume: Wir müssen unsere Truppen
sammeln, Helfer haben, Truppen sammeln …

*

»Božena, das war heut knapp! Ich bin gerade noch vor der
Mutter heimgekommen, denk dir! Das wär' was g'wesen.«

So schöne Haar, was das Fräulein hat, lang, kohlraben-
schwarz, der Neid könnte einen fressen. Die wird sie ja
nicht selber wieder aufgesteckt haben, nachher, und der
Herr Erzherzog wird für das Fräulein ganz sicher nicht
extra …

»So schöne Haar, was Sie haben, gnädiges Fräulein, und
gar nichts ruiniert! Schnell waren Sie wieder da, so
schnell! Geh'n Sie zu dem Fest in die deutsche Botschaft,
am Sonntag? Da werden wir uns ein bissel länger wie sonst
mit die Haar spüln müssen, uns etwas länger mit Ihrer Frisur abgeben, bitte!«

»Ja, gerne, aber jetzt machen wir Schluss, ich bin so furchtbar müde, Božena, bitte ...«

*

»Heast, Karl, jetzt bist schon wieder selber da! Hast eine heikle Fuhr, wieso fahrst denn selber? I an deiner Stell', i bleibert sechs Tag die Wochen daheim und einen Abend von mir aus in die ›Güldene Waldschnepfe‹ und aus, wann i net muss.«

Josef Bratfisch bekämpfte die nächtliche Winterkälte mit seinem dicken Pelz, mit pelzgefütterten Filzstiefeln, mit einem ununterbrochenen Gang von Hofmühlgasse 8 bis Hofmühlgasse 12 und wieder retour.

»Nein, Josef, ich hab keine besondere Fuhr. Sorgen hab ich. Kennst sie eh, hast sie selber. Wer net ganz blind oder bled ist, sieht, was da vorgeht. Grad da!«

Schweigend gingen die beiden Fiaker nebeneinander her.

»Du sagst nix. Aber du weißt doch, was ich mein'. Oder vielleicht net?«

Bratfisch blieb still.

»Du wirst es wahrscheinlich gar net so merken, fahrst allerweil mit Seiner Kaiserlichen Hoheit, da hörst es sowie so net und die anderen, Fiaker, Wasserer, Fahrgäst', alle halt, werden sich hüten und am Tag offen erzählen, was sie in der Nacht so alles gehört haben. Und doch weißt es du auch, da kenn i di zu gut, klar weißt es. Kommst ja auch viel rum, nicht nur mit'n Zeugl, auch mit der Musik.«

»Karl, du bist mein Chef. Für dich fahr' ich schon so viele Jahr', du kennst mi. Glaubst net, dass i schon oft alles mögliche probiert hab, geredet, gewarnt, Andeutungen gemacht? Und was hat's g'nutzt? Mei Gott, die Madeln, na a scho was, so etwas macht bald wer. Auch jetzt, die kleine Vetsera, das geht vorüber. Aber – jaja, ich weiß schon, was du meinst. Und was kann ich machen? Nix.«

»Musst aber was machen! Er hört auf dich! Mit wem kann man denn reden? Unsereiner? Ich kann doch net zu einem von diese vül'n Kiewerer gehen, die da jeden Abend umananda steh'n und sagen: ›Hearn Sie, Herr Revierinspektor, der Kronprinz ist in Gefahr, machen Sie was, bitte schön.‹ Der g'hört entweder dazu zu der Bagage, oder er glaubt mir's net, auf jeden Fall schickt er mi nach Steinhof.«

»Weißt, hast ja recht, klar gehört was g'macht, aber i? Wie denn? Und du hörst ja wirklich viel mehr. I fahr ja mit keinem von denen.«

»Was glaubst, wenn die ein Dulliöh haben, was da gred't wird! Die erfinden die Monarchie neu, was heißt, Europa! Alles wissen's besser, die Finanzen, die Armee, die Schulen, alles! Und alles ist in Deutschland besser wie bei uns!«

»Wann i des schon hör', geht mir's Messer im Hosensack auf. Weißt no, wie wir voriges Jahr den deutschen Kronprinzen heim'bracht haben? Jetzt ist er Kaiser. Wie der no auf der Straßen die zwei Weiber hat mitnehmen wollen, weil er in der Heumühlgasse keine mehr g'funden hat? Und der kann das alles besser? Ah was! – Karl, der Dienst ruft! Ein anderes Mal, ich muss fahren. Vielleicht trau ich mich einmal, was zu sagen.«

»Wart noch ein bissel, er sagt eh erst ›Gute Nacht‹, ich wollt dir noch sagen – wenn gar nix geht, dann red ich einmal mit dem alten Doktor Schellenberg, vor dem ist mir nit bang. Jetzt musst aber, Pfiat di Gott.«

*

Der Nachtwächter des Naturhistorischen Museums ließ sich nur schwer aus dem Schlaf rütteln. »Fritz, wach auf, komm, hallo, wach auf, verdammt noch einmal! Trinkt nix und hat einen Schlaf wie – na endlich! Guten Morgen, Herr Fritz! Letzte Runde, dann geh'n ma auf einen Kaffee in den Gefolgschaftsraum. Schlaf net wieder ein, da ist die Taschenlampe, avanti!«

Der müde Fritz streckte sich wortlos, brachte seine Montur in die vorgeschriebene Ordnung und setzte die Dienstkappe auf den kahlen Schädel.

»Jetzt vergisst er die Taschenlampe, geh her, da hast es. Lass dir Zeit, es ist erst fünfe, zwei Stunden, dann werden wir abgelöst. Und jetzt geh schön, da ist die Tür!«

Der verschlafene Nachtwächter Fritz nahm den Routinegang auf, wie das Gesetz ihn befahl. »Parterre links, Kassen, Garderoben für das Publikum, Direktionsräume – sind abgeschlossen, in Ordnung. Zurück zum Haupteingang, es wird noch nicht hell, na klar, Ende Jänner. Eine halbe Minute hinsetzen, nicht einschlafen, Vorsicht, Fritz, gehen wir lieber weiter. Rechts der Gang, bis ganz nach hinten, die sind gut, diese neuen Taschenlampen, sieht man viel weiter als wie mit den alten, endlich haben wir sie gekriegt, hat lang genug gedauert. Jeder Dieb war schon besser ausgerüstet, na, was soll man denn da herinnen stehlen, Knochen, getrocknete Kugelfisch ... So, da bin ich wieder. Haupteingang kontrolliert, vorschriftsmäßig geschlossen, gesichert, die Unterschrift ins Büchel, 5 Uhr 47 Minuten. Ein bissel niedersetzen, dann gehen wir in den ersten Stock, ich geh mit meiner Laterne und meine Laterne mit mir ... woher kenn ich das? Kinderlied vielleicht. Die Kleinen werden noch fest schlafen. Wenn ich heimkomm', sind's schon in der Schule. Auf, weiter geht es, erster Stock. Afrika. Wann man so plötzlich in der Taschenlampen so einen Alligator sieht, na, des wär nichts für mich, Afrikaforscher, furchtbar. Was ist denn des? Ja, aber hallo, was ist denn des? Da hat uns wer den Tiger ... näher gehen, i bin ja no verschlafen. Aber wirklich, wo ist dem Tiger sein Kopf, Dienstpfeife!«

Der schrille Ton drang durch die nächtliche Stille in die entlegensten Winkel des Stockwerks, war auch im Parterre zu hören. »Fritz, bleib dort, ich komm schon!«

Im Laufen die Dienstwaffe an die richtige Stelle, die Uniform zuknöpfeln – »Ja, bist du g'scheit! Wie gibt es denn das? Wo hat der Tiger sein' Kopf? I werd' wahnsinnig! Fritz geh her.«

»Na, i kann net, da schau her, komm, ja, da i zeig dir's mit der Taschenlampen –

»Jessas Maria, na, scheußlich! Bleib da, i ruf den Rettungsdienst und die Polizei und schau in die Dienstvorschrift. Nix anrühren!« Die Stimme verlor sich über die große Hauptstiege im Parterre.

*

»Guten Morgen, Watson. Hören Sie es? Dieses Geräusch ist mir aus London vertraut, jeder Bobby hat so eine Alarmpfeife, vielleicht ist sie auch hier in Gebrauch?«

Ich rieb mir die Augen, stützte mich auf den rechten Ellbogen, suchte meine Taschenuhr.

»Kurz vor sieben, ich habe nichts gehört, ebenfalls guten Morgen, Holmes.«

Er stand am Fenster und starrte in den finsteren Morgen. Es war noch zu früh, so war man auf die Straßenbeleuchtung angewiesen, die allerdings gut und ab sieben Uhr in voller Stärke in Betrieb war.

»Jetzt beginnt es. Da fährt eben ein Wagen der Wiener Polizei, schöne Pferde, beim Haupteingang vor, wird umgeleitet, fährt weiter, sicher in einen Hof, vielleicht in unseren. Drei Polizisten haben beim Eingang Posten bezogen. Wer weiß, was jetzt auf uns zukommt, auf Sie und mich. Ob es wirklich eine gute Idee war, uns hier Quartier zu geben, das frage ich mich, ist es nicht so? Watson, wir werden uns zum Ausgehen fertig machen.«

»Was kann denn geschehen sein?« Ich war nicht erfreut über diese Störung meines Morgenrituals.

»Solch ein Museum verfügt doch gewiss nicht über volle

Tresore, Kunstschätze gibt es hier auch nicht, das ist alles doch nur von wissenschaftlicher Bedeutung. Ja, gegenüber, im Kunsthistorischen Museum, waren Sie dort schon? Da gäbe es genug zu stehlen. Aber hier?«

Immer noch starrte Holmes in den Beginn der morgendlichen Dämmerung.

»Ach, mein lieber Watson, so ist es nicht. In solchem Haus sind auch Schätze zu finden … Seltsam, andere Sprachen haben so schöne Bezeichnungen für diesen Moment, da der Tag erwacht, Aurora, oder die rosenfingrige Eos, oder Alba. Wir nennen es ›dawn‹, auch nicht sehr schön, aber gemessen an ›Morgengrauen‹... Dort drüben, wo jetzt die Lichter entflammt sind, wo man immer mehr Menschen hinter den Fensterscheiben hin und her hasten sieht, da könnte möglicherweise ein wirkliches Morgengrauen stattgefunden haben, und wenn, Watson, mein Instinkt mich nicht täuscht, ist es auch unser Grauen. Wir können im Moment wohl nur abwarten.«

Holmes' Instinkt behielt, wie schon so oft recht. Den drei uniformierten Polizisten waren zuerst zwei Beamte in Zivil gefolgt, und nach ihnen kamen noch einmal sechs Wachebeamte, die ihre Kollegen am Haupteingang verstärkten und auch die übrigen Ausgänge sicherten. Denn es sollte vor allem niemand das Haus verlassen.

Die Polizisten waren an die frühe Morgenstunde zwar gewöhnt, aber nicht an eine Spezies von Verbrecher, wie sie nun zu verfolgen war.

»Wenn es nicht schon zu spät ist, Herr Willigut. Vielleicht ist der Täter schon über alle Berge. Wir müssen jetzt einmal auf die Kollegen von der Rettung warten.«

»Wenn es wirklich nur ein einzelner Täter sein sollte, Herr Kollege Horacek! Warten wir erst ab, was Kommissär Vyslouzil sagt. Die Rettungsleute verstehen davon nichts, die können ihn nicht einmal, na, wie sagt man da, einsargen, runterheben.«

»Willigut, die sollen sich unterstehen, wen mitzunehmen, bevor wir es erlauben! Jetzt fangen einmal wir mit unseren Erhebungen an. Währenddem können die Rettungsleut' ja einen Bildungsausflug durch die anderen Etagen machen, wird ihnen auch nichts schaden. Ach, überhaupt, wir müssen rechtzeitig in der Direktion sagen, dass heute nicht geöffnet werden darf! Jetzt warten wir auf Kommissär Vyslouzil.«

Inzwischen war die Rettung vor dem Haus angekommen, man ersuchte um Direktiven. Der Polizist Horacek wollte sich setzen, dabei fiel unwillkürlich sein Blick wieder auf den Grund für seine Anwesenheit. Er riss beide Hände in die Höhe, um die Augen zu bedecken, und drehte den Sessel um hundertachtzig Grad, dann nahm er Platz.

»Wer zu so was imstande ist, mein Gott. Einen feinen Beruf hab ich.« Und er entzündete seine Virginier, um auf andere Gedanken zu kommen.

Vyslouzil kam in Begleitung eines Arztes um 9.30 Uhr in das Naturhistorische Museum. Die Herren gingen in den ersten Stock, waren zwar ebenso entsetzt von diesem Anblick wie ihre noch sensibleren Kollegen, aber nun musste etwas geschehen.

»Die Leute von der Rettungsgesellschaft sollen kommen, eine Trage mitbringen, und wir werden zwei Leitern brauchen, einer allein kann ihn…ja also… kann das ja nicht halten.«

Gegen zehn Uhr versuchten die ersten Besucher dieses Tages zu Billet und Museumserlebnis zu kommen, aber man erklärte ihnen höflich, infolge plötzlich notwendiger baulicher Maßnahmen knapp vor der Eröffnung sei das heute nicht möglich. Auch Schulklassen erschienen, machten sich erleichtert auf den Rückweg und beobachteten die vielen Uniformierten, die bedeutungsvoll Haupt- wie Seiteneingänge besetzt hielten.

Die Rettungsgesellschaft konnte endlich ihre Arbeit auf- nehmen, brachte alles mit, was die Polizei angefordert hatte, und machte sich nun daran, den Toten von der Wand zu heben.

Noch hatte das anwesende Personal keinen Vertreter der Direktion ausfindig machen können.

Der Portier hatte das Dienstbuch dem Kommissär vor- gewiesen und angegeben, dass der Intendant des Hauses bis 4. Februar 1889 auf Dienstreise sei, sein Vertreter in diesem Zeitraum sei der Kurator der Zoologischen Abtei- lung, Oberrat Professor Friedrich Siebenrock. Dieser aber sei leider nicht im Direktionszimmer und auch nicht in seiner eigenen Abteilung, werde aber gewiss erscheinen, es sei keine krankheitsbedingte oder anders begründete Absenz vom Dienst vermerkt.

Als die auf zwei Leitern und einem improvisierten Podest stehenden Rettungsleute und Polizisten den tief durch den Oberkörper und danach in die Wand einge- drungenen Speer, der später als eine Leihgabe des Völker- kundlichen Museums aus den reichen Abessinienbestän- den erkannt wurde, herausziehen und herunterheben hatten können, erfasste das Grauen auch die vom Dienst und ebenso durch Kriegserfahrung hart gewordenen Männer.

Horacek sah nun doch endlich hin. Erschauernd meinte er zu Willigut:

»Hast du so was schon einmal gesehen? Dass sie uns in Bosnien im Achtundsiebzigerjahr die Ohren und die Nasen abgeschnitten haben, das kennen wir ja, aber einen ganzen Kopf, und dann noch so was!!«

»Ja, hab ich auch noch nie erlebt, mein Gott, der arme Kerl, wer des überhaupt ist? Und wie haben's denn des g'schafft, dass sie ihm den Tigerkopf aufsetzen?«

Dass zu all dem auch noch neben der klaffenden Wunde, die der abessinische Speer dem Oberkörper in Herznähe zugefügt hatte, ein Dolch im Hals steckte, der ein Papier fixierte mit der Zeile »So geht es den Verrätern!«, war für die entsetzten Polizisten zwar Teil einer Spur, aber kein Grund für weiteres Grauen. Es war ohnehin unbeschreiblich, was sich ihnen da geboten hatte.

Immer noch war niemand zu finden, der die Identität des Ermordeten hätte verraten können, und auch das Direktionsbüro des Hauses war nicht besetzt, was angesichts der plötzlich notwendig gewordenen Schließung besonders unangenehm war.

Sherlock Holmes hatte seinen Beobachtungsposten am Fenster zum Maria-Theresien-Denkmal noch immer nicht verlassen, bis auf kurze Unterbrechungen stand er nun seit drei Stunden dort.

»Holmes, wenn Ihnen dieser Ausblick so wichtig ist, kann ich Sie nicht ablösen?«

»Danke, mein lieber Watson« sagte er, ohne den Blick zu mir zu wenden. »Ich habe in dieser Zeit einiges von großem Interesse registriert. Verstehen Sie bitte, dass ich mit Ihnen spreche, ohne Sie anzusehen, das ist nicht gerade höflich. Und melden Sie sich bitte bei Ihrem Freund Schellenberg. Ob er zu uns kommen kann? Ich halte seine Anwesenheit hier im Haus für außerordentlich wichtig.«

Und so ging ich und versuchte, Heinrich per Telefon zu erreichen. Das gelang mir in der Universitätsklinik, ich konnte eine Nachricht für ihn hinterlassen, und ersuchte ihn, so schnell wie möglich zu uns zu kommen.

Holmes bat mich nach meiner Rückkehr um ein Glas Wasser, das er zu sich nahm, ohne sich vom Fenster wegzudrehen.

»Wenn Ihr Freund kommt, möge er bitte zum Haupteingang gehen und nach Professor Siebenrock fragen. Alles weitere danach.«

Ich wartete im Hof, leider fast eine Stunde, dann erst kam er, zwar mit einem Fiaker, aber dennoch außer Atem. Der Wagen hatte nicht wie sonst immer bis in den Hof rollen dürfen, man hatte rundherum abgesperrt. So musste Heinrich durch den Schnee laufen, und er lief tatsächlich, angesichts meiner dringenden Nachricht.

»Was gibt es denn bitte? Polizei, dein Anruf, was ist los? John!«

Ich lief ihm über die Treppe voran und ohne Unterbrechung bis zu Holmes, den auch Schellenbergs Ankunft nicht vom Blick auf den Platz zwischen den beiden Museen ablenken konnte.

»Gut, dass Sie hier sind, Doktor. Ich fürchte, Sie werden sehr bald eine sehr unerfreuliche Nachricht bekommen. Wir müssen mehrere Maßnahmen treffen. Nur Sie sind dazu in der Lage, Watson und mir sind im Moment sozusagen die Hände gebunden, und ich befürchte, dass das eventuell bald wörtlich zu nehmen ist.«

Vor Schreck sank Heinrich auf den Sessel hinter Holmes. »Was kann ich tun, Herr Holmes? Professor Siebenrock wird mir in jedem Falle helfen. Was ist das für eine Andeutung von gebundenen Händen? Ich –«

»Ich bitte Sie, mir jetzt nur kurz zuzuhören. Zuerst gehen Sie bitte auf das Maria-Theresien-Denkmal zu, von allen Seiten deutlich sichtbar, und dann zum Haupteingang. Die Polizei wird Sie nicht durchlassen wollen. Sie erklären, dass Sie mit Direktionsmitgliedern befreundet sind. Man wird Sie daraufhin ins Haus bitten. Es gibt einen Toten, der noch nicht abtransportiert worden ist. Die Rettungskolonne hat zuerst eine Bahre, später eine große Holzkiste ins Haus transportiert. Da offenbar die Direktionskanzlei unbesetzt ist, wird man froh sein, einen Bekannten von Ihrem ausgezeichneten Leumund zur Verfügung zu haben. Alles weitere wollen wir später besprechen. Vor allem, wo wir beide nun hingehen sollen, hier können wir nicht mehr bleiben, und wir können zurzeit auch das Gebäude nicht verlassen, alles ist abgesperrt, überall Polizei. Bis später also.«

»Herr Holmes, ich begreife nicht, was ich – «

»Alles später, bitte gehen Sie jetzt!«

Die schwere Türe fiel ins Schloss, auch ich hatte nichts begriffen, aber das hatte ich im Laufe meiner Zeit mit Sherlock Holmes schon oft erlebt. Diesmal aber ersparte Holmes mir jede Frage und begann von selbst.

»Der am Morgen leere Platz hat sich zuerst mit Polizei und Rettungsdienst belebt, dann folgten die enttäuschten Museumsbesucher, und endlich kamen die Neugierigen. Wäre Professor Siebenrock im Haus, er wäre schon zu uns gekommen. Die Polizei wird unweigerlich früher oder später auf uns stoßen, und er müsste zumindest dienstrechtliche Folgen befürchten, da er uns hier einquartiert hat. Unter den Neugierigen habe ich zwei Gesichter erkannt, die ich zum ersten Mal in meiner Rolle als Invalide mit Drehorgel zu Gesicht bekommen habe. Dazu kommen zwei weitere Personen, die ich noch nie gesehen habe, die aber mit diesem Kreis zu tun haben. Sie sind in sicherer Entfernung vom Museumstor, dieses aber beobachtend, bis vor wenigen Sekunden beisammen gestanden. Watson, Sie könnten nun ohne Weiteres mit mir da hinunterschauen, vielleicht entdecken Sie etwas, das mir entgangen wäre.«

Ich stellte mich neben ihn an das Fenster.

»Sehen Sie Schellenberg? Er geht genau im rechten Winkel auf das Denkmal zu. Sehen Sie nach links, da bewegen sich einige Gestalten im selben Tempo wie er, ihn beobachtend, sie wollen nicht, dass er sie bemerkt. Also kennt er sie. Und zwei kenne ich auch –«

»Und ich ebenso! Der Kleine mit der Melone ist dieser Italiener aus Venedig, einen zweiten kenne ich nur von unserer Photosammlung! Pinzenauer!«

Schellenberg ging nun wie abgemacht nach rechts, direkt auf das Museumstor zu. Wir konnten sehen, wie er von einem Zivilisten, offenbar Kriminalpolizisten, aufgehalten wurde. Er zog einen Ausweis, ein Wachmann ging mit ihm weiter, mehr konnten wir nicht sehen, wir hätten das Fenster öffnen und uns hinausbeugen müssen, um den Eingang in das Blickfeld zu bekommen, aber daran war nicht zu denken.

Holmes trat vom Fenster zurück, er setzte sich aufatmend, nach vier durchgestandenen Stunden, endlich nieder. »Mehr können wir nicht tun, jetzt heißt es warten.«

Schellenberg war inzwischen beim Portier angekommen, er fragte nach Professor Siebenrock und bekam dieselbe Antwort, die der Mann heute schon wenigstens zehnmal gegeben hatte: Der Professor sei nicht im Hause. Man habe schon jemanden in seine Wohnung geschickt, bald werde er also wahrscheinlich hier sein.

Der Portier hatte noch nicht zu Ende gesprochen, da hörte man aus dem ersten Stock einen derart grauenhaften Aufschrei, dass beide Herren erstarrten. Eine Frau schrie, und sie schrie und schrie und hörte nicht auf. Der Arzt hatte sich schneller gefasst als der Portier und der Polizist neben ihm. Schellenberg lief die Prunkstiege hinauf, hinter ihm die beiden Männer. Die Frau hatte aufgehört zu schreien, der Hall in dem weiten Stiegenhaus war bei der Suche nach ihr nicht hilfreich. Es war nicht auszunehmen, woher die Schreie gekommen waren.

Man ging das weite Quadrat ab, das die prächtige Stiege umfasst, und da hörten die drei Männer das Schluchzen. Es kam aus einem Raum, der dem Reinigungspersonal als Garderobe und Magazin diente. Schellenberg stürmte in das langgestreckte Zimmer, er sah eine Frau in grauer Arbeitskleidung auf dem Boden sitzen, vor ihr ein Kübel, und im Kübel lag der Kopf eines Menschen.

Die schluchzende Frau blickte nicht auf, Schellenberg starrte reglos in den Kübel, während es ihn am ganzen Leib schauderte. Der Portier war weiß wie die ihn umgebende Wand, er übergab sich, und der Polizist hob seine Trillerpfeife an den Mund.

Mehrere Wachleute stürzten über die breite Treppe zu ihrem Kollegen, der inzwischen die am Fußboden kauernde und wimmernde Putzfrau an den Schultern auf den Gang, weg von dem grässlichen Anblick geführt hatte. Die Rettungsleute liefen mit ihrer Bahre ebenfalls hinauf in die erste Etage, und in dem so entstandenen Tumult schritt Heinrich Schellenberg langsam abwärts zum Eingang. Da nun alles, was an Museumspersonal und Wachdienst sowie Rettungsleuten gerade noch mit dem Bewachen des Museumsportals und dem Warten auf neue Befehle beschäftigt gewesen war, sich im ersten Stock aufhielt, hätte jedermann das Naturhistorische Museum ungehindert betreten, also auch verlassen können. Davon aber konnten Holmes und ich nichts wissen, wir saßen und warteten auf Heinrichs Rückkehr. Hätten wir es gewusst, wir hätten unsere Chance, das Haus zu verlassen, wahrscheinlich genutzt, auch unter Verzicht auf das Gepäck. Wir hätten uns großen Ärger erspart.

Doch nach dem ersten Schrecken über die neue furchtbare Entdeckung, die zweite dieses Morgens, nach wenigen Minuten schon, brüllte der Polizeioffizier aus dem Museumstor um Verstärkung, und aus der Gruppe der vor dem Tor bei dem Mannschaftswagen wartenden Polizisten liefen fünf weitere Wachleute zum Hauptportal. Schellenberg hatte inzwischen das Museum verlassen, ohne noch einmal aufgehalten worden zu sein, und wir beobachteten ihn, wie er, den Kopf gesenkt, langsam, gleichmäßig, wie eine aufgezogene Gliederpuppe, den selben Weg nahm, den er auf Holmes' Geheiß vor kaum zehn Minuten in die Gegenrichtung genommen hatte.

Der kleine Venezianer, der sogenannte Pinzenauer und die sie begleitenden beiden uns noch unbekannten Galgenvögel waren nicht mehr zu sehen.

Als Dr. Schellenberg wieder bei Sherlock Holmes und mir ankam, hatte er sich weitgehend im Griff. Nur seine feuchten Augen zeugten von dem grenzenlosen Schrecken, der ihm zugestoßen war. Wir sahen ihn nur unsicher, ja verlegen an, niemand sprach. Nach einer unendlich langen Frist von drei Minuten oder sieben Minuten oder – ich weiß es heute nicht mehr, sagte Schellenberg: »Siebenrock.«

»So sehr bedauerlich das alles ist, meine Herren«, sagte Sherlock Holmes, »aber wir müssen uns der neuen Lage stellen. Wollen wir uns nicht setzen? – Der Stand: Die Tempelbriefe sind in der Hand des Komitees – bleiben wir bei diesem Namen für die Verschwörergruppe. Damit sind sie in der Lage, einen Selbstmord weit einfacher vorzutäuschen. Unsere gegnerische kleine Truppe hat ein äußerst wichtiges Mitglied verloren. Professor Siebenrock galt ja doch weit mehr als Sie, Doktor Schellenberg, für Obizzi und seine Spießgesellen als zuverlässig. Wir werden es also schwer haben, Informationen über weitere Schritte des Komitees zu bekommen. Am 27. Jänner wird der Geburtstag des Deutschen Kaisers gefeiert. Dieser Symboltag bringt den Kronprinzen von Österreich-Ungarn in akute Gefahr. Unsere Gegner wollen quasi den Kopf des Thronfolgers ihrem Kaiser auf den Gabentisch legen, auch wenn der davon gar nichts ahnt. Eine Frage: Was bringt es dem Komitee? Wenn der Teufelsplan überhaupt gelingt!«

Heinrich Schellenberg war insoweit wieder Herr seiner selbst, als er ruhig und umfassend antworten konnte.

»Es bringt ihrem Ritter Georg die große Freude, dass sein gehasster Hauptgegner von der Bühne der Politik verschwindet. Wer immer ihm folgt, er wird weniger massiv gegen Wilhelm II. und seine martialische Politik opponieren, er wird keinesfalls den Kontakt mit der liberalen, jüdischen Finanzwelt, den Journalisten und Wissenschaftlern in dem Maße pflegen, wie Rudolf es tut.«

»Erwarten Obizzi, Francopane und all die anderen Vorteile für sich, sollten sie reüssieren mit ihrem Mordplan?«

»Ganz gewiss, und ganz gewiss werden sie sich da täuschen. Denn die Thronfolge ginge über auf Erzherzog Carl Ludwig, Kronprinz Rudolf hat ja keinen Sohn. Carl Ludwig ist vier Jahre jünger als sein Bruder, der Kaiser, also wird er wohl kaum sein Nachfolger werden. Dann kommt Franz Ferdinand, soll Lungenprobleme haben, nichts akutes, in Ärztekreisen wird gemunkelt, also wer weiß … Er freilich könnte sich mit den Hohenzollern besser verstehen, ist da ein bissel anders als sein Vetter Rudolf. Aber weder sein Vater noch sein jüngerer Bruder würden sich mit dieser Verbrechertruppe abgeben, außer über den Scharfrichter.«

»Und das Deutsche Reich?«

»Ebenso, niemand, kein Hohenzoller, kein deutscher Politiker würde sich kompromittieren, indem er auch nur einen Hauch von Dank für einen Prinzenmord zuließe.«

»Also bleibt der Schluss, es handelt sich bei dem Komitee um eine Handvoll krimineller Wirrköpfe.«

»Das ist eine vornehme Bezeichnung, Holmes.«

»Meine Freunde, ich habe jetzt eine profane Anmerkung zu machen, ich muss die Photographien zurückbringen, die ich kürzlich ausgeliehen habe, Sie erinnern sich, als wir den Tisch hier damit vollgelegt haben. Deshalb gehe ich jetzt und werde –«

Weiter kam ich nicht. In der Türe stand ein Herr in dunklem Zivil, hinter ihm sah ich mehrere Polizisten in Uniform.

»Sie werden jetzt nicht gehen, mein Herr, wer immer Sie sind. Sie werden meine Fragen beantworten und auch dann ist es noch sehr unsicher, ob Sie gehen werden, vielleicht ja, aber ins Untersuchungsgefängnis. Darf ich mich vorstellen, Kommissär Vyslouzil.«

»Diesen Moment habe ich kommen sehen. Ich hatte Ihnen gesagt, Doktor Schellenberg, hier werden wir nicht bleiben können.«

»Ganz richtig, mein Herr, Sie werden sich vielmehr in unserer Begleitung in andere, etwas kleinere Räume begeben müssen. Sollten Sie keine ausreichende Erklärung dafür haben, was Sie hier tun. Denn offensichtlich wohnen Sie in diesen Prachtsälen, das sieht man ja. Bitte sich auszuweisen.«

Schellenberg begann zu vermitteln. »Ihnen gegenüber, Herr Kommissär, habe ich mich schon einmal ausgewiesen, Dr. Heinrich Schellenberg.« Der Kriminalpolizist überprüfte das Dokument, das er eben erst in Händen gehalten hatte. »Mit Ihnen haben wir kein Problem, der Name ist bekannt, vor allem der Ihres verehrten Vaters, kenne auch den Herrn Bruder, war kurz Polizeiarzt. Und jetzt Sie –?«

»Dieser Herr ist Arzt wie ich, Dr. John Watson aus London, und dieser Herr ist eher Ihr Kollege, Herr Sherlock Holmes, ebenfalls aus London.«

»Ja, da schau her, hat er Ihnen das erzählt, und Sie haben es geglaubt? Na ja, Sie sind ja kein Kriminalist. Also, Herr Dr. Schellenberg, Sie stehen einer Romanfigur gegenüber. Und wer ist der Herr wirklich?«

»Hier, mein Reisepass« sprach Holmes.

»Reisepass, Reisespaß, geh'n S' weiter, den kann ich mir überall machen lassen, wer sind Sie? Eine Romanfigur im Karneval, und ich bin die Witwe Bolte. Also, jetzt ernsthaft?«

»Ja, ich weiß nicht, also ...«, begann ich verlegen, »Die Schuld an der Romanfigur trage ich, als der Autor, und ich bewundere Sie, dass Sie mein kleines Werk kennen, wohl infolge Ihres Berufes. Aber ich habe ja nichts erfunden, nur nacherzählt.«

»Da werden Sie also, lieber Herr, beim Untersuchungsrichter einen Vorteil haben, wo Sie so ein guter Erzähler sind. Wie kommen Sie überhaupt da herein?«

»Man hat uns hier Quartier gegeben.«

»Wer? Bitte um eine Antwort! Wer?«

»Professor Siebenrock war so freundlich und –«

»Bravo, jetzt reden Sie sich auf einen Toten aus! Der wird Ihnen als Zeuge aber nicht mehr viel helfen können. Wieso sind Sie überhaupt in Wien? Und da herinnen, mit Naturwissenschaften haben Sie doch nichts zu tun? Herr Dr. Schellenberg, das bringt auch Sie in ein schiefes Licht! Abführen die Herren, nein, net alle drei, nur die sogenannten Engländer, vielleicht stimmt ja nicht einmal das.«

*

»Bratfisch, halt in der Mühlgasse und fahr ein bissel im Kreis, heute komme ich bald wieder.«

»Kaiserliche Hoheit, ich kann bei der Kälten eh nit mit die Rösser –«

»Rudi!«

»Mein Gott, ja, Kaiserliche Hoheit, das werd' ich mir nicht angewöhnen können, also Rudi. Ich steh' in einer Stunde wieder da, wenn's recht ist.«

»Ja, gut, danke! Mizzi!!«

Der Erker an der Ecke Mühlgasse-Hofmühlgasse leuchtete im Kerzenschein, im Weinkühler wartete eine Flasche Chablis.

»Am Sonntag der Geburtstag in der Deutschen Botschaft, Dienstag am Abend Familientafel, nur Familie, das Verlobungsdiner meiner Schwester mit dem Franz Salvator. Und am Mittwoch – auf nach Abbazia, Miramar, Lacroma und nach Mallorca, und weiß Gott wo sonst noch hin, nur weg, ein paar Monate. Mizzi, du sagst nichts, aber es hat ja keinen Sinn. Wenn ich einige Zeit mit Stephanie und der Kleinen alleine herumfahr', wird es in der Familie wieder ruhiger. Der Kaiser wird den furchtbaren Krach vergessen, den der Papst mir einge-brockt hat, und dann bin ich wieder hier, hab meine Ruhe und nicht an jedem Eck einen Polizisten, der mich beob-achtet.«

Bratfisch machte gerade seine dritte Runde. Er schaute hinauf zur Beletage im Kerzenlicht, ließ seine Rösser in Trab fallen und bog wieder in die Schleifmühlgasse ein.

»Und was machst du mit der kleinen Vetsera? Weiß sie denn überhaupt, dass du so lang weg sein wirst?«

»Das ist doch nicht wichtig, sie schwärmt halt für mich. Bald heiratet sie den Miguel, nach drei Tagen wird sie nicht mehr an mich denken.« Und er nahm die Flasche und füllte das Glas noch einmal, dann lief er die Stiegen hinunter, umarmte Mizzi Caspar und trat durch das Haus-tor in eben dem Augenblick, als Bratfisch um die Haus-ecke bog.

Der seit zwei Stunden im Hauseingang gegenüber frie-rende Polizeiagent zog seinen Tintenblei und notierte »23.21 Uhr, KP mit Leibfiaker ab in Richtung Innere Stadt.«

*

»Heinrich, jetzt setz dich erst einmal nieder und beruhig' dich! Und dann erzähl' eines nach dem anderen, dann kann ich wenigstens mitdenken. Bis jetzt habe ich nichts begriffen. Wer ist tot?«

»Mein Freund Siebenrock, Vater, der Siebenrock, du hast ihn doch gekannt. Ermordet.«

Der alte Doktor Schellenberg stand von seinem Schreib-tischstuhl auf, machte einige Schritte, zog ein weißes

Taschentusch aus dem Schlafrock, trocknete seine Stirne vom jähen Schweiß und setzte sich wieder.

»Wer hat ihn ermordet, wieso weißt du das denn überhaupt so genau? Wo? Daheim, auf der Straße?«

Heinrich Schellenberg wollte erzählen, aber es war ihm nicht gleich möglich, wenige Stunden nach dem furchtbaren Schrei, der unfassbaren Nachricht.

»Im Museum, in seinem Museum. Man hat ihn mit einer Lanze durchbohrt, und man hat … Man hat ihm den Kopf abgeschnitten.«

Minutenlang blieb es still, der ältere Schellenberg starrte auf seinen Schreibtisch.

»Du musst dir in der Klinik ein paar Tage freinehmen. Darf ich das für dich arrangieren, Heinrich, hörst du mir zu? Du musst dir in der Klinik freinehmen.«

»Ja, Vater, das habe ich vor. Aber das ist ja noch lange nicht alles.«

»Das hab ich mir schon gedacht. Also?«

»Ich hab Angst.«

»Hab ich mir auch schon gedacht, ich kenne dich doch. Also, vor was hast denn Angst?«

»Sie haben ihm einen Zettel – mein Gott, wie mir graust, wenn ich daran denke, sie haben ihm einen Dolch in den Hals gestoßen, was halt vom Hals noch da war, und darauf haben sie geschrieben: ›Dem Verräter‹, oder etwas Ähnliches, ich weiß das jetzt nicht mehr.«

Unbewegt blieb der alte Mann in seinem Schreibtischstuhl sitzen, er blickte still vor sich hin und nickte, immer wieder.

»Das hab ich mir auch gedacht, gleich wie du vorhin so durcheinandergeredet hast, das hat natürlich alles mit deinen ekelhaften Freunden zu tun, diesem schrecklichen Novak oder wie er sich sonst nennt, und dem ganzen anderen Gesindel.«

Heinrich wurde während der Worte seines Vaters zum kleinen Buben von einst.

»Heute weiß ich es ja auch, aber wer hat denn das früher wissen können, Papa?«

»Jetzt hast du Papa g'sagt, wie früher, nicht wahr. Das hat man wissen können. Sei froh, dass dein Bruder nicht da ist, sondern in seinem Spital, und von Lemberg wird er deswegen nicht extra weg können. Der tät dir die Leviten lesen, na, frage nicht, ist jetzt nicht der Zeitpunkt für Politik, hast recht.«

»Ich hab doch gar nichts gesagt.«

»Und jetzt hast du Angst, aber bitte, warum haben sie ihn denn überhaupt umgebracht, den armen Siebenrock, und auf so furchtbare Weise? Vielleicht steckt was ganz anderes dahinter, Kunstraub im Museum, was weiß ich, kann das nicht sein?«

Der ältere Schellenberg hatte sich schneller gefasst als sein Sohn, aber das war kein Wunder, denn er wusste ja noch lange nicht alles.

»Schau, Vater, wer sonst soll Siebenrock einen Verräter genannt haben? Und warum? Kann ich dir leider sagen.«

Und Heinrich berichtete dem Vater von den Briefen und dem Husarentempel.

»Aha, ja, begriffen. Und was hast, bitteschön, du mit dem Kronprinzen zu tun? Was geht euch denn das alles überhaupt an?«

Ihn da auch noch hineinzuziehen, das bringt gar nichts, sagte sich der Sohn, und sagte dem Vater nicht einmal die halbe Wahrheit.

»So weit kenne ich mich auch nicht mehr aus, ich bin ja fast nie mehr in diesem Kreis gewesen, schon lange nicht mehr.«

»Dann brauchst auch keine Angst zu haben. Und wenn dir außer mir noch jemand helfen kann oder soll, dann sitzen wir doch sozusagen an der Quelle, mit deinen zwei Freunden aus London, die sind doch schon in Wien, nicht wahr? Erzähl ihnen das doch alles! Was brauchst denn

Angst haben? Schließlich gibt es ja auch noch die Polizei, die wirkliche, nicht nur diesen rausgeflogenen Angeber, deinen Freund.«

Schellenberg senior nahm zwei Gläser und öffnete seine Cognacflasche.

»Vater, das ist das nächste Problem. Sherlock Holmes und John sind in Wien, im Gefängnis.«

Die Cognacflasche blieb ungeöffnet.

»Ja was, weshalb das denn?«

»Wir haben uns gedacht, der arme Siebenrock und ich, wir lassen die beiden nicht im Hotel wohnen, im Museum gibt es große Gästewohnungen, für Wissenschaftler, Forscher, da sind sie mitten in der Stadt.«

»Das war ja eine glänzende Idee. Da hätten sie ja auch im Sacher wohnen können, sind sie auch mitten in der Stadt, nein, so was Dummes. Am Geld kann es ja nicht liegen, nicht wahr. Und warum sind sie denn jetzt im Gefängnis?«

»Die Polizei war wegen Siebenrock, also, dem toten Siebenrock, im Museum. Hausdurchsuchung, man findet die beiden natürlich gleich, sie decken zuerst den Quartiergeber Siebenrock, obwohl das ja auch schon egal gewesen wäre, der kann nicht mehr aussagen. Dann geben sie zu, dass er, als interimistischer Museumsleiter, ihnen die Räume zur Verfügung gestellt hat. Der Kommissär glaubt ihnen nicht, Holmes hält er überhaupt für eine Romanfigur und den Pass für eine Fälschung, also nimmt er sie beide in Untersuchungshaft.«

»Wer, der Kommissär, welcher denn?«

»Vyslouzil.«

»Das auch noch. Der ist der beste, den sie in Wien haben, anständig, kann seinen Beruf, ich kenne ihn nur aus der Zeitung. Und was machen wir jetzt, wie kriegen wir deine Freunde, ich meine, die wirklichen, wieder heraus? Nachdenken, Cognac, nicht wahr.«

Und während der Sohn kleinlaut sein Cognacglas in den Händen drehte, ging der Vater in seinem Arbeitszimmer auf und ab, schenkte sich nach, schlug mit seinen Fingern einen Marschrhythmus auf die Schreibtischplatte, fasste Beschlüsse.

»Erstens – wir brauchen einen Rechtsanwalt, einen sehr guten. Haben wir. Zweitens, wir brauchen Hilfe von irgendeiner Zeitung, haben wir auch.« Heinrich sah und hörte seinem Vater zu, wie er ihm während seines Studiums zugehört hatte, an der Wiener Universität.

Der Vater läutete nach dem Diener.

»Jaroslav, bitte, laufen Sie in die Hegelgasse zu Herrn Dr. Frydmann, sagen Sie ihm oder seinen Sekretären, wir kommen gleich alle beide, und wenn er nicht da ist, soll man Ihnen sagen, wo er ist, und er soll nicht fortgehen, bevor wir bei ihm sind, es ist sehr, sehr wichtig! Anziehen tu ich mich heute alleine, nicht wahr, und viele Grüße, sehr wichtig, gelt!«

Der Diener kam zurück. Dr. Frydmann wurde von seinem Kanzleigehilfen aus dem Kaffeehaus geholt und erwartete den alten Freund und seinen Sohn.

»Marcell, es ist nicht nur, weil der Heinrich in der Bredouille steckt, klar, auch deshalb, nicht wahr. Wir brauchen dich als Anwalt, der Bub hat da eine blöde Geschichte mit eigenartigen Freunden, wer weiß, was noch daraus wird, es ist auch, weil seine zwei besten Freunde, also diesmal wirkliche, eingesperrt sind, seit einigen Stunden, zwei Engländer, ausgerechnet vom Vyslouzil.«

Der Rechtsanwalt war wider Erwarten nicht einmal erstaunt.

»Dann ist das wahr, was man im Café Griensteidl erzählt. Ich hab das für eine Raubersg'schicht g'halten. Also, den Sherlock Holmes gibt es wirklich und er sitzt in Wien im Häfen? Unglaublich! Und warum?«

Und wieder erzählte Heinrich, und wieder wurde er gerügt.

»Was, und den armen Menschen mit dem Tigerkopf hast du gekannt? Ist ja alles unglaublich, haben sie mir im Kaffeehaus erzählt, hab ich alles nicht geglaubt, na, so was!«

»Also, Marcell, was machen wir?«

»Ich gehe jetzt einmal hinüber aufs Präsidium und frage, wie ernst das alles ist. Wenn sie wirklich noch immer glauben, einen Holmes gibt es nicht, bemühen wir die Botschaft Ihrer Majestät der Queen. Wenn es nicht anders geht, übe ich meinen Zweitberuf als Herausgeber vom ›Fremdenblatt‹ aus, dann haue ich ihnen das morgen früh auf der Titelseite um die Ohren, da liest es auch der Kaiser. Aber lieber wäre es mir auf dem konventionellen Weg. Einverstanden?«

»Marcell, d'accord, und dank dir sehr herzlich! Heinrich, komm, wir gehen. Danke noch einmal, mein Lieber!«

Die Haustüre fiel ins Schloss.

»Jetzt komm doch bitte, hast du etwas vergessen?«

»Nein, Vater, ich erzähle dir noch etwas, im Gehen. Das muss unser Freund Frydmann nicht wissen, Familienangelegenheit, vielleicht bald Familiengeheimnis.«

»Hoffentlich ausnahmsweise was Angenehmes, für heute genügt es mir.«

»Es geht um die Eva, und eigentlich um ihren Mann, denn –«

»Ist sie schon in der Erwartung? Das wär' sehr schnell gewesen, oder was anderes?«

»Vater, gehen wir lieber doch zuerst heim, da können wir reden, dann werden wir ein Telefon brauchen, das habe ich in der Klinik, nein, gehen wir gleich in die Klinik, geht schneller.«

»Also bitte, jetzt sag schon, was ist denn los?«

»Ich glaube, der Grohtefenz ist in Wien, und wenn ja, dann steckt er irgendwie in der Geschichte mit dem ermordeten Siebenrock.«

»Wir gehen telefonieren, aber nicht in die Klinik, gleich da hinüber in die Börse, da gibt es eine öffentliche Stelle.«

*

»Brüllen Sie da nicht, ja! Und schon gar nicht mit mir! Was denken Sie, wen Sie vor sich haben! Herr Pinzenauer, oder Grottenfranz oder was weiß denn ich, wie Sie wirklich heißen!«

Seit fast zwei Stunden dauerte die Auseinandersetzung, die ursprünglich als taktische Besprechung geplant war, schon an. Von Geheimhaltung war keine Rede mehr, durch die geschlossenen Türen des Extrazimmers im Gasthaus »Zum Kronprinzen« drangen immer wieder die Stimmen der aufgebrachten Herren. Wenn es zu laut und das Thema zu gefährlich wurde, besann man sich kurz, zweimal schon war der Wirt aufgebracht erschienen und hatte um Ruhe gebeten. Der Raum diente hin und wieder für kleine Feiern, mehrmals in der Woche den Tarockspielern, jedenfalls wurde hier nie gebrüllt.

In den nächsten Minuten wurde überhaupt nur geflüstert.

»Wieso hat man Siebenrock denn gleich umbringen müssen? Die verdammten Briefe hatten Sie doch schon gefunden! Verflucht noch einmal.«

»Können Sie denn überhaupt nicht logisch denken, müssen das denn unentwegt wir Preußen übernehmen! Also – warum? Erstens – Warnung an alle, die wie Siebenrock auf Abwege geraten. Zweitens – diese Freunde meines Schwagers sind schuld.«

»Darf ich jetzt auch einmal etwas sagen? Also, das ist nun tatsächlich Nonsense, wie können Schellenbergs Freunde, ich habe die Namen vergessen, der eine oder der andere, wie können denn die an Siebenrocks Tod Schuld haben?«

»Ich sage ja, ihr könnt nicht denken, also auch Sie nicht, Herr Vorlauf. Komm'n Sie, Herr Bandirer, nun, hab ich eben den Namen falsch ausgesprochen, bleiben wir bei der Wahrheit, Herr Molinari, spricht sich leichter, erklären Sie es doch!«

»Siebenrock tot, tot, die Polizei muss ins Haus, so sind wir Holmes und Watson los, ganz einfach. Nur wegen eines ausgestopften Tigers wäre niemals die Polizei gekommen, vor allem – Siebenerock hätte sie ja nicht geholt.«

»Na, ist doch gar nicht so schwer zu kapieren! Selbst für Wiener!«

Siebenbürger jubelte auf: »Dann sitzen Watson und Holmes ja jetzt dort, wo vor kurzer Zeit noch Georg Schönerer gesessen ist!«

»In Ruhe, bitte, meine Herren! Wir haben die Klippe umschifft, das Problem mit dem toten Mädchen in der Traungasse, eine weitere Glanzleistung Ihrer Vertrauten, Herr Pinzenauer. Wir haben die Briefe, weder Herr Pinzenauer noch die drei Brüder Molinari sind beobachtet geschweige denn festgehalten worden. Das ist also gelungen, vergessen wir den Rest. Und jetzt? Es bleibt kaum noch Zeit.«

»Stimmt, Herr Siebenbürger. Wir versammeln uns für alle Fälle in Wien, die Herren sollen sich rechtzeitig einfinden, Zriny, Francopane, alle, von ihren Gütern und Fabriken, wir schaffen das nur, wenn wir eine kleine Streitmacht sind.«

»Werden Sie nicht so militärisch, Herr Puchhaim, sonst verraten Sie sich einmal. Stimmt schon, zu fünft haben wir keine Chance. Also versammeln, und dann? Herr Vorlauf?«

»Die Zeitungen und der Polizeibericht stimmen überein, der Kronprinz reist mit Familie für einige Monate in den Süden ab. Jetzt haben wir die Kraft, etwas zu unternehmen, können schnell wieder zurück, zu uns, aber wer wird jetzt an den Selbstmord glauben? Die Judenpresse lobt Rudolfs Pläne, seine Arbeit als Herausgeber an dem großen Werk über die Monarchie, vierundzwanzig Bände sollen das werden, das riecht alles nicht nach Selbstmord. Sie, Herr Obizzi, haben sicherlich schon ein Rezept bereit?«

»Richtig. Denn wir haben ja auch andere Blätter, und dazu die ausländischen. Und da wird ja allgemein schon von gesundheitlicher Zerrüttung berichtet, werden familiäre Probleme angedeutet, so absurd ist das nicht. Wir lassen ihn mit der einen oder anderen Geliebten losfahren, an irgendein einsames Ziel, ein anderes kommt ja für den imperialen Ehebrecher ohnehin nicht in Frage, wir schießen den Kutscher vom Kutschbock, drei halten ihn, drei halten sie, zwei richtig angesetzte Schüsse, der Rest ist Theaterdekoration, die Tempelbriefe legen wir in eine auffällige Schublade, zwei Stunden später sind wir alle weit weg von Wien. Ritter Georg wird uns loben. In drei Monaten haben wir dann eine neue Regierung, vielleicht schon mit Schönerer, und der Preußenhass und das Judengejammer sind vorbei.«

»Alles schön und gut, meine Herren. Aber wir dürfen dieses angebliche englische Genie nicht vergessen, diesen Shylock Holmes und sein Schoßhündchen –«

»Er heißt Sherlock, nicht Shylock!«

»Himmelherrgott, das war ein politischer Witz, versteht ihr hier auch nicht! Also diesen Shylock Holmes und diesen Watson, wenn man die freilässt, sind sie imstande und unternehmen etwas, mit Schellenberg an der Seite! Ich kenne doch meinen Schwager.«

»Herr Pinzenauer, ganz ruhig, ganz ruhig, nicht brüllen, sonst kommt der Wirt wieder. Die beiden werden erst auf freiem Fuße sein, wenn alles vorbei ist. So stark sind meine alten Verbindungen schon noch! Das können Sie mir glauben.«

»Einverstanden, ich glaube Ihnen, ungern. Ich bleibe in meiner klarerweise geheizten Sommervilla, verstecke die drei Italiener weiter, die können währenddem alle meine ungarischen Maßschuhe auf Hochglanz bringen, und warte auf das Signal.«

»Das machen wir alle ebenso, ruhig abwarten, das Signal kommt als Reiter, von einem zum anderen, kein Telefon, kein Telegramm, keine Versammlung mehr! Meine Herren, Glück auf!«

*

»Hallo? Ich brauche ein Gespräch mit Breslau, ja, richtig, Breslau, Preußen, also Schlesien, ja, das frühere österreichische Breslau, das ist doch jetzt wirklich egal, bitte meine Dame! Dort gibt es einen Generaldirektor von Grohtefenz, soll ich buchstabieren? Nein, gut, ja, privat oder die Direktion, was eben schneller geht. Wie, das kann zwei Stunden dauern? Na also, bitte, so schnell es eben geht. Heinrich, jetzt heißt es warten.«

Vater und Sohn wechselten sich in der Bewachung des Telefonapparates ab. Gerne wäre man auf die Straße gegangen, die ersten Zeitungsverkäufer waren im Dämmerlicht des frühen Abends zu sehen. Aber so neugierig Heinrich war, ob Dr. Frydmans »Fremdenblatt« oder eine andere Zeitung vom Mord im Museum und Holmes im Gefängnis berichten würden, so sehr hatte er Sorge, auch sein eigener Name könnte in der einen oder anderen Weise genannt werden.

Heinrich Schellenberg hatte für die lange Wartezeit seine schweren Gedanken, Ferdinand Carl Schellenberg hatte sie auch, aber ihm stand ein ausgezeichnetes Produkt der Österreichischen Tabakregie zur Seite, eine Regalia media, die man eigens für den älter werdenden Franz

Joseph entwickelt hatte, wohlschmeckend, aber nicht so schwer wie die so geliebte Virginier.

Doch auch sie konnte ihn nicht so weit ablenken, dass er nicht nervös geworden wäre, als nach einer halben Stunde das Gespräch noch nicht da war.

»Fräulein, bitte, Breslau, dringend! Lemberg? Nein, Breslau, wieso geht Lemberg? Ach so, Österreich, das geht alles, und Breslau? Ich warte.«

Eine kleine Gruppe von Leidensgenossen wartete mit ihm und seinem Sohn. Dann kam der erlösende Aufruf »Breslau für Dr. Schellenberg!«

»Hallo!« schrie der Vater in den Apparat an der Wand, der neben ihm stehende Sohn soufflierte. »Grohtefenz heißt er, von! Roderich, Generaldirektor!« »Ja, hab ich schon gehört, ist dort die Direktion? Hören Sie mich besser als ich Sie höre? Hier ist Wien! Was bitte? Warten, warum schon wieder, Jessasmaria, Eva! Na, das ist eine Freude! Wie geht es dir denn? Brauchst einen Arzt? Sollen wir kommen?«

»Papa«, sprach Heinrich dazwischen, »reg dich nicht so auf, schrei nicht so in den Apparat, sie hört dich schon, gib sie mir bitte! Eva, hallo, ich bin es, der Heinrich. Wie geht es dir denn? Ah ja, und der Roderich? Ist nicht da? Viel Arbeit, na klar, Ärger in der Firma in wo? Wie? Gleiwitz? Ist in Gleiwitz? Aha. Du, wir melden uns bald wieder, komm uns doch besuchen! Der Papa nimmt mir den Hörer weg ...«

»Fräulein, bitte einmal Gleiwitz, Herr von Grohtefenz, nein hatten wir noch nicht, das war Breslau, jetzt Gleiwitz, ja, na der hat halt zwei Telefone, na ja, die Deutschen, Gleiwitz bitte!«

Und wieder warteten Vater und Sohn.

»Dr. Schellenberg! Bitte Gleiwitz!«

»No, das war ja schnell diesmal, nicht wahr, da bin ich. Hallo? Ja hallo? Ist dort Gleiwitz? Hier ist Wien! Ich möchte Herrn von Grohtefenz sprechen, es ist dringend. Wieso finden Sie ihn nicht? Aber! Zwei Monate? Danke, beendet!«

»Und? Na sag schon Papa!«

»Heinrich, er war seit zwei Monaten nicht mehr in Gleiwitz, er hat die Eva angelogen. Der hat eine Freundin, warum sonst soll er so was machen, lügen, der ist ganz woanders! Na wart, wenn ich den …!«

»Vater, er ist in Wien. Und die Sache dürfte noch einmal unangenehmer werden, als sie es schon ist.«

*

»Sei mir gegrüßt, Bratfisch, kommst grad recht zum Mittagessen, setz di nieder! Meine Frau kümmert sich schon um dich.«

Frau Mayerhofer lief in die Küche und rief der Magd zu, ein Gast sei gekommen, es gelte anders zu decken, aber Josef Bratfisch wehrte ab – »Na, Frau Mayerhofer, bitte net, ich muss gleich weiter! Josef, ich muss dir was sagen, allein, komm …«

»Geh'n mir zum Heurigen, der Nachbar hat ausg'steckt, gehen wir!«

»Da kann uns jeder zuhören, und dann wollen's glei, dass mir zwei zum Singen anfangen, heut is nix mit Hungerl & Bratfisch, der Josef muss mit'n Karl was Ernstes reden, setz ma uns daher, essen darfst nachher.«

»Aber ein Glasl Wein trinken wir, wenn's schon nichts wird mit'n Essen. Also?«

»Heute Abend bleib ich zuhause. Ball in der Deutschen Botschaft, Geburtstag vom deutschen Kaiser, da fährt der Kronprinz mit dem Hofwagen. Da hab ich also meine Ruh'. Aber sonst … Es ist wurscht, wo i fahr', überall beobachten sie mich.«

»Die Polizei, eh klar, des bist ja g'wohnt.«

»Ja, die Polizei, die auch. Aber sonst auch noch wer, und ich weiß nicht, wer das ist, an jedem Eck. Die Kiewerer erkenn' ich, aber die anderen? Die fahr'n uns nach, warten auf mein' Wagen, passen mich ab, mit oder ohne Erzherzog. Wer ist des? Karl?«

»Sag es ihm doch, oder sag es einem von die Polizisten, kennst doch eh alle.«

»Karl, i hab Angst.«

*

»WELTBERÜHMTER DETEKTIV IN WIEN VERHAFTET! WELTBERÜHMTER DETEKTIV IN WIEN VERHAFTET!«

Der Knabe, der mit einem dicken Pack von Zeitungen in seinem linken Arm durch die Rothenturmstraße lief, flog, von einer unbeschreiblichen Ohrfeige getroffen, über das halbe Trottoir.

»Kannst dir g'halten, dein weltberühmten Detektiv, bleder Bua! Ein zweites Mal fall i dir nimmer hinein, i hab mi vom letzten Vulkanausbruch noch nicht erholt.«

Und für alle Fälle trug der kleine Zeitungshändler sein Angebot in den umliegenden Gassen vor, nicht mehr in der Rothenturmstraße.

Aber in allen anderen Gassen und auf allen anderen Straßen, in den Bahnhofshallen und auf den Plätzen schlug die Nachricht ein und sorgte für Umsatz – Sherlock Holmes in Wien, Holmes in Wien verhaftet!

»Das Fremdenblatt! Das Fremdenblatt! Scherlog Holm verhaftet!« In allen Gassen, Straßen, auf allen Plätzen, vor den Theatern und bei den Straßenbahnstationen, überall erfuhr man die Nachricht. Die wenigen glücklichen Buchhändler, die über ein Exemplar von »A Study in Scarlett« in ihrem Lager verfügten, stellten es in die Mitte ihrer Auslage.

Kommissär Vyslouzil war gerade mit seiner Frau auf dem Weg in den Sofiensaal, zum Studentenball. Er hatte sich mit einigen früheren Kommilitonen und deren Ehefrauen verabredet und freute sich über den ersten fröhlichen Abend nach längerer Zeit.

»Weißt, Elfie, manchmal hab ich so genug, ich kann es gar nicht sagen, wie. Jetzt ist es wieder einmal so weit.«

»Komm, denk an was anderes, der Ziehrer spielt, jetzt freu dich gefälligst!«

»Bis vor einer Stunde habe ich noch gefürchtet, das wird wieder nichts, aber jetzt sind wir ja doch am Weg. Magst eine Zeitung?«

Vyslouzil hörte, was der fliegende Zeitungsverkäufer rief, er schlug das Blatt auf, las auf der ersten Seite seinen Namen und gab die Hoffnung auf den fröhlichen Abend auf.

»Jetzt weiß es auch Seine Majestät. Einzige Zeitung, die er liest. Ein klasser Beruf, na fesch, wenn ich wieder auf die Welt komm', werd' ich Journalist und versau' den anderen den Abend, geh'n wir heim. Ich fahr' ins Amt.«

*

Eine merkwürdige, also des Merkens würdige Erfahrung ist das. Wie oft hatten wir beide, Holmes und in bescheidener Funktion ich an seiner Seite, dafür gesorgt, dass dieser oder jener von der Welt abgeschlossen seine Tage, will sagen, Jahre, im Gefängnis verbrachte.

Nun waren wir beide selbst in dieser Situation.

Später haben wir über diese erste derartige Erfahrung gesprochen. Holmes hat das Gleiche getan wie immer, er hat gedacht. Ich habe auch gedacht, vor allem und fast ausschließlich an meine junge Frau.

Ich wollte ihr einen Brief schreiben, es wurde mir nicht gestattet. Ich bat um Papier, um die Zeit zu nutzen und meine Gedanken zu notieren, die Erlebnisse der letzten

Tage zu fixieren, auch das erlaubte man mir nicht. So blieb mir nichts, als zu denken.

Während aber mein Freund Holmes einige Zellen weiter an philosophische Systeme dachte, Welten ersann, kamen mir nur Gedanken an Mary in den Sinn, und an die Aufgabe, deretwegen wir doch hier waren, in Wien, und die uns beide in diese Lage gebracht hatte.

Von außen kam keine Nachricht. Ich hoffte auf Lektüre, keine Aussicht. Eine Zeitung zu bekommen, war unmöglich. Ich hatte erwartet, man werde uns nach wenigen Stunden freilassen, eine leere Hoffnung.

Schon am zweiten Tag meiner Gefangenschaft stellten sich Symptome ein, wie ich sie nur aus Trivialromanen kannte. Ich wurde aggressiv, hatte Schweißausbrüche, sann auf Fluchtmöglichkeiten, begann Bestechungen zu planen.

Wo blieb Hilfe durch Schellenberg, durch seine angeblich so einflussreiche Familie? Nie wieder würde ich diese Stadt besuchen, das war mir klar. Ich sprach nur noch meine Muttersprache. Was sollte mir dieses Deutsch? Ich begann Wien zu hassen.

Merkwürdigerweise gab es gute Kost. Die Stadt der Tänzer und Geiger, des Backhuhns und der Sachertorte ließ offenbar einen Menschen, der zum Insassen geworden war, zumindest auf diesem Gebiet nicht im Stich. Gegen Abend des zweiten Tages fiel mir eine Veränderung auf. Wohl hatten mich die Justizwachebeamten geschont, waren fast höflich gewesen, aber nun steigerte sich diese Höflichkeit, was auch immer der Grund dafür war, sogar Papier und Bleistifte bekam ich. Am nächsten Morgen erfuhr ich den Grund dafür.

*

Am Abend des 27. Jänner gab der deutsche Botschafter Prinz Reuss eine glanzvolle Soirée. Zum ersten Mal wurde der Geburtstag Wilhelms II. öffentlich begangen, des Kaisers, der erst ein halbes Jahr zuvor den Thron bestiegen hatte. Was in Wien von höchstem und allerhöchstem Rang war, begab sich in das Gebäude der Botschaft in der Metternichgasse.

Der ganze Hof erschien, der Kaiser in der Uniform seines preußischen Garderegiments, die in Wien anwesenden Erzherzöge, alle Minister, Kronprinz Rudolf und Kronprinzessin Stéphanie, auch die komplette erste Wiener Gesellschaft war gekommen. Ein glänzendes Fest begann.

Baronin Vetsera wurde von ihren Töchtern Hanna und Mary begleitet. Mary Vetsera vor allem fiel auf, nicht nur durch ihre strahlende Erscheinung, ihre schönen Augen mit den tiefschwarzen Wimpern. Sie trug Schmuck, was bei einem so jungen Mädchen nicht üblich war, das Haar schmückten Diamanten. Mit Neid beobachteten manche Damen, dass sie sich wie eine Königin fühlte, die viele Blicke genoss, und sich des Triumphs ihrer sinnlichen Erscheinung sehr bewusst war.

Der Kronprinz trug seine preußische Ulanenuniform, mit silbernen Epauletten. Lange und mit großem Interesse besprach er sich mit dem früheren Botschafter Österreich-Ungarns in Paris, dem Fürsten Richard Metternich. Der Fürst berichtete von den aktuellen Ereignissen in Frankreich, und auch von der Beliebtheit des patriotischen Generals Boulanger, der ständig zur Rache für den verlorenen Krieg gegen Deutschland aufrief. Der General werde nun schon von den Straßensängern besungen, so sehr sei seine Beliebtheit im Volk gestiegen, erzählte Metternich. Da dachte Rudolf wohl an seine eigenen Volkssängerfreunde, an den Bratfisch, den Hungerl, die Schrammeln.

Als Kaiser Franz Joseph, wenige Minuten vor Verlassen der Deutschen Botschaft, auf seinen Sohn zutrat, ihm die Hand gab und mit einem Lächeln eine gute Nacht wünschte, wurde allgemein konstatiert, dass die Gerüchte von einer Verstimmung zwischen Kaiser und Kronprinz übertrieben sein müssten.

Der glanzvolle Abend ging zu Ende, das Kronprinzenpaar ließ sich in die Hofburg bringen. Erzherzog Rudolf legte die Ulanenuniform ab, in Zivil ging er durch den langen Gang, er verließ den Bereich der Hofburg durch das Palais Erzherzog Carl, und er ließ den Bratfisch doch noch einmal in die Hofmühlgasse 10 fahren, ein allerletztes Mal vor der großen Reise in den Süden.

*

Man berichtete später, die kleine Vetsera habe dem Kronprinzen so unverhohlen ihre Zuneigung und Verehrung demonstriert, dass es zwischen ihm und Erzherzogin Stéphanie noch vor Verlassen des Botschaftspalais zu einer heftigen Auseinandersetzung gekommen sei. Holmes und ich saßen zur selben Zeit bei Wasser und Brot, und selbst wenn wir in Freiheit gewesen wären, uns hätte man ja nicht eingeladen. Ich habe viele Jahre danach mit einem Onkel der Mary Vetsera, Henri Baltazzi, mehrmals über diese Ereignisse im Jänner 1889 sprechen können, und er hat von solch einer Auseinandersetzung nichts gewusst. Auch die Behauptung, Rudolf habe an diesem Abend zerfahren, elend, verzweifelt gewirkt, war eine spätere Erfindung, Teil einer notwendig gewordenen historischen Konstruktion, sagte mir Baltazzi. Allerdings hat auch er sich an die Schlagzeile des »Fremdenblatts« erinnert, ich habe den Artikel in meinem Archiv – »Weltberühmter Detektiv in Wien verhaftet!«

Dass wir tatsächlich bei Wasser und Brot diese Tage verbracht hätten, kann man wirklich nicht behaupten. Wir wurden von Stunde zu Stunde milder behandelt. Ich begann, mich mit Wien zu versöhnen. Dr. Frydmann sorgte nicht nur für Aufsehen durch die Presse, durch seine Zeitung, er sorgte auch für die rechtliche Seite, er drohte und kämpfte, und er warnte Polizei und Justiz vor den Folgen unserer vorschnellen Festnahme. Übrig blieb ein Vergehen gegen das Meldegesetz, das ergab eine kleine Geldstrafe.

Am 28. Jänner kam, am späten Nachmittag, Freund Heinrich zu Besuch und kündigte unsere Entlassung für den nächsten Morgen an. Wir wurden während dieses Gesprächs bewacht, und Schellenberg konnte nicht alles sagen, was er gerne gesagt hätte. Er nannte mehrmals den Namen Karl Mayerhofer, von bedeutsamen Blicken begleitet, aber ich konnte seine Botschaft nicht verstehen, und Holmes mit seinem mangelhaften Deutsch konnte es noch weniger. Als Heinrich schließlich zu berichten begann, die Polizei habe in diesen letzten drei Tagen Fortschritte in der Aufklärung der Mordsache Siebenrock erzielt, erklärte der Beamte, der bis dahin schweigend zugehört hatte, die Besuchszeit sei zu Ende. Man begleitete uns in die Zellen, kündigte allerdings unsere sichere Entlassung für den nächsten Morgen an.

*

»Aber, Herr Doktor, was kommen Sie denn daher, hätten'S doch was ausrichten lassen, wie sonst, was gibt es gar so Dringendes, Pepi, Poldi, geht's auf die Seiten da, ich mache Ihnen einen Platz, wir sind grad beim Stallreinigen, mit so zwanzig Zeugln gibt es allerweil was zu tun. Bitte, Platz zu nehmen, darf ich ein Bier offerieren? Nein? Schade, ich nehm mir eins, Poldi, ein Bier!«

Heinrich Schellenberg setzte sich auf einen dreibeinigen Hocker im Stall des Karl Mayerhofer und begann ohne Einleitung zu reden.

»Herr Mayerhofer, ich brauche Sie. Ich mache keine lange Einleitung, und ich sage Ihnen gleich, es hat viel mit der Geheimnistuerei an dem Tag zu tun, als Sie und Ihre

Fiaker meine beiden Freunde vom Penzinger Bahnhof abgeholt haben.« Er machte eine Pause und sah Mayerhofer fragend an.

»Ich weiß genau, ich erinnere mich, bitte?«

»Was ich Ihnen da erzähle, kann mich meine Karriere kosten, kann mir große Schwierigkeiten machen, aber es muss sein. Der Kronprinz ist in Gefahr, in ganz großer Gefahr.«

»Ich weiß, bitte weiter erzählen.«

»Was wissen Sie? Jetzt bin ich überrascht!«

»Einer von meine Fiaker ist der Josef Bratfisch, des wird Ihnen nichts Neues sein, und der weiß natürlich alles Mögliche, wo unsereiner keine Ahnung hat. Und der Bratfisch hat Angst.«

»Das kann ich verstehen. Einige Leute, die ich kenne, leider, frühere Bekannte, nein, wenn ich ehrlich bin, frühere Freunde, wollen rund um den Geburtstag vom deutschen Kaiser, das war gestern, der Tag soll ein Symbol sein, den Kronprinz Rudolf ...«

Schellenberg verfiel unwillkürlich in einen Flüsterton, der robustere Mayerhofer sprach es aus.

»Umbringen. Sie wollen ihn umbringen.«

»Ja. Morgen oder übermorgen.«

»Und wieso geht keiner zur Polizei? Das habe ich dem Bratfisch auch schon g'sagt, versteh' i net.«

»Weil es keinen Sinn hätte. Vor allem – die Polizei hat keine Möglichkeit, in ein Hofgebäude einzudringen, und auch Laxenburg oder Mayerling sind eben einmal kaiserlicher Besitz. Zudem – diese Leute sind ziemlich viele, haben politische Verbindungen, ihr Plan hört sich derart abenteuerlich an, dass eine offizielle polizeiliche Instanz ihn wohl gar nicht ernst nähme. Also wird eine Verfolgung unterbleiben. Dann geht es in ein paar Monaten wieder los, nur haben wir dann keine Informationen. Und diesmal können wir sie vielleicht so erwischen, dass eine Ruh' is'.«

»Hab ich verstanden. Und was kann ich da tun? Gar nichts. Frisch wieder nur zur Polizei gehen.«

»Eben nicht, Herr Mayerhofer. Damals am Penzinger Bahnhof, das war ja auch nicht nur zum Vergnügen, das war auch schon Geheimhaltung, aber wir haben nicht gewusst, wie sehr ernst es ist. Herr Mayerhofer, wie viele Wagen, wie viele verlässliche Fiaker haben Sie in den nächsten zwei Tagen zur Verfügung?«

Mayerhofer sah Dr. Schellenberg nachdenklich an, ohne ein Wort. Dann hatte er seinen Entschluss gefasst.

»Also gut, Sie sagen, was ich machen soll und ich denk mir nichts. Zu Ihrer Frage: Mich selber, den Bratfisch, den Tesar, den Schöberl, den Czapla, den Swoboda. Sechs, mehr werden's net. Leider. Wenn ich ein paar Tag Zeit hab, gehen auch mehr.«

»Einige Leute habe ich ja auch an der Hand, die Jungen von damals, Schüler meines Vaters, Söhne verlässlicher Freunde. Den unnummerierten Wagen vom Bratfisch, den erkennt doch bald jemand, oder?«

»Den kennt ganz Wien, Herr Doktor.«

»Eben. Und können wir für die vier anderen, also für Sie selber und –, na eben die von Ihnen genannten Herren, die Wagen so herrichten, dass sie ausschauen wie der vom Bratfisch?«

»Ja, wenn wir gleich damit anfangen.«

»Also, fangen wir an, Herr Mayerhofer. Den Herrn Swoboda brauche ich für was anderes, da kann der Wagen aussehen wie er will, egal.«

»Machen wir, Sie werden schon wissen, warum. Einen Augenblick nur – Geh, Frau Mayerhofer, heut wird's schon wieder nichts mit'n Mittagessen, gelt! Tust mir's am Abend wärmen!«

*

Mary Vetsera ging zum Tor des Palais. Gräfin Larisch würde sie zum Juwelier auf den Kohlmarkt begleiten, zu Rodeck, bald werde sie wieder zuhause sein, sagte sie ihrer Mutter. Die Kutsche fuhr los, bog ab in die Marokkanergasse, hielt an. Mary stieg aus – und war für einen Augenblick ratlos. Da standen fünf Unnummerierte, welcher war ihrer? Aber schon war Bratfisch neben ihr, hielt den Wagenschlag auf, half ihr in den Fiaker. Aber er fuhr nicht los. Mary wagte nicht, aus dem Fenster zu sehen, der Vorhang war zu beiden Seiten herabgelassen worden. Sie wartete, dass der Wagen anfuhr, sie wartete fast zehn Minuten. Dann hörte sie das vertraute Schnalzen der Peitsche.

Fünf Fiaker von gleichem Aussehen überquerten die Traungasse und fuhren in Richtung Palais Modena, weiter zum Palais Arenberg, hielten dort an. Und wieder wagte Mary nicht, den Vorhang hoch zu ziehen. Sie wartete. Kaum eine Minute später zogen die Rösser wieder an. Am Anfang der Wassergasse bogen zwei nach rechts ab, drei Fiaker nach links, zwei Gassen weiter hatte jeder seinen eigenen Weg. Mayerhofer lenkte seine Braunen nach Laxenburg, Tesar fuhr ins Arsenal, zum Heeresmuseum, Schöberl zum Lusthaus im Prater, Czapla in Richtung der Burg Kreuzenstein. Und Bratfisch fuhr nach Mayerling.

Die drei Reiter, die den Fiakern schon seit der Marokkanergasse gefolgt waren, mussten sich entscheiden. War schon die Abfahrt verwirrend gewesen, auch wenn sie den Bratfisch erkannt hatten, so stellte sie der verfünffachte Leibfiaker des Kronprinzen vor ein Rätsel. Sie folgten den Wagen bis zur Wassergasse, dann hielt einer der drei an der Kreuzung, die beiden anderen blieben der einen oder anderen Kutsche auf der Spur, schließlich konnten sie nur mehr zwei der Fiaker verfolgen.

Eine Viertelstunde später näherten sich zwei geschlossene Wagen, gefolgt von mehreren Herren zu Pferd, der Kreuzung von Wassergasse und Landstraße. Ein dort einsam wartende Reiter gab ein Zeichen, besprach sich mit den Herren in den Kutschen, und machte sich im Galopp davon, was nur durch die ungewöhnlich freundliche Witterung des Tages möglich war. Bei der Rennwegkaserne ging er in den Trab, er hatte einen der Fiaker eingeholt.

»Meine Herren, das ist eine Kriegslist, ganz klar«, sagte Herr von Grohtefenz, »und ich kenne Wien und seine Umgebung nicht gut genug, um die Ziele der fünf Fiaker zu erkennen. Was tun wir? Herr Obizzi?«

»Wir folgen unserem Vorreiter da vorne, wir werden uns jetzt nicht noch einmal teilen, wir bleiben zusammen. Er wird uns wie vereinbart erwarten, diese sogenannte Kriegslist wird uns nicht aus dem Konzept bringen. Fahren wir!«

*

Sherlock Holmes und ich hatten unsere reitschulartig großen Wohnsäle gegen ein Kabinett im Hause Schellenberg getauscht. Unser Gepäck war schon hier, Jaroslav hatte es abgeholt.

»Jetzt nehmen die Herren erst einmal einen Cognac, nach dem Schrecken! Dr. Frydmann muss auch gleich da sein!«

»Vater, später, wir müssen uns auf der Stelle auf den Weg machen! Meine Herren, bitte!«

Wir hatten noch unsere Mäntel an, machten kehrt und liefen Heinrich Schellenberg nach. »Da geht es weiter, bitte, John, der Herr Swoboda!«

Wir stiegen in den wartenden Wagen.

»Bevor wir fahren, eine kurze Erklärung. Der Kronprinz will einige fröhliche Stunden mit der Baroness Vetsera verbringen. Morgen soll die Reise in den Süden beginnen. Heute Abend ist Familiendiner anläßlich der Verlobung der Erzherzogin Marie Valerie. Also wird es um den heutigen Tag gehen. Wir haben falsche Fährten gelegt, in ganz verschiedene Richtungen. Wir kennen die richtige. Wenn die Obizzi-Runde stark genug ist, alle Möglichkeiten gleichzeitig zu erkunden und zu verfolgen, wird es schwer für uns. Vielleicht haben wir auch ein bisschen Glück. Und wir fahren jetzt nach Mayerling.«

Herr Swoboda hieb auf seine Pferde ein, im Galopp ging es durch die Vorstadt dem Wienerwald entgegen. Bald wurde die Fahrt langsamer, der Schneematsch verwandelte sich in Eis, die Straße wurde winterlich glatt.

Die anderen fünf Fiakerwagen mussten ebenso ihr Tempo der vereisten Straße anpassen. Einzig der Fiaker Tesar hatte es um einiges einfacher, denn wenn auch die Steigung zum Heeresmuseum schwer zu bewältigen war, hier war noch stark befahrenes städtisches Gebiet.

Bratfisch nahm den Weg über Breitenfurt. Er blieb stehen, überblickte vom erhöhten Kutschbock aus die Gegend und grüßte, mit gesenkter Peitsche. Der junge Mann in Uniform, der zwischen Bäumen gewartet hatte, sprang in die Kutsche. Bevor der Leibfiaker noch anfahren konnte, hörte er die Stimme des Thronfolgers aus dem Sprachrohr, das der Verständigung zwischen Wagenfonds und Bock diente.

»Bratfisch, wenn wir da sind, fährst du nach Alland zum Postamt und gibst für mich ein Telegramm auf, Wien, Hofburg. Ich hab mich auf der Jagd erkältet, ich kann nicht zum Familiendiner kommen, gelt! Ich lass' mir doch nicht diesen letzten Tag ruinieren.«

Mary hatte nur den Schluss gehört – »Was für einen letzten Tag?«

»Ja, weißt du, ich habe in den nächsten Tagen einige dienstliche dringende Sachen zu erledigen, da will ich wenigstens heute meine Ruhe haben.«

Mary lehnte beruhigt ihren Kopf an die Schulter

Rudolfs, Bratfisch fuhr weiter, jetzt nur mehr in langsamem Trab, die Straße war gefährlich geworden.

*

Auf der Übungswiese der Artillerie im Arsenal standen zwei private Equipagen mit je einem geöffneten Fenster. Aus beiden Fenstern hörte man das unterdrückte, dennoch laute Schimpfen zweier Männer. »Ich habe es Ihnen prophezeit, Herr, dass ein von Ihnen erdachter Plan Mumpitz ist! Das können Sie also auch nicht. Was nun?«

»Herr von Grohtefenz, wir verlieren Zeit. Früher Nachmittag, ein Wahnsinn! Sie wollten hierher, nicht ich! Wir haben sichere Information, dass unser Ziel Laxenburg oder Mayerling heißen muss, also vorwärts! Alle anderen Richtungen dienen nur der Irreführung wegen dieses Liebesabenteuers. Fahren Sie mit Ihren Leuten nach Mayerling, ich fahre mit den meinen nach Laxenburg, vorwärts!«

Die beiden Wagen fuhren wieder an, die Gruppe aus Kutschen und Reitern teilte sich.

Die eine jagte, soweit der Boden es zuließ, durch fast unverbautes Gebiet am Stadtrand auf das alte Schloss Laxenburg zu, die andere trachtete via Breitenfurt das Jagdschlösschen Mayerling zu erreichen. In den Equipagen an der Spitze der Gruppen hatten die Herren Platz gefunden, die sich all das erdacht hatten, wie auch ihre Decknamen, alle diese Obizzi, Puchhaim, Vorlauf, Zriny oder wie sonst sie sich nennen mochten. Die Wagen dahinter waren mit Männern besetzt, die über den Zweck ihrer kurzen Reise nicht informiert waren. Man hatte ihnen gesagt, es gelte jemandem einen Denkzettel zu erteilen, das war ihnen vertrautes Berufsterrain, sie fragten nicht weiter. Sie hatten ihre Waffen und ihr

Werkzeug, und ihren Vorschuss. Der Rest würde sich ergeben.

*

Bratfisch war im Jagdschloss angekommen. Die wenigen Mitglieder des Dienstpersonals hatten frei, niemand hatte mit plötzlicher allerhöchster Inanspruchnahme rechnen können. Einzig der Kammerdiener Loschek war im Haus, er hatte rechtzeitig seine Befehle bekommen und für geheizte Öfen und gekühlte Weine gesorgt. Nun fuhr er mit Bratfisch, der seinen Pferden kurze Erholung im leichten Trab gönnte, nach Alland, zum Postamt.

*

Swoboda trieb seine Rösser an, soweit es gerade noch möglich war, ohne dass eines zu Sturz kam. Sherlock Holmes und ich hatten von Heinrich Schellenberg Revolver, System Gasser, bekommen, Armeewaffen. Unsere eigenen hatten wir in London gelassen. Holmes war ruhig, fragte fast nicht, hatte natürlich alles längst begriffen und wartete auf seinen Einsatz. Ich ertappte mich dabei, dass ich beim Anblick jeden Wagens, ja jeglichen Fuhrwerks den Revolvergriff krampfhaft umklammerte. Wir hatten die Methoden des Komitees rund um Obizzi und Pinzenauer-Grohtefenz kennen gelernt.

Die vereiste Steigung bei Gaaden zwang die Tiere und den Kutscher, langsam zu werden, und als wir Heiligenkreuz hinter uns hatten, wurde die Steigung noch gefährlicher, die Straße war geradezu vom Winterwind geschärft worden. In mehreren Biegungen ging es aufwärts, wir stiegen alle drei aus dem Wagen, um den Pferden zu helfen, und so kamen wir endlich auf die Höhe oberhalb von Schloss Mayerling. Doch nun wurde es nicht angenehmer, denn der Fiaker Swoboda hatte unentwegt mit aller Kraft zu bremsen, es ging steil abwärts. Abermals verließen wir alle drei den Wagen und trachteten, den Weg zu Fuß zu vollenden.

Durch die entlaubten Bäume sah man auf die Schlossmauer, deren Tor offen stand. Das hätte uns nicht gewundert, wir hatten ja gehört, dass Mayerling zumindest von kleinem Personal versorgt und bewohnt war. Die Wagen aber, die rund um das Tor zu sehen waren, und ein Lärm, wie man ihn von Holzarbeiten kennt, waren meinem Instinkt ebenso wie für den von Holmes Alarmsignale. Ich drängte zu schnellerem Gang, wir beachteten den bremsenden Fiaker und seine rutschenden Pferde nicht mehr und liefen, soweit der tiefe Schnee das zuließ, querfeldein, durch den Wald.

Ein Reiter in Jagdkleidung hielt offensichtlich Wachdienst. Vom Rücken seines Pferdes, in den Steigbügeln stehend, blickte er aufmerksam um sich. Je näher wir kamen, desto deutlicher wurde der Lärm. Nun hörte man auch gebrüllte Befehle, es musste sich um eine größere Gruppe von Männern handeln. Heinrich lief uns voraus, wenig erfahren in solchen Situationen und durch die ganz persönliche Beziehung zu dem Geschehen, das wir befürchteten, angetrieben. Er hielt den Revolver in der erhobenen Rechten, der Mangel an militärischer Erfahrung war aber durch den Mut seines schnellen Laufes nicht zu ersetzen, er wusste fast nichts von »Sprung vorwärts!« und »Deckung!«. Er traf als Erster bei der Schlossmauer ein. Der Reiter hatte ihn sofort entdeckt, jagte auf ihn zu, und wir warnten Heinrich mit lauten Rufen. Er schoss auf den Reiter im Galopp, er traf den Oberkörper, der Mann stürzte vom Pferd, das alleine weiter lief. Durch unser Schreien und den Schuss aufmerksam geworden, kamen einige der Männer aus dem Schlosstor, liefen über den Hof, auf die Mauer, auf uns zu. Hinter den verwegenen Figuren sah ich Grohtefenz, ein

Jagdgewehr in der Hand. Holmes und ich gingen in Deckung, Heinrich hatte sich von dem am Boden liegenden angeschossenen Reiter ab- und den neuen Gegnern zugewandt.

Der erste Schuss traf ihn, gleich darauf ein zweiter. Holmes und ich waren zwischen den Bäumen in Deckung geblieben, und während Sherlock Holmes auf die Gruppe um den schwerfälligen Grohtefenz schoss, trachtete ich, in Heinrich Schellenbergs Nähe zu kommen. Da bekamen wir unerwartet Unterstützung. Swoboda hatte seinen Wagen und die Pferde allein gelassen und war, mit einem Armeegewehr, zu uns gelaufen. Er legte an, zielte, der Schuss zeigte einen Meister – Herr von Grohtefenz tat einen geradezu grotesken Satz in die Höhe, von schwerem Kaliber getroffen, und fiel rücklings in den Schnee.

Seine Kumpane schlossen das Tor in der Mauer und machten sich durch das Schloss, das wohl einen zweiten Eingang haben musste, davon, mehrmals noch auf uns, aber ungezielt, schießend. Ich konnte zu Heinrich kriechen, der eine Wunde am Oberarm und eine am Unterschenkel empfangen hatte. Mit meinem Schal und einem Taschentuch sorgte ich für einen notdürftigen Verband, trug Heinrich zu dem Wagen Swobodas, der schon den Schlag geöffnet bereit hielt, und befahl ihm, den Verwundeten in seine eigene Klinik zu bringen und Schellenberg senior zu verständigen. Swoboda fuhr ab, diesmal auf der ebenen Straße Richtung Baden.

Alleine stand Holmes hinter seinem breiten Baumstamm, er lud seinen Trommelrevolver, und diesen kurzen Moment nutzten zwei Kutschen und drei Reiter, um von Schloss Mayerling weg, auf die Straße zu jagen. Den Angeschossenen hatten sie aus dem Schnee gehoben und mitgenommen. Roderich von Grohtefenz mitzunehmen hätte nichts mehr gebracht. Heinrichs Schwager lag blutüberströmt und leblos, mit aufgerissenen Augen und einem

Loch in der Stirne, auf seinem Rücken, in der rechten Hand noch das Jagdgewehr.

Nun war es totenstill. Holmes und ich hatten die Deckung verlassen und schlichen über den Schlosshof, auf den Eingang zu. Aber unser Blick wurde abgelenkt durch die deutlich sichtbaren Folgen des Überfalls auf das Schloss und seinen Herrn, durch eingeschlagene Scheiben der Fenster, umherliegende Gerätschaften sowie mehrere Äxte. Wir gingen die kurze Treppe aufwärts und standen vor einer schwer beschädigten, aber nicht besiegten Zimmertüre, neben der ein Fenster mit zerschlagenen Scheiben den Blick ins Innere teilweise freigab. Es war durch ein großes Brett oder einen Türflügel so weit von innen notdürftig geschlossen worden, dass man nur durch einen Spalt zwischen dem Fensterstock und jener großen Holzfläche etwas sehen konnte.

Was wir sahen, das habe ich heute noch immer vor mir. Das große Brett vor dem Fenster war ein Tisch, der den Eindringlingen Einhalt gebieten sollte, er war blutverschmiert, mehrere Kugeln steckten in der Platte. Holmes und ich schoben mit Händen und Füßen den Tisch vom geöffneten Fenster weg, es gelang nur langsam. Da fiel etwas zu Boden, das zwischen Tischplatte und Mauer eingeklemmt und blutverschmiert war. Der Verteidiger hatte sich offenbar mit aller Kraft gegen den Überfall gewehrt, den Tisch festgehalten. Auf dem Boden lag, was eben heruntergefallen war. Mehrere blutige Finger. Quer über einem Bett liegend, das Gesicht halb nach unten, sah man eine junge Frau, regungslos und von geronnenem Blut entstellt.

Der Mann zu unseren Füßen konnte erst seit einigen Minuten tot sein. Ich habe viele Tote gesehen, in Indien, in Afghanistan, dennoch hatte ich noch eine ganz kleine Hoffnung für ihn gehabt, aber vergeblich. An beiden Händen fehlten Finger, die Wunden bluteten noch stark, und der Schädel des Mannes war eingeschlagen, mit einer Keule oder einer anderen stumpfen Waffe.

Noch während wir auf dem Fußboden des zerstörten Raums knieten, inmitten von blutbespritzten Wänden und zerschlagenen Gegenständen, Gehirnmasse auf dem Teppich und den Spuren der Gewehrkugeln in den Möbeln, zerrissenen Matratzen, zerbrochenen Stühlen, deren Teile als Waffe gedient hatten, blutverschmierte Sesselbeine bezeugten es, während wir uns also in einer Lage befanden, die selbst für Holmes und mich grauenhaft war, kamen vor der Schlossmauer der Fiaker Karl Mayerhofer und die jungen Männer an, die wir schon seit unserer Ankunft kannten. Sie standen urplötzlich zwischen uns, starr vor Entsetzen. Einer von ihnen kniete sich neben die Leiche des Kronprinzen und sprach leise ein Gebet für ihn.

Dann kamen der Leibfiaker Bratfisch und der Kammerdiener Loschek zurück von ihrem Auftrag in Alland. Bratfisch nahm mit einer zärtlichen Bewegung das geschundene tote Haupt Erzherzog Rudolfs in seine breiten Hände. Niemals werde ich das tränenüberströmte Gesicht des kräftigen kleinen Mannes mit dem dunklen Vollbart vergessen, der so eng dem Geschehen verbunden gewesen war, das hier und vor wenigen Minuten einen so grässlichen Abschluss mit derart weitreichenden Folgen gefunden hatte. Sherlock Holmes und ich baten Mayerhofer, uns zurück nach Wien zu bringen. Hier konnten wir nichts mehr tun. Darum würden sich nun der Kammerdiener und die Behörden kümmern.

Am Abend waren wir bei Heinrich Schellenberg in der Klinik. Er war schon bei Bewusstsein, in einigen Wochen sollte er wieder hergestellt sein.

Wir versprachen einander, fürs Erste zu schweigen. Mir war auch an diesem Abend, und noch monatelang, nicht danach, mir all das Erlebte in lebendige Erinnerung zu rufen, um die Geschichte niederschreiben zu können. Erst jetzt, viele Jahre später, habe ich die Kraft dazu gehabt.

Heinrich Schellenberg hat mir in all den Jahren bei meinen deutschen Buchausgaben große Hilfe geleistet. Aber diese positive Folge hat auch nicht genügt, mir diese meine zweite Reise nach Wien in angenehmere Erinnerung zu bringen.

Ich hätte schon meine erste Reise nicht einmal antreten dürfen.

Die meisten der handelnden Personen haben gelebt. Ein Großteil der Daten und Schauplätze entsprechen der Wirklichkeit von 1888/89. Aber an vielen Stellen gehen Wahrheit und Erfindung ineinander über, da es sich um einen Kriminalroman und keinen Tatsachenbericht handelt.

Quellen:

Baltazzi-Scharschmid H. und Swistoun H.: Die Familien Baltazzi-Vetsera im kaiserlichen Wien. Wien-Köln-Graz 1980

Benzenstadler, Heinz: Café Sperl. Wien 1995

Brandstätter Christian und Werner J. Schweiger: Das Wiener Kaffeehaus. Wien 1975

Clemens Loehr, Clemens: Mayerling. Eine wahre Legende. Wien 1968

Comte Paul Vasili: La société de Vienne. Paris 1885

Cowles, Virginia: Wilhelm II. München 1976

Czeike, Felix: Historisches Lexikon Wien. Band 1 – 6, Wien 1995.

Deák, István: Der k.(u.)k.Offizier. Wien 1991

Fugger, Nora: Im Glanz der Kaiserzeit. Wien 1932

Gisevius, Hans Bernd: Der Anfang vom Ende. Wie es mit Wilhelm II. begann. Zürich 1971

Großer Bahnhof. Katalog Wien Museum. Wien 2007

Hamann, Brigitte : Kronprinz Rudolf. Ein Leben. Wien 1978

Hamann, Brigitte: Kronprinz Rudolf. »Majestät, ich warne Sie ...« Wien 1979

Judtmann, Fritz: Mayerling ohne Mythos, Wien 1982

Langthaler, Gerhart (Hg.): Die Wiener Fiaker. Wien 1984

Das Mayerling-Original. Der Akt des Wiener Polizeipräsidiums, Wien 1955.

Müller-Einigen, Hans: Jugend in Wien. Bern 1945.

Poivre d'Arvor, Patrick: Legendäre Eisenbahnreisen. O. J.

Polzer, Wilhelm: Licht über Mayerling. Graz 1954.

Praschl-Bichler, Gabriele: Die Habsburger und das Übersinnliche. Wien 2003

Rennison, Nick: Sherlock Holmes. Die unautorisierte Biographie. 2007

Röhl, John C.G.: Kaiser, Hof und Staat. Wilhelm II. und die deutsche Politik. München 1987

Rumpler, Helmut: Österreichische Geschichte 1804–1914. Wien 2005.

Stephanie von Belgien, Fürstin von Lonyáy: Ich sollte Kaiserin werden. Leipzig 1935

Wallersee, Marie Louise von (Gräfin Larisch): Kaiserin Elisabeth und ich. Leipzig 1935

Zeitungsberichte, original. Manuskripte, Maschinschrift, aus dem familiären Umkreis. Dokumente aus dem Haus-, Hof- und Staatsarchiv.